BEŞ ŞEHİR
Ahmet Hamdi Tanpınar

DERGÂH YAYINLARI 33
Çağdaş Türk Düşüncesi 5
Tanpınar Bütün Eserleri 4
Sertifika No 49170
ISBN 978-975-995-569-4
Dergâh Yayınları'nda 1. Baskı Ağustos 1976
58. Baskı Aralık 2023

Dizi Editörü ve Yayına Hazırlayan
İnci Enginün

Konsept Tasarımı
Işıl Döneray
Kapak Uygulama
Ercan Patlak
Fotoğraf
Kerem Sanlıman
Fotoğraf Asistanı
Erdoğan Demir
Sayfa Düzeni
E. Gökçe Aksoy

Baskı
Ana Basın Yayın Gıda İnş. Tic. A.Ş.
Mahmutbey Mah. Devekaldırımı Cad.
2622. Sok. No: 6/13
Bağcılar/İstanbul
Tel: (212) 446 05 99
Matbaa Sertifika No 52729

Dergâh Yayınları
Mimar Sinan Mah. Selamiali Efendi Cad.
No: 13/A 34672 Üsküdar/İstanbul
Tel: (216) 391 63 91-93
www.dergah.com.tr/bilgi@dergahyayinlari.com
Beş Şehir*'in yayın hakları Dergâh Yayınları'na aittir.*

Teşekkürler Kaşif Gündoğdu, Ekber And, Kerim Bayer
Asiye Cengiz, Zeynep Kerman, Hüsrev Hatemi

BEŞ ŞEHİR

Ahmet Hamdi Tanpınar

DERGÂH

AHMET HAMDİ TANPINAR

23 Haziran 1901'de İstanbul Şehzadebaşı'nda dünyaya gelir. Kadı bir babanın oğlu olması hasebiyle Ergani-Madeni, Sinop, Kerkük ve Musul gibi farklı kültürleri haiz coğrafyalarda çocukluğunu ve gençliğinin ilk yıllarını geçirir. Musul'dayken annesini kaybeden Tanpınar babasının tayini üzerine yerleştikleri Antalya'da 1918'de liseyi bitirir. Tüm bu farklı kültürler Tanpınar'a, yazılarında da izi sürülebileceği gibi, önemli bir gözlem ve tespit gücü kazandırmıştır. Yüksek tahsil için geldiği İstanbul'da 1919'da Darülfünun Edebiyat Fakültesi'ne kaydını yaptıran Tanpınar, burada Yahya Kemal başta olmak üzere Rıza Tevfik, Mustafa Şekip, Necib Asım gibi edebiyat dünyasının ileri gelen hocalarıyla tanışır; Necip Fazıl Kısakürek, Mükrimin Halil Yınanç, Hasan Âli Yücel, Ahmet Kutsi Tecer gibi isimlerle de dönem arkadaşlığı yapar. Tanpınar'ın ilk şiirleri, 1921'de Yahya Kemal'in öncülüğünü yaptığı *Dergâh* dergisinde yayımlanır. 1923'te Darülfünun'dan mezun olduktan sonra ilk öğretmenlik görevine Erzurum Lisesi'nde başlar. Bu yıllarda diğer çağdaşları gibi hem Batı edebiyatına yön veren Baudelaire, Dostoyevski, Shakespeare, Homeros, Goethe, Herdeia, Mallarme, Verlaine hem de Doğu'nun klasikleri arasında yer alan Nedim, Şeyh Galip, Şeyhî ve Nailî'yi okur. 1925 yılında Konya'ya, 1927'de Ankara'ya tayin edilir. 1928-1932 arasında Ankara Erkek Lisesi, Gazi Terbiye Enstitüsü, Musiki Muallim Mektebi ve Ankara Kız Lisesi'nde edebiyat öğretmenliği yapar. Ankara yıllarında Ziyaettin F. Fındıkoğlu, F. Nafiz Çamlıbel, A. Kutsi Tecer, Orhan Veli Kanık, Oktay Rıfat, Melih Cevdet Anday, Samet Ağaoğlu, Ahmet Muhip Dıranas, Nurullah Ataç ile hemhâl olur. 1932'de İstanbul'a tayini çıkan Tanpınar İstanbul Kadıköy Lisesi'nde görev aldıktan sonra Ekim 1933'te Güzel Sanatlar Akademisi, Sanat Tarihi kürsüsünde estetik ve mitoloji hocalığı görevine getirilir. Ankara'daki çevresi Tanpınar'ın edebiyat anlayışını nasıl derinleştirdiyse Akademi'deki ortam da sanat alanındaki okumalarını ve yorumlarını derinleştirmiştir. 1939'da İstanbul Üniversitesi Edebiyat Fakültesi'nde açılan Yeni Türk Edebiyatı kürsüsüne profesör olarak atanır. 1943 seçimlerinde Maraş milletvekili olarak meclise giren Tanpınar'ın milletvekilliği 1946'da sona erince bir süre Milli Eğitim müfettişi olarak görevlendirilir, 1948'de de Güzel Sanatlar Akademisi'ndeki kadrosuna geri döner. 1949'da Edebiyat Fakültesi'ndeki kürsüsüne yeniden atanır ve bu görevini ölümüne kadar sürdürür. 1953-1959 arasında farklı vesilelerle Avrupa'ya seyahatler yapmış; Hollanda, İngiltere, Fransa, İspanya, Portekiz, İtalya, İsviçre, Almanya ve Avusturya'yı görme imkânı bulmuştur. Kalp krizi sonucu 24 Ocak 1962'de hayata veda eden Tanpınar'ın kabri Aşiyan Mezarlığı'nda, hocası Yahya Kemal'in yanındadır.

Eserleri: *Tevfik Fikret: Hayatı, Şahsiyeti, Şiirleri ve Eserlerinden Seçmeler* (1937); *Namık Kemal Antolojisi* (1942); *Abdullah Efendi'nin Rüyaları* (1943); *Beş Şehir* (1946); *On Dokuzuncu Asır Türk Edebiyatı Tarihi* (1949); *Huzur* (1949); *Yaz Yağmuru* (1955); *Şiirler* (1961); *Saatleri Ayarlama Enstitüsü* (1961); *Yahya Kemal* (1962); *Edebiyat Üzerine Makaleler* (1969); *Yaşadığım Gibi* (1970); *Sahnenin Dışındakiler* (1973); *Tanpınar'ın Mektupları* (1974); *Mahur Beste* (1975); *Aydaki Kadın* (1987); *İki Ateş Arasında* (1998); *Edebiyat Dersleri* (2002); *Tanpınar'dan Ders Notları* (2004); *Günlüklerin Işığında Tanpınar'la Baş Başa* (2007); *Tanpınar'dan Notlar* (2015); *Hep Aynı Boşluk* (2016); *Tanpınar'dan Çeviriler* (2017); *Hüsrev ü Şirin* (2017); *Suat'ın Mektubu* (2018); *Alketis-Medeia-Elektra* (Euripides'ten, 2018).

Yahya Kemal'e İthaf

"Yahya Kemal'in derslerinden –fakültede hocamdı– ayrıca eski şiirlerin lezzetini tattım. Galib'i, Nedim'i, Bâkî'yi, Nâilî'yi ondan öğrendim ve sevdim. Yahya Kemal'in üzerimdeki asıl tesiri şiirlerindeki mükemmeliyet fikri ile dil güzelliğidir. Dilin kapısını bize o açtı.
(...)
Millet ve tarih hakkındaki fikirlerimizde bu büyük adamın mutlak denecek tesiri vardır. *Beş Şehir* adlı kitabım onun açtığı düşünce yolundadır, hatta ona ithaf edilmişti. İki defasında da bu kitap bulunduğum yerde basılmadı ve ben bu ithafı yapamadım."

AHMET HAMDİ TANPINAR
(*Edebiyat Üzerine Makaleler*, s. 570)

İÇİNDEKİLER

9 Önsöz

13 Ankara
27 Erzurum
65 Konya
92 Bursa'da Zaman
116 İstanbul

209 Dizin

ÖNSÖZ

Beş Şehir'in asıl konusu hayatımızda kaybolan şeylerin ardından duyulan üzüntü ile yeniye karşı beslenen iştiyaktır. İlk bakışta birbiriyle çatışır görünen bu iki duyguyu sevgi kelimesinde birleştirebiliriz. Bu sevginin kendisine çerçeve olarak seçtiği şehirler, benim hayatımın tesadüfleridir. Bu itibarla, onların arkasında kendi insanımızı ve hayatımızı, vatanın manevî çehresi olan kültürümüzü görmek daha doğru olur.

Bizden evvelki nesiller gibi bizim neslimiz de, bu değerlere şimdi medeniyet değişmesi dediğimiz, bütün yaşama ümitlerimizin bağlı olduğu uzun ve sarsıcı tecrübenin bizi getirdiği sert dönemeçlerden baktı. Yüz elli senedir hep onun uçurumlarına sarktık. Onun dirseklerinden arkada bıraktığımız yolu ve uzakta zahmetimize gülen vaitli manzarayı seyrettik.

Tenkidin, bir yığın inkârın, tekrar kabul ve reddin, ümit ve hulyanın ve zaman zaman da gerçek hesabın ikliminde yaşadığımız bu macera, daha uzun zaman, yani her mânasında verimli bir çalışmanın hayatımızı yeniden şekillendireceği güne kadar Türk cemiyetinin hakikî dramı olacaktır.

Gideceğimiz yolu hepimiz biliyoruz. Fakat yol uzadıkça ayrıldığımız âlem, bizi her günden biraz daha meşgul ediyor. Şimdi onu, hüviyetimizde gittikçe büyüyen bir boşluk gibi duyuyoruz, biraz sonra, bir köşede bırakıvermek için sabırsızlandığımız ağır bir yük oluyor. İrademizin en sağlam olduğu anlarda bile, içimizde hiç olmazsa bir sızı ve bazen de, bir vicdan azabı gibi konuşuyor.

Sade millet ve cemiyetlerin değil, şahsiyetlerin de asıl mâna ve hüviyetini, çekirdeğini tarihîlik denen şeyin yaptığı düşünülürse, bu iç didişme hiç de yadırganmaz. Mazi daima mevcuttur. Kendimiz olarak yaşayabilmek için, onunla her an hesaplaşmaya ve anlaşmaya mecburuz.

Beş Şehir işte bu hesaplaşma ihtiyacının doğurduğu bir konuşmadır. Bu çetin konuşmayı, aslı olan meselelere, daha açıkçası, "biz neydik, neyiz ve nereye gidiyoruz?" suallerine indirmek ve öyle cevaplandırmak, belki daha vuzuhlu, hattâ daha çok faydalı olurdu. Fakat ben bu meselelere hayatımın arasında rastladım. Onlar bana Anadolu'yu dolduran Selçuk eserlerini dolaşırken, Süleymaniye'nin kubbesi altında küçüldüğümü hissederken, Bursa manzaralarında yalnızlığımı avuturken, divanlarımızı dolduran kervan seslerine karışmış su seslerinin gurbetini, Itrî'nin, Dede Efendi'nin musikisini dinlerken geldiler.

Hiç unutmam: Uludağ'da bir sabah saatinde, dinlediğim çoban kavalına birbirini çağıran koyun ve kuzu seslerinin sarıldığını gördüğüm anda, gözlerimden sanki bir perde sıyrılmıştır. Türk şiirinin ve Türk musikisinin bir gurbet macerası olduğunu bilirdim, fakat bunun hayatımızın bu tarafına sıkı sıkıya bağlı olduğunu bilmezdim. Manzara hakikaten güzel ve dokunaklıydı, beş on dakika bir sanat eseri gibi seyrettim. Bir gün Anadolu insanının his tarihi yazılır ve hayatımız bu zaviyeden gerçek bir sorgunun süzgecinden geçirilirse, moda sandığımız birçok şeylerin hayatın kendi bünyesinden geldiği anlaşılır.

Bir kelime ile benim için bu meselelerin kendileri kadar onların bana gelişleri, ruh hâllerimi benimseyen içimdeki yürüyüşleri de mühimdi. Zaten kitap, parça parça yaşanmış şeylerden doğdu.

Kitabın ikinci baskısı için, zarurî gördüğüm, ilâve ve değişmelerde bile bu ilk rastlayışın izlerinin olduğu gibi kalmasına çalıştım.

Her iki baskıyı birden okuyanlar bu ilâveler arasında bilhassa Selçuk devrine doğru bir genişleme göreceklerdir. Tarihçilerimiz Selçuk ile Osmanlı arasındaki farkı, bir hanedan değişmesinde görmekte fazla ısrar eder gibidirler. Biz ise, bu farkın muaşeretten, üslûba, insan ve zevke kadar derinleştiğine inanıyoruz. Selçuk'la Osmanlı, biri öbüründe az çok devam eden iki ayrı âlem, yahut daha iyisi, büyük mânasında iki ayrı üslûptur. Geniş Rumeli coğrafyasını ve Akdeniz terbiyesini de içine alan bir terkip olan Osmanlı'yı bizim Rönesansımız sayabiliriz. Biz bugün Selçuk'u, geçen asrın başlarında Avrupa'nın Gotik ve Romen sanatlarını yeniden keşfetmesi gibi keşfetmiş bulunuyoruz. Onu görebilmemiz için Osmanlı'nın içinden çıkmamız lâzım geliyordu. Selçuk eserlerinin bugünkü harap durumunda, iktisadî buhranlar kadar bu çok mühim zevk ayrılığının, içten kopmanın da bir payı olsa gerektir.

Okuyucu, *Beş Şehir*'de buna benzer birçok tekliflere veya cesaretlere rastlayacaktır.

Her düşünen insanımız gibi, ben de hayatımızın değişmesi için sabırsızım. Daima hayranı olduğum yabancı bir romancının hemen hemen aynı şartlar içinde söylediği gibi "Eski bir garpçıyım". Fakat canlı hayata, yaşayan ve duyan insana, cansız madde karşısındaki bir mühendis gibi değil, bir kalb adamı olarak yaklaşmayı istedim. Zaten başka türlüsü de elimden gelmez. Ancak sevdiğimiz şeyler bizimle beraber değişirler ve değiştikleri için de hayatımızın bir zenginliği olarak bizimle beraber yaşarlar.

AHMET HAMDİ TANPINAR
Ankara, 25 Eylül 1960

ANKARA

I

Belki Millî Mücadele yıllarının bıraktığı bir tesirdir, belki doğrudan doğruya çelik zırhlarını giymiş ortada dolaşan bir eski zaman silâhşoruna benzeyen kalesinin bir telkinidir; Ankara, bana daima dâsitanî ve muharip göründü. Şurası var ki şehrin vaziyeti de buna müsaittir. Daha uzaktan gözümüze çarpan şey, iki yassı tepenin arasındaki geçidiyle tabiî bir istihkâm manzarasıdır. Bu his şehrin etrafında ve ona hâkim tepelerinden bakarken pek küçük farklarla ancak değişir. Çankaya sırtları, Çiftlik, Baraj yolları, Etlik, Keçiören bağları velhasıl nereden bakarsanız bakınız, cam gibi keskin bir ışık altında bu kaleyi, bütün arazi terkiplerini kendisinde topladığı ufka hep aynı sükûnetle hâkim görürsünüz. Bazen geniş sağrısını rüzgâra vermiş bir harp gemisi gibi, zaman ve hâdiselerin denizinde çevik ve kudretli yüzer, bazen bir iç kale, bütün ümitlerin kendisinde toplandığı son sığınak olur, bazen bir kartal yuvası gibi erişilmesi imkânsız yükselir.

Şehrin tarihi bu çehreyi yalanlamaz. O bütün Orta Anadolu'ya bir iç kale vazifesini görmüş, eteklerinde daima tarihin büyük düğümleri çözülüp bağlanmıştır. Etilerin, Frigyalıların, Lidyalıların, Roma ve Bizans'ın, Selçuk ve Osmanlı Türklerinin zamanlarında bu, hep böyle olmuştur. Roma kartalı şarka doğru uçuşu için bu kaleyi seçmiş, Bizans-Arap mücadelesinin en kanlı safhaları burada geçmiştir. Selçuk zamanında Bizans'ın Anadolu içinde son savleti 1197 yılında burada kırılmıştır. Kılıç Arslan'ın ve Melik Danişmend'in müşterek zaferi olan bu muharebeden sonra Bizans kartalı bir daha Anadolu'da uçamaz. Yıldırım, Timurlenk'le, yani talihinin zehirden acı yüzü ile yine Ankara'da karşılaşır. Kısacası Anadolu kıt'asının kaderinde az çok değişiklik yapan vak'aların çoğu onun etrafında gelişir. Bu hâdiselerin en mühimi şüphesiz en sonuncusu olan İstiklâl Savaşı'dır. Bu muharebe sadece Türk milletinin kendi hayat haklarını yeni baştan kazanmış olduğu harp değildir. Hakikatte 26 Ağustos sabahı Dumlupınar'da gürleyen toplar, iktisadî ve siyasî esaret altında yaşayan bütün şark milletleri için yeni bir devrin başladığını ilân ediyordu. Onun içindir ki bundan böyle her zincir kırılışının başında Ankara'nın adı geçecek ve her hürriyet mücadelesi, Sakarya'da, İnönü'nde, Afyon'da, Kütahya ve Bursa yollarında ölenlerin ruhuna kendiliğinde ithaf edilmiş bir dua olacaktır.

Atatürk'ün hemen herkesin gördüğü, mektep kitaplarına kadar geçmiş bir fotoğrafı vardır. Anafartalar ve Dumlupınar'ın kahramanı, son muharebenin sabahında tek başına, ağzında sigarası, bir tepeye doğru ağır ağır ve düşünceli çıkar. İşte Ankara Kalesi muhayyilemde daima ömrünün en güneşli saatine böyle yavaş yavaş çıkan büyük adamla birleşmiştir. Bu şaşırtıcı terkip nasıl oldu? Eğer böyle bir şey lâzımsa vatanın her tepesinde aynı şekilde tahayyül ve tasavvur etmem icabeden bir insanla bu kale bende nasıl birleştiler? Bunu hiçbir zaman izah edemem. Bu cins yaklaştırmalar insan muhayyilesinin en sırlı tarafıdır. Bildiğim bir şey varsa bir gün, bu fotoğrafa bakarken Ankara Kalesi kendiliğinden gözlerimin önüne geldi ve ben bir daha bu iki hayali birbirinden ayıramadım.

1928 sonbaharında Ankara'ya ilk geldiğim günlerde Ankara Kalesi benim için âdeta bir fikr-i sabit olmuştu. Günün birçok saatlerinde dar sokaklarında başıboş dolaşır, eski Anadolu evlerini seyrederdim. Bu evlerde yaşadığımdan çok başka bir hayat tahayyül ederdim. Onun içindir ki Yakup Kadri'nin *Ankara*'sının çok sevdiğim ve doğruluğuna hayran olduğum baş taraflarını okurken içim burkulmuştu. Hâlâ bile bu keskin realizmin ötesinde, bütün imkânsızlığını bilmeme rağmen bir anlaşma noktası bulunabileceğine inanırım.

Samanpazarı'ndan bugünkü eski Dışişleri Bakanlığı'na inen eski Ankara mahalleleri, çarşıya ve kaleye çıkan yollar, Cebeci tarafları üzerimde hep bu tesiri yapardı. O biçare kerpiç evlerin bütün fakirliğini iyi bilmekle beraber kendimde olmayan bir şeyi onlarla tasavvur ederdim. Onların arasında, bir sıtma nöbetine benzeyen ve durmadan bir şeylere, belki de fakirliğin altında tasavvur ettiğim ruh bütünlüğüne sarılmak, onunla iyice bürünmek arzusunu veren bir ürperme ile dolaşırdım. Gerçeği budur ki, Anadolu'nun fakirliğinde vaktiyle kendi hastalığı olan ve insanını asırlarca tahrip eden sıtmaya benzer bir şey vardır. Tadanlar bilir ki hiçbir lezzet sıtma üşümesi ile yarışamaz.

Kaç defa Cebeci'de veya kalede bu evlerden birinde oturmayı düşündüm. Fakat evvelâ Ankara Lisesi'nde, sonra Gazi Terbiye Enstitüsü'nde o kadar cemiyetli bir hayatımız vardı ki, bir türlü bırakamadım. Zaten o seneler Ankara memurlarının çoğu resmî dairelerde hattâ vekâletlerde kalıyorlardı. Hakikatte şehir bir taraftan Millî Mücadele'deki sıkışık hayatına devam ediyor, bir taraftan da yeni baştan yapılıyordu. Her tarafta bir şantiye manzarası vardı. Hiçbirini üslûbu yanı başındakini tutmayan, çoğu mimari mecmualarından olduğu gibi nakledilmiş villalarıyla, küçük memur mahalleleriyle yeni şehrin kurulduğu devirdi bu. Tek bir sokakta Riviera, İsviçre, İsveç, Baviera ve Abdülhamid devri İstanbul'u ev ve köşklerini görmek mümkündü. Yeni yapılmış sefaret binaları da bu çeşidi artırıyordu. Sovyet Sefareti modern mimarînin kendisini aradığı bu 1920 yıllarının en atılgan tecrübelerinden biriydi ve daha ziyade büyük bir vapura benziyordu. İran Sefareti eski Sâsânî saraylarının hâtıralarından bir şark üslûbu aramıştı. Biz birkaç arkadaş Belçika Sefareti'nin sakin ve gösterişsiz, klasik yapısını seviyorduk. Bu tecrübeler arasında Türk mimarîsi de kendine bir üslûp yaratmaya çalışıyordu. Türk Ocağı binası, Etnografya Müzesi olan bina, Gazi Terbiye Enstitüsü, İstanbul'da Yeni Postahane ve Dördüncü Vakıf Hanı ile başlayan tecrübenin devamı idiler. Sonradan Güzel Sanatlar Akademisi'nde arkadaşlık ettiğimiz Prof. Egli, Cebeci'deki Musiki Muallim Mektebi ile çoğu dıştan taklit eden bu tecrübeleri ilk defa modern malzemenin imkânlarıyla birleştirmeye muvaffak olmuştu.

Şehrin aktüalitesi biraz da bu yeni binalarla Mustafa Kemal'in hayatıydı. Bu nerede basıldığı bilinmeyen, hattâ hiç elinize geçmeyen, fakat sizden başka herkesin okuduğu ve her ağzın beraberce size naklettiği bir gazeteye benziyordu. Öyle ki aynı fıkrayı, herkesin âdeta zarurî olarak günde birkaç defa birbirine rastladığı bu şehirde, bir saat içinde yirmi kişi birden size anlatabilirdi. Bir tek tefrikası vardı. Şehrin her köşesinin, rast geldiğiniz her insanın naklettiği çetin savaş ve karar günleri... Bu insanların kendileri, yaşadıkları şeyleri anlatmasalar bile siz o günlerdeki hayatlarını yine tasavvur edebilirdiniz. Bununla beraber her şeyi o kadar büyük ve cazip gösteren büyü artık gitmişti. Beş sene evvelinin tarihini yapanlar, onun aydınlığından çıkmışlar, günlük şeylerin ışığında yaşıyorlardı. Yalnız Mustafa Kemal kendi lejander hayatına devam ediyordu.

II

Ankara, uzun tarihinin şaşırtıcı terkipleriyle doludur. Asırlar içinde uğradığı istilâlar, üst üste yangınlar ve yağmalar şehirde geçmiş zamanların pek az eserini bırakmıştır. Acayip bir karışıklık içinde bu tarih daima insanın gözü önündedir. Türk kültürünün kendinden evvel gelmiş medeniyetlerden kalan şeylerle bu kadar canlı surette rastgele karıştığı, haşır neşir olduğu pek az yer vardır. Kalede ve onun eteğine serpilmiş mahallelerde Türk velileri Roma ve Bizans taşlarıyla sarmaş dolaş yatarlar. Dedelerimizin mezarlarından çıkan yeşillikler hangi itikatların etrafında yontuldukları belli olmayan çok eski taşları kendi rahmaniyetleri ile yumuşatırlar; burada kerpiç bir duvardan İyonya tarzında bir sütun başlığı veya arkitrav fırlar, öteda bir türbe merdiveninin basamağında bir Roma konsülünün şehre gelişini kutlayan kadîm bir taş görünür, daha ötede bir çeşme yalağında eski bir lahdin bakantaları gülümser. Ahî Şerafeddin'in türbesini asırlarca Greko-Romen arslanlar bir nöbetçi sadakatıyla beklerler ve bu yüzden Arslanhâne adını alan camiin hakikaten eşsiz mihrabında, Etiler'in toprak ve bereket ilâhesinden başka bir şey olmayan bir yılan son derece kuvvetli plastikliğiyle meyvalar arasında dolaşır ve camiin o kadar şaşırtıcı bir sâfiyetle boyanmış ağaçtan sütunları Bizans ve Roma başlıkları taşır. Hisar'da, mihrabı Türk tahta işçiliğinin harikalarından biri olan Alâeddin Camii'nin sekisi, asırlardan beri bir şahin gibi süzdüğü ovaya, terkibi baştan aşağı tesadüfî olan bir sütun dizisinin arasından bakar; şüphesiz bu sütunlar orada bu camiden çok daha evvel mevcuttular.

Bu terkiplerin en mânalısı İmparator Augustus'un şerefine toprağa dikilmiş mermer bir kaside olan Roma mâbedinin kalıntılarıyla yanı başındaki Hacı Bayram-ı Veli Camii'nin beraberce teşkil ettiği zıtlar mecmuasıdır. Bitmiş veya tam diyebileceğimiz hiçbir eser bu toprağın macerasını bu kadar güzel hulâsa edemez. Hacı Bayram'ı Roma kartalının bu mermer yuvasında çilehanesini seçmeye götüren gizli tesadüf nedir? Camiinin altındaki dar çile odasında geçirdiği ibadet ve murakabe saatlerinde, yanı başında güneş vurdukça yaldızlı akislerle pırıldayan ve üstüne diz çöktüğü toprakta bir nevi iğva gibi gizlenmiş duran bu taştan dünya, kendisininkinden büsbütün ayrı zaferleri terennüm eden bu iyi yontulmuş mermerler, o sert ve kibirli Roma hemşehrisi çehreleri acaba onu rahatsız etmiyor muydu? Bu velinin rahmanî rüyasına komşularının mağrur sükûtundan sızan düşünce ve duyguları bilsek ne kadar iyi olacaktı.

Roma, şan ve şevketinin içinde maddî hazlarla sarhoş, fütuhatlarını yaptı, müesseselerini kurdu, kanunlarını düzeltti. Kale, köprü, yol, su kemeri, mâbet, hamam, hipodrom, heykel ve bin türlü âbideyle yaşadığı zamanı, muharip alnını süsleyen çelenklerle beraber taşa toprağa tesbit etti. Aradan asırlar geçti. Bu mağrur muharip, yorulan sinirleri kanlı ve şehvetli oyunlarla uyuşturmaya çalışırken cihangir haritası, acemi avcı elinde kalmış bir kaplan postu gibi parçalanıp yırtıldı. Ankara şehri, imparatorluğun arazisinin yarısından fazlasıyla beraber büsbütün başka bir milletin eline geçti. Kadîm medeniyetin eserleriyle örtülü toprakta yeni bir nizam çiçek açtı, küçük, mütevazı mâbetlerde başka bir Allah'a ibadet edilmeye, Ankara Kalesi'nin üstünde başka türlü hasretlerin türküleri söylenmeye başlandı. Ve günün birinde bu toprağın yeni sahipleri içinden yetişen saf yürekli bir köylü çocuğu, Roma'nın zafer mâbedi ve biraz sonra da Bizans bazilikası olan bu âbidenin yanı başına muhacir bir kuş gibi yerleşti ve insanlara kadîm imparatorluğun ayakta durmasını sağlayan hakikatlerinden çok başka bir hakikatin sırrını açtı. Bu ledünnî hazların, âhiret saadetlerinin, kendisini sevgide tamamlayan ruhun, bir nur tufanı gibi iştiyakın, kendi derinliklerinde Allah'ı bulan bir murakabenin hakikati idi. Hacı Bayram, eriştiği bu hakikatin şevkiyle:

> Bilmek istersen seni
> Can içre ara canı
> Geç canından bul anı
> Sen seni bil sen seni!

diye haykırır. Fakat Hacı Bayram, sade Hak'la Hak olan bir veli değildir. Türk cemiyetinin bünyesinde gerçekten yapıcı bir rol de oynar. Kurduğu Bayramiye tarikatı esnaf ve çiftçinin tarikatıdır. Böylece Anadolu'da Horasanlı Baba İlyas'la başlayan geniş köylü hareketiyle ahîlik teşkilâtı onun etrafında birleşir. Daha sağlığında hareket o kadar genişler ki II. Murad yanı başında gelişen bu manevî saltanattan ürkerek Şeyh'i Ankara'dan Edirne'ye getirtir. Ve ancak niyetlerinden iyiden iyiye emin olduktan sonra onu geriye göndermeye razı olur. Hakikatte bu telâşa hiç lüzum yoktu. Hacı Bayram, imparatorluğun iç nizamını yapıyordu.

Çok defa Ankara ovasına bakarken Hacı Bayram'ın ömrünün sonuna kadar müritleriyle ekip biçtiği tarlaları düşünürüm. Acaba hangi tarafa düşüyordu? Belki de kendi yattığı caminin bulunduğu yerlere yakındı. Bütün ova onun zamanında imece ile işleniyordu. Anane Hacı Bayram'la İstanbul fethinin manevî ve nuranî yüzü olan Akşemseddin'i bu ovada karşılaştırır. Akşemseddin o zamanlar devrinin ilmini ilâhiyattan tıbba, nahivden musikiye kadar öğrenmiş, fakat bir türlü ruhundaki susuzluğu gideremediği için yüzünü tasavvufa çevirmiş, kendisine mürşid arayan genç bir âlimdi. Nihayet dayanamayıp Şeyh Zeyneddin-i Hâfi'nin yanına gitmek için Osmancık medresesindeki müderrisliğini bırakıp yola çıkar; fakat Halep'te bir gece rüyasında bir ucu boynuna geçmiş bir zincirin öbür ucunu Hacı Bayram'ın elinde tuttuğunu görür ve nasibinin Hacı Bayram'dan olduğunu anlar; yoldan döner.

Ankara'ya geldiği zaman Hacı Bayram'ı müritleriyle ovada mahsul toplarken görür. Yanına yaklaşır; fakat iltifat görmez. Aldırmayarak işe girişir; yemek zamanına kadar şeyhin müritleriyle beraber çalışır. Yemek vakti olur. Hacı Bayram kendi eliyle aş dağıtır. Fakat Akşemseddin'in çanağına ne burçak çorbası, ne yoğurt koyar; artan aşı da köpeklerin önüne döker. Akşemseddin darılıp gideceği yerde şeyhin kapısının köpekleriyle ve onların çanağından karnını doyurur. Bu alçakgönüllülük, bu teslim üzerine Hacı Bayram onu yanına çağırır, müritliğe kabul eder. Ölünce de kendisine halef olur; yahut hiç olmazsa tarikatin fazlaca şeriatçı kolu onu şeyh tanır.

Fatih'e İstanbul'un fethinde o kadar yardım ettikten sonra çekilip köyüne gidecek kadar vakar ve haysiyet sahibi olan, mektuplarında ona sahip olduğu manevî rütbeden bir akran gibi hitap eden, nasihatler veren, "Eğer padişaha huzûr-i sûrîmiz matlup ise biz anda varırız veya padişahla diyar-ı Arabı beraberce feth ederüz." diye ufuk gösteren Akşemseddin'in şeyhinin köpekleriyle bir sofraya oturması ancak XV. asır Türkiye'sinde görülür.

Hacı Bayram'ın kâinatı ve insanı beraberce oluş hâlinde gösteren bir manzumesi vardır ki, bilhassa bir beyti bu XV. asır Türkiye'sinin âdeta manzarasını çizer:

> Nâgehan ol şara vardım, ol şarı yapılır gördüm,
> Ben dahi bile yapıldım, taş ve toprak arasında.

III

Selçuk devrinden ve sanat işlerinde onun devamı olan ahîlerden Ankara'da büyük eser kalmadı. Konya ve Sivas'ta, Niğde ve Kayseri'de, Aksaray'da görüp taş işçiliğine hayran olduğumuz o büyük kapılı binalar, sırlı tuğladan, alaca kanatlı bir kuş gibi sabah ışıklarında uçan minareler Ankara'da yoktur.

O muhteşem minberiyle II. Kılıç Arslan'ın oğlu Sultan Muhiddin Mesud'a kadar çıkan ve Orhan Gazi ile II. Murad zamanlarında tamir edildiğini, bulunan kitabelerden bildiğimiz üslûbu alt üst olmuş Alâeddin Camii dahi ancak yeriyle o devirdendir ve etrafında bulunması icap eden tesislerden hiçbir şey kalmamıştır.

Halbuki Selçuk büyük yapıcı idi. İmaret, cami, medrese, türbe bir yığın eserin bulunması icap ediyordu. Vakıa asıl Selçuk macerası Konya, Kayseri ve Sivas arasında geçer. Ankara Artukoğulları, Saltuklar, Mengüçler, Danişmendliler gibi büyük ve istilâ devirlerinden kalma feodalitenin hükmünde değildi. Asıl sülâleden de orada yalnız yukarıda bahsettiğimiz Sultan Muhiddin Mesud meliklik yapar. Üstelik bu iç kale büyük kervan yolları üzerinde değildir.

Ankara, kısa bir müddet Alâeddin Keykubad'ın şehri oldu. Bu kabına sığmayan, fakat tahta geçer geçmez yaptığı işlerle saltanat hırsına hiç olmazsa devrin örfü içinde hak verdiren padişah, babası I. Gıyaseddin Keyhüsrev İznik İmparatorluğu hudutlarında yaptığı muharebede şehit olur olmaz, ağabeysi ve gurbet arkadaşı İzzeddin Keykâvus'un elinden tahtı almak için harekete geçer ve muharebeyi kaybedince Ankara kalesine kapanır. Şehir uzun müddet Şehzade'nin dâvasını tutar. Fakat zafer ümidi kalmayınca konuşmalar başlar, hayatına dokunulmamak şartıyla teslim olur. Uzayan muhasara esnasında İzzeddin'in karargâhında padişah ve maiyetindeki beyler için köşkler, evler yaptırılmıştı. Ayrıca İzzeddin Keykâvus şehrin dışında bir de medrese yaptırmıştı.

Alâeddin Keykubad, kendisi kadar büyük bir hükümdar olan kardeşinin Sivas'ta veremden ölümü üzerine kapatıldığı Malatya kalesinden çıkarılıp tahta geçince bu teslimin hacaletini ve ölüm korkusu ile geçen günleri hatırlatan bu medreseyi yıktırır. Kendi adı ile anılan camiini bu muhasara günlerinin hâtırası olarak yaptırmış, yahut da o günlerde tamir ettirmiş olması çok mümkündür.

Ankara, Alâeddin Keykubad'ın ölümünden sonra Selçuk tarihinin büyük facialarından birine şahit olur. Oğlu II. Gıyaseddin Keyhüsrev'in veziri o çok zalim, alabildiğine haris Sadeddin Köpek rakipleri olan ümerayı padişahın zaafından istifade ederek bir bir ortadan kaldırırken, emirülümera Taceddin Pervane'yi de, vaktiyle bir muganniye ile nikâhsız yaşadığı bahanesiyle Konya ulemasından aldığı bir fetva ile burada recm ettirir. Taceddin Pervane, Sadeddin Köpek'in emirler arasında yaptığı temizliğin başında onunla berabermiş. Fakat haris vezirin işi azdırdığını görünce sıranın kendisine geleceğini anlayarak, hükümdar tarafından idaresi ve hâsılatı kendisine verilen Ankara'ya çekilmiş. Sadeddin bu son rakibini ortadan kaldırmak için, elinden fetva iki günde Konya'dan Ankara'ya o zamana göre yıldırım süratiyle gelir ve şehrin ayak takımını yarı beline kadar toprağa gömülü bu kumandanı öldürmeye (İbn-i Bîbî'nin tâbiriyle) mecbur eder. Gariptir ki aynı vezir, baba katili Gıyaseddin'in elinden saltanatı almak için I. Gıyaseddin Keyhüsrev'in Şehnaz adlı Konyalı güzel bir kadından doğan gayri meşru çocuğu olduğunu etrafa yayıyordu. Mamafih İbn-i Bîbî bu meseleden bir hakikat gibi bahseder. Kanlı ölümün o kadar sık görüldüğü o devirlerde bile bu vak'a tek başınadır. Ve haysiyet kırıcı şekliyle ister istemez çekememezliğe büyük bir hıncın da karıştığını düşündürüyor.

Selçuk camilerinin planında olan ahî eserlerine gelince onlar da ancak mihrap ve minberlerindeki işçilikle ve sütunları ile güzeldir. İç kalenin eteklerinde hiç olmazsa bugünkü vaziyetlerinde şehre büyük bir şey ilâve etmezler. İster Moğollara tâbi olsun, isterse müstakil olsun Ankara'da süren yarım asır bir Ahi hakimiyeti vardır. Bu, burjuvazi değilse bile artizananın ve çarşının şehri idaresi demektir ki, şark tarihinde az tesadüf edilir.

Osmanlı devri, Fatih'in veziri Büyük Mahmud Paşa tarafından yaptırılmış bir han ve bedestenle başlar. Bunlar yeni imparatorlukla başlayan yeni nisbet fikrinin eserleridir. Fakat Osmanlı hiçbir zaman Selçuk gibi yapıcı olmadı.

Tamirden sonra on kubbesiyle birdenbire meydana çok vazıh bir cümle gibi çıkan bu bedestende bugün türlü kazılardan gelen Hitit eserlerinin daima şaşırtıcı plastikleri, bugünün sanatına o kadar yakın üslûplarıyla toprak altında asırlarca süren uykularından henüz uyanmış gibi bakan gözleriyle seyretmek beni daima düşündürmüştür. Yaşanmış hayat unutulmuyor, ne de büsbütün kayboluyor, ne yapıp yapıp bugünün veyahut dünün terkibine giriyor.

IV

Bir Türk şehrinden bahsedip de Evliya Çelebi'yi hatırlamamak kabil değildir. Cetlerimizden iki kişi vatan haritasını benimsemişlerdir. Bunlardan birincisi Mimar Sinan'dır. XVI. asır Türkiye'sini onun eserlerinden bulmak daima mümkündür. İmparatorluğun bu dehadan payını almamış pek az büyük şehri vardır. O kadar ki Sinan denilince gözümün önünde son derece nisbetli yontulmuş bir mücevher dizisine benzeyen irili ufaklı binalar, tâ Macaristan içerisinden başlayarak Akdeniz'e ve Basra Körfezi'ne kadar iner. İkincisi başlı başına bir vatan aynası olan Evliya Çelebi'dir. Bu ayna bazen ufak ilâvelerle, fakat daima aslın büyük çizgilerine sadık kalarak, bütün XVII. asır Türkiye'sini verir. Evliya Çelebi'nin Ankara'sı, muasırı olan yahut sonradan gelen seyyahlarınkine pek benzemez. Daha ziyade fantastik bir sergüzeştin etrafında toplanır. Ankara'ya gelen Evliya, vâkıa bu şehri kalesi, hisarı, paşa sarayı, serdarı, hususî kazanç kaynakları, bahçelerinin meyvası, mektep ve medrese, cami sayıları ve âdetleriyle tasvir etmekten geri kalmaz, fakat asıl orkestrasyonunu bugün, yattığı yerin adı bile unutulan bir Türk evliyasında yapar. Evliya'nın Hacı Bayram-ı Veli için bir hatim başladığı halde kendisini unutmasına üzülen Erdede Sultan gece onun rüyasına girmekle kalmaz, aynı zamanda gaipten gönderdiği bir elçiyle sabahleyin ona kendi merkadini gösterir. Evliya Çelebi'nin el ele Ankara sokaklarında yürüdüğü ve sonra birdenbire fazla tecessüsü yüzünden kaybettiği gaip âlemlerden gelen bu rehberin elleri kemikmiş ve sesi toprak altından gelir gibi derin ve boğukmuş. Verdiği izahlara göre, tasavvuf tarihinde mühim yeri olması lâzım gelen bu Erdede Sultan'ı bu sefer Ankara'da epeyce aradım. Bu vesileyle bilmediğim birçok şeyi öğrendiğim hâlde, onu bir türlü bulamadım. Yalnız bu işlerle yakından ilgili bir Ankaralı'dan Kuşbaba diye anılan bir eski yatırın bu Erdede Sultan olması ihtimali bulunduğunu ve mezarının da şimdiki Hâl civarında yeni yapılan bir mektebin altında kaldığını öğrendim. Seyahatlerine doğruluğundan şüphe ettirecek derecede latif ve mizahî bir rüya ile başlayan Evliya Çelebi'nin rüyalarına ne kadar inanabiliriz? Bunu pek bilemem. Zaten ben Evliya Çelebi'yi tenkit etmek için değil, ona inanmak için okurum. Ve bu yüzden de daima kârlı çıkarım. Hikâyesini okuduktan sonra kale ve eski Ankara'da yaptığım gezintilerden dönerken çok defa bu yollarda bir sabah vakti, Evliya Çelebi'nin yanında gayp âleminden gelmiş rehberiyle konuşa konuşa yürümüş olması ihtimali benim için şehrin mazisiyle yaşadığım saati birleştiren garip bir zevk oldu.

V

Ankara Kalesi'ne çıktım. Gözümün önünde şaşırtıcı değişiklikleriyle Ankara ovası uzanıyor. Arkadaşımla teker teker etraftaki dağları, küçük tepeleri ve şurada burada birdenbire sıcakta bir tas serin su vehmiyle bozkırın ortasında yemyeşil bir gölge yapan küçük köyleri sayıyoruz. Keskin bir ışık, etrafımda bir zafer borusu gibi çınlıyor. Sert rüzgârda, bulunduğumuz tepenin yassı şekli –Evliya Çelebi olsa Peşte için yaptığı gibi bademe benzetirdi– tam bir gemi küpeştesi hâlini aldı. Zaman denizlerinde onunla beraber yüzmeye hazırlanıyordum. Bu rüzgâr, bu mucizeli gemi ile insanı nerelere götürmez. Buraya çıkarken gördüklerimizle hangi medeniyetlere, hangi çağlara gitmeyiz? Fakat hayır, Ankara bu cinsten tarihî bir hulyaya kolay kolay imkân vermiyor. Burada tek bir vak'a, tek bir zaman, tek bir adam muhayyileye hükmediyor. Bu şehir kendisini o kadar ona vermiş ve onun olmuş. Eti arslanı, Roma sütunu, Bizans bazilikasından kalma taş, Timurlenk ve Yıldırım muharebesi, hepsi sizi dönüp dolaşıp yirmi yıl evvelin çetin günlerine ve şifalı ağrılarına götürüyor, onun tabiî neticesi olan büyük meselelerle karşılaştırıyor.

Bu o kadar böyle ki, Ankara, İstiklâl Mücadelesi yıllarından bütün mazisini yakarak çıkmış denebilir.

Ovaya bakıyorum; o muharebeler buna benzer ovalarda, mor gölgeli sırtlarıyla ufku plastik bir madde gibi yoğuran bu dağlara benzeyen dağlarda geçti. İnönü zaferini millete ve tarihe müjdeleyen telgrafı yazarken Garp Cephesi Kumandanı'nın gözü önünde olan manzara, ufak tefek değişikliklerle bu gördüğüm manzaranın devamıydı; galip kumandan bu tepeye, yahut yanı başındakine, biraz ötede, sağda solda görünen tepelere benzer bir yerden düşman askerinin kaçtığını, Bozüyük'ün yandığını seyretmiş, gene böyle bir yerde asırlara verdiği müjdeyi yanındakilere dikte ettirmişti:

> "Saat 6:30'dan sonra, Metristepe'den gördüğüm vaziyet; Gündüzbey şimalinde sabahtan beri sebat eden ve dümdar olması muhtemel bulunan bir düşman müfrezesi sağ cenah grubunun taarruzuyla gayri-muntazam çekiliyor. Yakından takip ediliyor. Hamidiye istikametinde temas ve faaliyet yok. Bozüyük yanıyor. Düşman binlerce maktulleriyle doldurduğu muharebe meydanı silâhlarımıza terketmiştir.
>
> Garp Cephesi Kumandanı
> İsmet"

Sade, tok ve son derecede vâzıh belâgatıyla gözümüzün önünde bir harp sahasını, yangını, ölü ve yaralıları, karışıklığı, ufukta kaçan ve kovalayan muharipleriyle, kendi panoraması içinde canlandıran bu satırlara benzer bir edebiyatla ilk defa karşılaşıyorduk.

İnönü'nde genç kumandan İsmet Paşa, 1922 yılının 26 Ağustos gecesi Dumlupınar'da Başkumandan Mustafa Kemal eğer –uyudularsa– nasıl bir rüya gördüler? Milletlerine hazırladıkları istikbal kendilerine açıldı mı? Bu geceler düşüncemi başka büyük geceye, 1071 senesi Ağustos'unun 26. gecesine götürüyor. Malazgirt'te bileğinin kuvvetiyle, dehasının zoruyla bize bu aziz vatanın kapılarını açan Alparslan'ı, muharebe emri vermeden evvel hangi kuvvetler ziyaret etti ve ona neler gösterdi? Üç kıtada genişleyecek yeni bir Roma'yı kurmak üzere olduğunu, talihini, avuçları içinde taşıdığı milleti, yeni bir tarih ve coğrafyanın emrine verdiğini, yeni bir terkibin doğmasına bir çınar gibi yetişip kök salmasına sebep olduğunu acaba hissetmiş miydi? Hiç tanımadığı dehalı çocuklar müstakbel zaferlerin kumandanları, henüz söylenmemiş şiirlerin şairleri, henüz yükselmemiş şaheser yapıların mimarları, henüz duyulmamış nağmelerin bestekârları etrafında henüz açmamış bir fecrin gülleri gibi dolaşmıyorlar mıydı? Gözlerinde Sultan Hanı'ndan, İnce Minare'den bir hayal yok muydu? Eğer yokduysa, bütün bunlardan habersiz, bu müjdeleri içinde konuşur bulmadan o büyük işi nasıl yaptı? Nasıl on senede Malazgirt'ten Akdeniz kıyılarına, bu toprağın tanımadığı ve tatmadığı bir ideali taşıdı? Fatih'in İstanbul fethinden evvelki uykusuzlukları, Bâkî'nin ve Nedim'in, Neşâtî ve Nâilî'nin, Sinan'la Hayreddin'in, Kasım'ın, Itrî ile Dede'nin, Seyyit Nuh'la Tab'î Mustafa Efendi'nin ve daha yüzlerce onlara benzeyenlerin dehalarına yüklü bir kaderi kendisine taşımasından gelen bir sabırsızlıktan başka ne olabilir? Ve eğer o mübarek ağrı olmasaydı bütün bu eserler nasıl doğarlar, hangi mucize ile eski hayat ağacı yeni meyvalarla donanırdı?

Mustafa Kemal ve arkadaşlarını Anadolu yollarında dolaştıran, bin bir güçlükle güreştiren yapıcı ve yaratıcı ağrı, Malazgirt'in ve büyük fethin başladığı işi asırlar boyunca devam ettirecek ve nasıl Sinan ile Nedim'i, Yunus ile Itrî'yi muzaffer rüyalara borçlu isek, gelecek çağların şerefini yapacak olan isim ve eserleri de İnönü'nde, Sakarya ve Dumlupınar'da harita başında geçen uykusuz gecelere ve bu gecelerin ağır yükünü kemik ve kanı pahasına taşıyan isimsiz şehit ve gazilere borçlu kalacağız.

Ankara Kalesi bu akşam saatinde bana bir milletin, tarihinin ne kadar uzun olursa olsun, birkaç ana vak'anın etrafında dönüp dolaştığı, birkaç büyük ve mübarek rüyaya, yaratıcı hamlenin ta kendisi olan bir imanın devamına bağlı olduğunu bir kere daha öğretti.

ERZURUM

I

Erzurum'a üç defa, üçünde de ayrı ayrı yollardan gittim. Bu yolculukların birincisinde hemen hemen çocuk denecek bir yaştaydım. Balkan Harbi'nin sonunda, iki felâketli muharebe arasındaki o kısa, azaplı soluk alma yılının başında, babamın memur bulunduğu bir şark sancağından dönüyorduk. On bir gün, belki daha fazla süren, geceleri çadırda, böcek seslerinin geniş bir dut yaprağı gibi dört bir yanından yiyip bitiremedikleri sonsuz tabiat içinde, değirmen veya dere uğultularını dinleyerek, çobanların birbirlerini çağırdıkları seslerle karanlıkta fazla kımıldanan hayvanları azarlayan yahut gecenin topladığı hayaletlerden ürken bekçi köpeklerinin havlamalarıyla ürpererek, sabahları kırıcı bir soğukta donmuş ellerimin farkında olmadığım hareketlerine şaşarak geçen bu yolculuğu hiç unutmam. Büyük anneannemin masallarıyla, Kerem'den, Yunus'tan okuduğu beyitlerle, bana öğretmeye çalıştığı yıldız adlarıyla muhayyilemde büyülü hâtırası hâlâ pırıl pırıl tutuşur.

Babamın, aşağıdaki dereyi görmek için, sarktığı mazı ağaçları arasındaki bir uçurum, Botan Suyu'nun dağınık kollarının yer yer güneşe boğduğu yeşil bir ova, ancak kenarından geçtiğimiz Bitlis şehri namına bir bakkal dükkânının camlarına dizilmiş gördüğüm küçük lamba şişeleri; Balkan Harbi'nin kim bilir hangi cefasına katlandıktan sonra memleketine yorgun dönen bir redif taburuyla üstünde karşılaştığımız eski, harap Murat Suyu köprüsü, nihayet bir gece, dibinde yattığımız Yıldız Dağı ve bir gün uzağından geçtiğimiz Süphan Dağı, sonra bu dağların benim çocuk muhayyilemde yaptığı acayip tesir...

Bu dağlardan sonra Âşık Kerem benim için bir hayalet yolcu gibi kervanımıza takılmıştı. Zaten ninemin sık sık hatırlayışları yüzünden bu yolculuk biraz da onun namına yapılıyor gibiydi. Bu Trabzonlu kadının bütün coğrafya bilgisi, memleketiyle gençliğinde gittiği Yemen, Mekke, bir yana bırakılırsa, bu hikâyeden gelirdi. Bu, bilgiden ziyade dine benzeyen bir coğrafya idi. Bütün akarsulara, dağlara canlı, ebedî varlıklar gibi bakardı. Sanki şiir, din, gurbet duygusu, hayat tecrübesi, birbiri ardınca yaşanmış hayatların rüyalarımızda birbirine karışmasına çok benzeyen bir yığın inanış artığı, bu dağları, dereleri onun için ilâhî varlıklar yahut veliler hâline getirmişlerdi. İkide bir beni mahfesinin yanına çağırarak biraz sonra uzağından geçeceğimiz veya huzuruna varacağımız ebediyetin adını, varsa hikâyesini söyler, Yunus'tan, Âşık Kerem'den beyitler okurdu. Süphan Dağı'nın yolumuzun hangi tarafına düşeceğini, hangi gece Yıldız Dağı'nın dibinde konaklayacağımızı mekârecilerden daha yola çıkmadan sorup öğrenmişti. Onun için ikimiz de hazırdık.

Bu dağlar sadece adlarıyla memleketin bir köşesinde bir nevi "semâvât" rüyası kurmuş gibidirler. Asırlar boyunca bu yaylalarda sürü otlatan, kışın günlerce süren kurt avları yapan, masal kızları bakışlı geyiklerin peşinde yolunu şaşıran, hulâsa hemen bütün seneyi yıldızlarla sarmaş dolaş yaşayan insanların rüyası. Bu yüzdendir ki bu dağlarla ilk defa karşılaşan ve tıpkı aydınlattığı su parçası içinde çalkalanan bir ışık gibi, onların kudret ve nüfuzlarının muhayyilemizde ayrı bir şekilde canlandırdığı manzara içinde adlarını duyan yolcunun, bir an bile olsa, bir nevi ebediyet vehmiyle dolmaması, hüviyetlerini yapan uzletin bir kader duygusu hâlinde kendisinde yerleşmemesi kabil değildir.

Yıldız Dağı'nın dibinde, gecenin dört bir yandan getirip çadırımızın üzerine yıktığı bin türlü ses ve uğultu arasında ben hep bu dağın şöyle bir gördüğüm mağrur ve dumanlı başını düşünmüştüm. Onda bir nevi Ecdat Tanrı çehresi sezer gibiydim. Bana öyle geliyordu ki kulağımı biraz daha iyi versem, yıldızlarla ne konuştuğunu duyacaktım. Kim bilir, belki de her gece, olduğu yerden ellerini uzatarak, tıpkı üç yıl önce Sinop'ta iptidai mektebine giderken her sabah önünden geçtiğim Muvakkithanenin penceresinden, şevkle büyük asma saatleri kurduğunu gördüğüm ihtiyar gibi, yıldızların saatini kuruyor, Kervankıran'la Çobanyıldızı'nı, Büyük Ayı'yı, Küçük Ayı'yı, Ağlayan Kadınları, kiminin mesafeler içindeki yalnızlığına hüzün duyduğum, kiminin kadife kadar yumuşak ve koyu karanlığa uzattığı mücevher salkımlarına imrendiğim bütün öteki yıldızları birbirine ayarlıyor, güneşin doğacağı dakikayı, ayın sihirli sandalının geçeceği suları tayin ediyor, doğan çocukları gök defterine parlak bir noktayla işaret ediyor, ölenlerin adını bir başka yıldızın gözlerini yavaşça yumarak siliyor, hulâsa kâinat ve kader dediğimiz büyük gidiş gelişi oradan tek başına ve kendi kendine idare ediyordu.

O gece Yıldız Dağı'nın eteğinde yatarken benim çocuk hayalim, bugün bile ne olduğunu bilmediğim, fakat hangi derin kaynaklardan geldiğini az çok tahmin edebildiğim bu tesirin altında idi. Çadırın karanlığında, her yanın, her şeyin sihirli bir kimya içinde yüzdüğünü, yıldız parıltılarıyla yıkanıp temizlendiğini, içten büyüdüğünü sanıyordum. Öyle ki akşamleyin sürüleriyle dağ yoluna doğru çıktığını gördüğümüz kıl abalı Bingöl çobanlarına ertesi sabah gene rastgelince, bu kıl abalar üzerimde âdeta yıldız ışıklarından örülmüş bir harmani tesiri yaptılar ve sürünün koyunları, babamın kitapları arasında seyrettiğim kâinat haritasının o muhteşem ve hoyrat bakışlı koçu gibi içimi ürperme ve hayretle doldurdular. İşte birkaç gün sonra Erzurum'a bu duygularla, tıpkı koyunlarını bütün bir yaz boyunca menzil menzil bu otlaklarda otlata otlata güz başında şehre getiren Cizre ve Bingöl çobanları gibi girdim.

O zamanın Erzurum'u, on yıl sonra 1923'te gördüğüm Erzurum'dan çok başkaydı. Her türlü kıyafette bir kalabalığın çarşı pazarını doldurduğu, saraç, kuyumcu, bakırcı, dükkânlarıyla senede o kadar malın girip çıktığı hanlarıyla, ambarlarıyla, eşraf ve âyânı, esnafı, otuz sekiz medresesi, elli dört camisiyle, İran transitin beslediği refahlı ve mâmur Erzurum'la on yıl sonra gördüğüm harap şehir arasında kolay kolay münasebet tasavvur edilemezdi. Sonradan öğrendiğime göre, muhtelif çarşılarında on binlerce zenaatçı çalışır, saraçlarının yaptığı eyerler bütün şark vilâyetlerine hattâ Tebriz'e kadar gidermiş. Ben babamla, annemle gittiğimiz siyah kehribarcıları şimdi bir masal gibi hatırlıyorum. Küçük ve yarı aydınlık dükkânlarda ince, dikkatli, işin terbiyesini almış, âdeta iş terbiyesiyle durulmuş birtakım adamlar, oturdukları yerden konuşuyorlar, pazarlıklar ediyorlar, ellerindeki kehribar işlerini havı dökülmüş çuha şalvarlarına sürterek cilâlıyorlardı. Sonra keskin bir meşin kokusu, yumuşak derinin âdeta söndürüldüğü, kıvamını bozduğu tokmak sesleri ve bir yığın uğultu...

II

Bu sefer geldiğim Erzurum başka bir Erzurum'du. Ona Doğu Anadolu dağlarının eski bir şarap gibi zamanla takdis edilmiş, ruh besleyici uzletinden değil, dört Cihan Harbi yılının ve İstiklâl Savaşı'nın üstünden aşarak gelmiştim. Vakıa bu sefer de muhteşem bir tabiatın arasından geçmiştik; fakat ona, birinci seferde olduğu gibi, her şeyini yeni ve hârikulade bulan bir ruhla değil sihrini bir yığın ıstırap tecrübesinin soldurduğu bir gözle bakıyordum. Ne Ziganalar'ın her dönemeçte bir kere daha şaşırtıcı olan güzelliği, ne Kop Dağı'nın ihtişamı beni peşinden sürüklemiyordu. Dekordan ziyade bu yerlerde birkaç yıl önce oynanmış kanlı oyunun tesiri altındaydım. Tiyatroda nasıl boş sahnede dekorun oyaladığı seyirci, söz başlar başlamaz bütün o teferruatı görmez olursa, ben de öylece insan ıstırabı karşısında tabiat güzelliğine kayıtsızdım, yabancıydım.

Gümüşhane'den sonra yavaş yavaş artan bu duygu, Erzurum'da âdeta ezici bir hâle geldi. İkinci defa gördüğüm bu şehir, artık şark vilâyetlerinin iktisadî merkezi, yaylanın gülü, bu havalide söylenen türkülerin yarısından çoğunun güzelliğini övdüğü eski Erzurum değildi. Harp, hicret, katliamlar, tifüs, çeşit çeşit felâket, üzerinden ağır bir silindir gibi geçmiş, her şeyi ezip devirmişti.

Hiçbir yerde memleketin Birinci Cihan Harbi'nde geçirdiği tecrübenin acılığı burada olduğu kadar vuzuhla görülemezdi. Bu, eski ressamların tasvir etmekten hoşlandıkları şekilde, ölümün zaferi idi. Dört yıl, bu dağlarda kurtlara insan etinden ziyafetler çekilmiş, ölüm her yana doludizgin saldırmış, seçmeden avlamıştı. Uğursuz tırpan durmadan, bir saat rakkası gibi işlemiş, rastgeldiği her şeyi biçmişti. Bununla beraber, nüfusu altmış binden sekiz bine inen Erzurum Millî Mücadele'ye önayak olmuş, Ermenistan zaferini idrak etmiş, yavaş yavaş sağ kalan hemşehrilerini toplamaya başlamıştı.

Ölümün zaferinin yanı başında, imkânsız bir kışın kasıp kavurduğu bir bahçede, buzların kilidi çözülür çözülmez başlayan o acayip baharlar gibi, yavaş yavaş hayatın türküsü yükseliyordu.

Yıkılmış şehirde yeniden gençler evleniyor, çocuklar doğuyor, yarısı toprak olmuş evlerde baba ocakları tütüyor, akşamın alacakaranlığında kılıç artığı çocuklar türkü söylüyorlar, adlarıyla artık mevcut olmayan şeylere hudut çizen şehir kapılarının önündeki meydanlarda davul zurna çalınıyor, cirit, bar oynanıyordu.

Hulâsa fırtınanın dağıttığı kartal yuvası yeniden kuruluyor, sağ kalanlar güneşin adına neşide söylüyorlardı. Her yerde marazî denebilecek bir bahar şenliği vardı. Kıvamını henüz bulmamış olan bu canlılık, insanı on yıl önce görmüş olduğum muhteşem yazdan daha başka türlü sarıyordu. Bu, her şeye rağmen hüküm süren hayatın zaferi idi. O, geniş akışında kendisiyle birlikte gelemeyenlerin etrafını zalim bir yalnızlıkla çevirerek yolunda yürüyordu.

Fakat dört kapılı şehrin kendisi yoktu. Denebilir ki asırlarca gururunu yapan ve topluluk hayatına istikamet veren serhat şehri ruhundan başka ortada pek az şey kalmıştı. Bu yıkılış, Erzurum'da ilk defa mı oluyordu? 1828 mağlûbiyeti, 1876 felâketi ve daha önce birçok isyanlar muhakkak ki buraları gene sarsmıştı. Birincisinde yüz otuz iki bin olan nüfus, yüz bine inmişti. İkincisinde şehir kökünden sarsılmıştı. Fakat bu seferki yıkılış çok başka bir şeydi. Bu sefer ölüm, geride kendinden başka hiçbir canlı şey koymamak ister gibi, şehre saldırmıştı. Gerçekten kendi malı olan uçsuz bucaksız bir mezarlığın bir ucundaki küçük bir şehir iskeleti, artık sadece bir harabeyi çevreleyen birkaç kapı adıyla birkaç bozuk yol bırakarak çekilip gitmişti.

Hemen herkesin yalnız kendisinin anlatabileceği bir hikâyesi vardı. Hemen herkes birkaç kişiye ağlıyor ve âkıbetini hâlâ bilmediği bir sevdiğini bekliyordu.

Bir ihtiyar adamdan bahsettiler ki yıllarca pencere önünden ayrılmamıştı. Kafkasya'ya giden torununun dönmesini istiyordu. İç mahallelerde her kapı çalınışı hâlâ heyecanla karşılanıyor. İşin garibi, aradan beş yıl geçtiği halde, hâlâ tek tük dönenler oluyordu. Sibirya buzlarını çözdükçe, Hint cengelleri yol verdikçe hâlâ yaşamakta oluşuna kendisi de şaşıran şaşkın bir biçare yurduna dönüyor, kurtulduğu cehennemin hikâyesi, insanüstü kudretini, katlanılan ıstırabın büyüklüğünden alan yeni bir Odise gibi şehre yayılıyordu. Küçük bir köy kahvesinde Kamçatka'nın soğuğunu, Seylân'ın sıcağını, Madagaskar'ın yılanlarını her gün başka başka ağızlardan dinlemek kabildi.

Bir dostum anlatmıştı:

"Daha şehre girmeden, Aşkale'de yattığım hanın kahvesinde, esirlikten yeni dönen yanık yüzlü, tek kollu bir biçare bana, giderken bıraktığı oğlu, karısı ve anasından hiçbirini, hattâ evinin yerini bile bulamadığı için, girdiği günün akşamında şehri terkettiğini söyledi.

– 'Peki şimdi nereye gidiyorsun?' diye sordum.

Bir müddet düşündü. Yüzü alt üst olmuştu. Nihayet:

– Efendi, dedi; nereye gittiğimi ne sorarsın? Geldiğim yeri sana söyledim, yetmez mi?

Doğru söylüyordu. Geldiği yeri öğrenmiştim".

Ölüm bu kadar yakından kokladığı insanların peşini kolay kolay bırakmıyordu. Er geç bir tarafta karşılarına çıkıyor, sofrasını açıyor, "Buyurun!" diyordu. Başka bir şey yapamadığı için sadece hatırlatıyordu.

Her mecliste, yol üstünde bırakılmış ihtiyarların, süt emen çocuğunun ayak altında ezilmiş parçalarını kundaklayarak ninni söyleye söyleye yola koyulan annelerin, sahibinin göğsünü başına dayayıp ölen cins atların hâtırası diriliyor; kaybolan çarşı, yıkılan şehir, bozulan ev, birdenbire suyu çekilmiş bir nehir gibi ortadan silinen bütün bir hayat dinmeyen yaralar gibi kanıyordu.

Erzurum hatırlıyordu: gömüldüğü toz ve çamur yığınının içinde canlı dününü, dört kapısından girip çıkan kervanları, çarşı pazarının uğultusunu, çalışan insanlarını, temiz yüzleri ve sağlam ahlâklarıyla şehrin hayatına kutsilik katan âlimlerini, güzel sesli müezzinlerini, her yıl hayatına yeni bir moda temin eden düğünlerini, esnaf toplantılarını, bayramlarını idare eden ve halk hayatını bir sazı coşturur gibi coşturan bıçkın endamlı, yiğit örflü dadaşlarını, onların cirit oyunlarını, barlarını, bazen bir alayı birden günlerce misafir eden ve bir menzillik arazisine paytonla gidip gelen eski beylerini, kısacası, bütün hayatını hatırlıyordu.

Bununla beraber, yıkılanın, kaybolanın nasıl bir şey olduğunu, bütün yaraların henüz taptaze olduğu, kanadığı bu günlerde anlamak güçtü. Bütün cemiyet o kadar kat'î bir talihin etrafında dolaşmış, o kadar dönülmeyecek yerlere kadar gitmiş ve gelmişti ki, şehir, ölümün mukadder göründüğü kazadan nasılsa kurtulmuş bir insana benziyordu. Tıpkı hikâyede bacağını kaybeden adamın en lüzumsuz eşyasını araması gibi, yeniden canlanan şuur bir türlü esaslının üzerinde duramıyor, teferruat üzerinde geziniyordu.

Gerçekte kaybolan şey, bütün bir hayat tarzı, bütün bir dünya idi. 1855'te yüz binden fazla nüfuslu bir şehir olan Erzurum, bu gelişmesini bir iktisadî denklilik üzerine kurmuştu. İran, ithalât ve ihracatının yarıdan fazlasını Trabzon-Tebriz kervan yoluyla yapıyordu. İşte bu kervan yolu, Erzurum'u asırlar içinde eşrafıyla, âyânıyla, ulemasıyla, esnafıyla tam bir şark Ortaçağ şehri olarak kurmuştu. Bu transit yolunda her yıl otuz bin deve ve belki iki misli katır işliyordu. Bunlar Erzurum'dan geçiyor, Tebriz'den gelişinde, Trabzon'dan dönüşünde kumanyasını daima Erzurum'dan tedarik ediyor, hayvanını nallatıyor, at eğeri, yük semeri, nal, gem, ağızlık, hulâsa her türlü eksiğini orada tamamlıyordu.

İşin fenası şu idi: Bu hayat bir daha dönmemek üzere kaybolmuştu. Çünkü Büyük Harb'in getirdiği felâket olmasa bile, gene bu çarşı sönecek, bu esnaf dağılacak ve şehir kendi bünyesini yeni baştan kuracak olan yeni bir çalışma şeklini bulana kadar gene küçülecek, köyleşecekti. Fakat bu değişme daha yavaş olacak, yere atılarak kırılan büyük fanus, yağı tükendiği için, kendi kendine karararak sönecekti. Yahut, daha büyük bir ihtimalle, yeni bir hayata geçmenin yolunu bulacak, başka türlü müstahsil olacaktı. Şurasını hemen söyleyeyim ki Erzurum'un istikbali böyle bir gelişmeye elverişlidir. Civarda bulunan ve eskiden bir kısmı işletilen üç kömür madeni, modern kâğıtçılığa çok elverişli sazlığı, vaat ettiği kadar ise Tercan'daki petrolü ve nihayet Anadolu'yu başka bir Anadolu yapacak olan elektrikleşme işi gerçekleşirse memleket içinde kademe kademe inecek olan bu hayat kaynağının başında gelen Tortum Şelâlesi, yeni ve eskisinden çok başka türlü canlı bir Erzurum'u yaratmaya elverişli olan büyük imkânlardır.

1914'te, iki şey, Umumî Harp ve yeni zamanlar, bir arada gelmişti. Cevat Dursunoğlu'na, yeni transit yolu açıldığı zaman Fırıncı

Hasan adında bir Erzurumlu şöyle demiş:

– Efendi, eskiden kervan gelir, bütün kumanyasını burada düzer, şehre para dolardı. Şimdi yirmi katırın yükünü birden alan kamyon, sabahleyin Trabzon'dan kalkıyor akşama buraya geliyor. Şoför, İnhisar'dan aldığı kırk dokuzluk bir rakı şişesini duvarda kırıp içiyor, yoluna devam ediyor...

İşte eski Erzurum'un, dört yanından refah akan bu şark ticaret şehrinin macerasını kapatan şey. Umumî Harp, beş on yılda ve en iyi şartlarla değişebilecek bütün bir hayat çerçevesini bir hamlede kırıp dağıtmıştı.

Eski Erzurum'da bu ticaret hayatı ve kervan yolu otuz iki sanatı beslerdi. Tabaklar, saraçlar, semerciler, dikiciler, çarıkçılar, mesçiler, kürkçüler, kevelciler, kunduracılar, kazazlar, arabacılar, keçeciler, çadırcılar, culfalar, ipçiler, demirciler, dökmeciler, bakırcılar, kılıççılar, bıçakçılar, kuyumcular, hızarcılar, sandıkçılar, kaşıkçılar, tarakçılar, marancılar, boyacılar, dülgerler, yapıcılar, sabuncular, mumcular, takımcılar.

Defterdar Mehmed Paşa ile Erzurum'a gelen ve orada Gümrük kâtipliği yapan Evliya Çelebi, şehrin kapılarından bahsederken, yabancı tüccarların Gürcü kapısı nda oturduklarını söyler:

"Hakirin kâtibi bulunduğum gümrük bundadır. Dört çevresinde Arap, Acem, Hint, Sint, Hıtay, Hoten bezirgânlarının haneleri de vardır. İstanbul ve İzmir gümrüğünden sonra en işlek gümrük bu Erzurum gümrüğüdür. Zira tüccarına adalet ederler."

Bu dört satır eski dünyamızda Erzurum'un çehresini çizmeye kifayet eder. O, şarkın büyük ticaret ve transit şehirlerindendir.

Erzurum gümrüğü, XVII. asır sonu tarihine bir başka şekilde de geçer; Müverrih Raşid, Nemçe Muharebesi'nden dönen Fazıl Ahmed Paşa'nın Edirne'de IV. Mehmed'e bu münasebetle Saray bahçesinde kurulan otağda bu muharebe, hele bütün imparatorluğu o kadar sevindiren ve Evliya Çelebi'yi *Seyahatnamesi*'nin yedinci cildinde o kadar coşturan Uyvar Muharebesi hakkında izahat verirken maiyetinde bulunan Erzurumlu Abbas adında bir kahramandan bahseder. Hikâyeyi Raşid'den dinleyelim:

"Alelhusus kulunuz yanında Erzurumlu Abbas derler bir yiğit vardır. Uyvar Muharebesi'nde bi-bâk ü pervâ kale bedenine çıkıp küffâr-ı hâksâr her çend ki üzerine tüfenk daneleri yağdırırlar, yerinden ayıramayıp düşmana sebat gösterdikçe anı görüp bir yeniçeri dilâveri dahi anın yanına uruc ettiğin sair guzat-ı müslümîn gördükleri saat lücce-i cemiyetleri huruşa gelip zemzeme-i kâfir küş-i tekbir ile cümlesi yekpare yürüyüş ettiklerinde düşmen-i din için adem-i mukavemet mukarrer ve bu tarikle ân-ı vâhitte kalenin fethi müyesser oldu, deyu takrir eyledi. Şehriyar-ı inayetmedar hazretleri otağdan has odayı teşrif buyurduklarında mezbur Abbas'ı huzur-ı hümayunlarına getirdip kendüyü vafir istintak buyurduklarından sonra avatıf-ı aliyye-i mülûkânelerinden başına çifte çelenk takıp ve kendü talebiyle hatt-ı hümâyun-u şevket makrunlarıyla Erzurum gümrüğü malından yevmî yetmiş beş akçe tekaüt ulufesi ve dört top kumaş ve dört donluk çuha ve vafir sikke-i hasene ihsan ve karındaşına dahi yine Erzurum gümrüğünden elli akçe ulufe ve mezbur Abbas ile maan bâlâ-yı beden-i kaleye uruc eden yeniçeriye dahi ocağından tekaüt ulufesi verilmesin ferman eylediler." (*Raşid Tarihi*, ikinci tabı, cilt I, s. 100).

İşte imparatorluk bu idi. Erzurum ile Uyvar, Bağdat ile Girit, Tebriz ile Belgrat, Atina ile Cezayir birbirine karışmış yaşıyordu. Evliya Çelebi'yi her satırda mizahtan *Şehname*'ye götüren bu şaşırtıcı birlik ve onun günlük hayata getirdiği zarurî değişikliği ve zarurî tezatları cemiyetin hem gururu, hem ıstırabıydı.

Erzurumlu Abbas, Uyvar fethinde muzaffer dönen veya ölenlerin içinde adını bildiğimiz tek insandır. Uyvar'ın, Tuna'nın ilerisinde verdiğimiz binlerce muharebeden biri olduğu gibi, onun macerasından Cevat Dursunoğlu'na bahseden Yahya Kemal, Erzurum sokaklarından birine Uyvareri Abbas adının verilmesini tavsiye etmiş. Güzel fikir. Temenni ederiz ki Erzurumlular

Gürcü Kapısı'ndaki sokaklardan birine de Evliya Çelebi'nin adını verirler. Böylece Erzurum gümrüğünden tekaüdiye veya maaş alan bu iki insan, adını tesadüfün kurtardığı Uyvar şehnamecisi, yaşadıkları şehrin hâtırasında birleşmiş olurlar.

III

Servetin, çalışmanın bulunduğu yerde içtimaî nizam kendiliğinden doğar. Eski Erzurum çok muntazam bir çerçeve içindeydi. En başta toprak sahipleri gelirdi. Eski devirlerde mahallî ve askerî idareye de iştirak eden, kale dizdarlığı, muhafızlık gibi vazifeler alan bu beyler, tıpkı Rumeli'de, Tuna'nın bizim tarafa düşen şehit anavatan parçası kısmında olduğu gibi, tam bir toprak aristokrasisi kurmuşlardı.

Bütün gelenekte olduğu gibi kadınlar burada da son derece muhafazakâr idiler. Evlenmelerde akran, denk aramada onlar erkeklerden daha mutaassıptılar. Toprak sahiplerinin kızlarından alınan kadınlara "paşa" denir, esnaf zümresinden seçilenler, yahut dışardan alınanlar veya cariyeliklerden gelenler "hanım" olurdu. Bu evlenmeler bazen vilâyetin sınırları dışına çıkar, Gürcü beylerinin kızları Erzurum'a paşa olarak gelirlermiş.

Osmanlılardan çok evvel asıl şöhretini Kurtuba'da yapan büyük Arap lisancısı Abdullah el-Kali'yi medreselerinde yetiştiren Erzurum'da İslâmî ilim geleneği bu şehri şarkın ön safta merkezlerinden biri yapıyordu.

Son zamanlarda "ulema" sınıfı üç dört büyük aileden ibaretti. Solakzadeler, Kadızadeler, Müftizadeler, Gözübüyükler gibi.

Ulemadan sonra, başlarında Dabaklar şeyhi bulunan ve şehrin asıl belkemiği olan esnaf gelirdi. Dabaklar şeyhi, icabında hükûmet nüfuzuna bile karşı koyabilecek bir şahsiyetti. Ne Tanzimat, ne Abdülhamid idaresinin merkezciliği şehrin ruhu olan ve esasını ahîlikten alan bu otoriteyi yıkamamıştı. Eski dünyamızda Dabaklar şeyhi, asıl bünyesini esnafın teşkil ettiği Anadolu şehirlerinde daima bu kudreti taşırdı. Dabaklığın ayakkabıcılık, saraçlık gibi geniş ihtiyaçları karşılayan sanatları beslemesi, belli başlı servet kaynağı olan hayvancılığa dayanması bu sanatı doğrudan doğruya köy ve aşirete bağlıyordu.

Dabaklar şeyhinin arkasında, İstanbul'da bile XVII., XVIII. asır ihtilâllerinde iki azgın ocağa karşı kuvvetini zaman zaman gösteren çarşısı gelirdi. Fakat asıl mühim olan bu zümreler zinciri değildi; onun arkasındaki canlı kuruluştu. Bu kuruluş, şehrin hayatını gerçekten kuvvetlendiriyordu. Köylü ile çiftçi sınıfının hakları toprak sahibi beyler tarafından korunurdu. Köylü ile bey arasındaki münasebetler, bir serhat vilâyeti olduğu için, Erzurum'da başka yerlerdekinden daha babaca kurulmuştu. *Başımıza Gelenler* müellifi Mehmet Arif Bey'in fikri de budur. Çarşı bu kadar kuvvetle kökleşince şehirde tagallüp fikrinin yerleşmesi çok güçtür. Bu sebeple her canlı şeyde rastlanan anlaşmamazlıklara rağmen, eski Erzurum'da bir nevi muvazene teşekkül etmişti. Bu hâl, her sınıfı kendi hayatında, kendi zevkinde rahat ve müstakil bırakarak, mesut ederek, İkinci Meşrutiyet'e, hattâ biraz sonrasına kadar sürer.

Bununla beraber kaynaşma, anlaşma havasına rağmen camilere, vâizlere kadar bu ayrılık gidiyordu. Son devirlerde Caferiye Camii'nde gençler, açık fikirliler toplanır, biraz sonra bahsedeceğim Müftizâde Edip Hoca'nın vaazını dinlerlermiş. Pervizoğlu, koyu zahitlerin camii imiş. Orada Abdülkadir Hoca vaaz eder, önünde fermanların okunduğu devlet camii Lala Paşa, daha karışık, daha çeşitli halkla dolarmış. Burada Solakzadelerden vâizler varmış.

Halk, tatil günleri, en fakirine varıncaya kadar, cumalık elbiselerini giyerek yazlık mesire yerlerine, bilhassa varlıklı şehir halkının çadıra çıktığı Boğaz'a, cirit oyunlarına, güreşlere giderler, ayakta zıgva şalvar, belde Acem şalı, silâhlık, daha üste gazeki denen cepken ile aba, hartı denen palto ile başına çok defa İstanbul'un Kandilli yazması saran esnaf, kış gecelerine de benim yetişemediğim Aynalı Kahve'de (Tebriz Kapısı'nda) Âşık Kerem, Battal Gazi hikâyeleri okuyan, Geyik Destanı söyleyen, saz çalan, tıpkı Kerem'in zamanında olduğu gibi şiir müsabakası yapan, birbirine tarizli cevaplar veren, yetiştikleri memleketin güzelliğini öven, geçtiği yolları, gurbet duygusunu anlatan şairlerin, halk hikâyecilerinin etrafında toplanır, yahut da aşağı yukarı on asırlık bir gelenekle sürüp gelen sıra gezmelerinde kendi aralarında eğlenirmiş.

Erzurum'un asıl hayatını bu esnaf yapıyordu. Asıl güzel olan şey de, sağlam bir sınıf şuuruna ermesi, yukarıya imrenmeden kendisini aşağıya açık tutmasıydı. Esnaf kadını, eşraf kadınının giydikleri elbiseleri giymez, yani kutnu'larla sırmalı elbiselerle süslenmezdi. İş terbiyesi almış, eli işlediği, yarattığı için nefsine saygı duygusu yerleşmiş şahsiyetli, kendine güvenir vatandaşlardan teşekkül etmiş bir kalabalık... On üç yaşında henüz çıraklığa giren bir çocukta bile az zamanda nefsine güven başlar, el emeğine dayanan bir hayatın mesuliyet fikrinin insanoğlunu nasıl yükselttiği görülürmüş.

Musiki zevki de böyle idi. Bütün Erzurumluların bildiği Bar oyunlarında, ciritte, düğünlerde bizi Malazgirt'ten Viyana'ya kadar götüren davul zurna, o mâşerî bando çalınırmış. Halk kahvelerinde âşık sazı, eşrafın gittiği gazinolarda, kıraathanelerde –bittabi Tanzimat'tan sonra– takım musikisi varmış. En son takım, Kör Vahan'da santurlu, armonyomlu takımı imiş. Bunlardan başka, bir de Kur'an okuyan büyük hâfızlar vardı. Bunlar Lala Paşa'nın hatibi Kitapçızade Hâfız Hâmid Efendi, Ebulhindili Hamdi Bey ile Gözübüyükzade idi.

Bu çok düzenli hayatta mevsimler kendilerine mahsus bir teşrifatla gelirdi. Çünkü her şey evvelden tanzim edilmişti. Binaenaleyh hepsinin habercileri ve solakları vardı. Çocuklar yaz geldiğini çadırcı ustasının eve uğradığı zaman öğrenirlermiş. O zaman bahçeye çadırlar yığılır, ihtiyar, yatkın elli ustalar Boğaz'a, Ilıca'ya, açık havaya, eğlenceye kavuşacaklarını anlayıp sevinen küçüklerin çığlıkları arasında onları tamir eder, söküklerini diker, yırtık yerlerini değiştirir, yağmura, rüzgâra dayanacak hâle getirirmiş.

Kışın geldiğini kürkçü müjdelermiş. Daha Kop Dağı'nın başı beyazlanmadan, Palandöken sırtları kaşlarını çatmadan önce, Erzincan'dan gelen siyah üzümün renginden, yaylanın üstünden cenuba doğru akan kuş sürülerinden vaktin yaklaştığını anlayan tecrübeliler, kürkçüyü çağırırlarmış. Bu sefer gocuklar, samur, tilki, kurt postundan kürkler, tulumlar geniş selâmlık sofalarında ortaya konur, gözlüklü ihtiyar kürk ustaları tığlarıyla onları düzeltir, eksiklerini tamamlarmış. Bu, Erzurum'un ikinci hayatının başlangıcı, sıcak sobanın, gümüş çay tepsisinde küçük bir şafak gibi gülen çayların, uzun sohbetlerin devridir.

Şehir, kapılarını kapatır, kendi âleminde yaşardı; kızak üstünde siyah yamçılı, uzun konçlu çizmeli, kıvrak bıyıklı postacıların acayip kurt tipi hikâyeleriyle beraber iki üç haftada bir getirdikleri gazetelerin havadisleri uzun uzun münakaşa edilir, geçmiş zaman hâtıraları anlatılır, dedikodu yapılır, çok zarif, ustalıklı cümlelerle eşe dosta tariz edilirdi. Belki de bu kapalı kış aylarının beslediği sohbet yüzünden hemen her Erzurumlu biraz nükteci, biraz hicivcidir. Fakat, her şeyde olduğu gibi, her nesilden birkaç kişi bu umumî mazhariyetin üstüne çıkar. Bunlar konuşma sanatının şöhret kurmuş ustalarıdır.

Mütareke yıllarında Ermeni meselesi dolayısıyla Erzurum'a gelmiş olan Amerikan heyetine o zamanın Belediye Reisi Zâkir Bey'in verdiği cevabı kim hatırlamaz? Tercümana:

– "Dilmaç, bana bak, bu beyler uzun boylu anlatıyorlar. Ben kısa bir misalle Erzurum'da ekseriyet kimlerde idi, Cenerale anlatayım." diyerek heyeti oturdukları evin penceresine götürmüş,

– "Bakın, demiş, şurada bütün şehri saran bir taşlık var. Onun da ortasında yirmide biri kadar duvarla çevrilmiş bir yer var. O büyük taşlık Müslüman mezarlığı, o küçüğü de Ermeni mezarlığıdır: bunlar kendi ölülerini yemediler ya!

Erzurum'da Türklerin daima ezici bir çokluk hâlinde yaşadıkları bin türlü şekilde gösterilebilirdi. Zâkir Bey'in hazırcevaplılığı bunların en kısasını, itiraza yer bırakmayanını bulmuştu.

Erzurum'da bu konuşma ustalarının birini bol bol dinlediğim hikâyeleriyle, birini de şahsen tanıdım. Kaleli Burhan Bey 1923'ten çok önce ölmüştü. Fakat keskin hicvi ve istihzası, hazırcevaplılığı hâlâ canlı bir hâtıraydı. Edip Hoca ise hayattaydı. Bana üç yüz yılın üzerinden aşarak, XVI. asrın şair İshâk Çelebi'sini hatırlatan, onun çok meşhur "Şam'dan çıktığım akşama dedim Şam-ı Şerif" mısraını tekrar ederek anlatan bu şaşırtıcı adam, gerçekten hatırlanmağa değer. Cevad'ın odasında tanıdığım Edip Hoca'yı ben çok sevmiştim. Bu uyanık adam bana daima eski kültürümüzün bir incarnation'u gibi görünmüştü. Geniş atlet gövdesiyle her geçtiği yolu kendi etrafında bir tablo zemini gibi toplayan, karşısına çıkan her şeyi ikinci planda bırakan bu adam, Erzurum'da, bütün eskiliğe rağmen belki en canlı nokta idi.

Edip Hoca 1923 Erzurum'unda, XVI. veya XVII. asırların şark ordularından biriyle gelip orada kalıvermiş bir mazi yadigârına, yahut Üsküdar'dan Şam'a, oradan da Hicaz'a gitmek üzere tehlillerle, tekbirlerle yola çıkarıldıktan sonra yanlışlıkla Erzurum'a gelmiş bir sürre alayına benzerdi. Neşesi, pervasızlığı, mücadeledeki hazırcevaplığı, kafasındaki ölçü duygusuyla, iyi kalbiyle Edip Hoca bütün bir âlemdi.

Bir gün dostlarından birine uğrayarak çay bardağı istemiş, çok güzel bir takımı beğenmiş, "Hakkı, bunları ayır, ben birini alıyorum, bu akşam tecrübe edeceğim" demiş. Fakat ertesi gün çay bardağını geri getirmiş. "Hoca, ne diye beğenmedin, bu güzel bardakları?" diye soran dostuna o dik sesiyle: "Hakkı, demiş, bardaklar güzel, ama bana uymuyor. Sabahleyin çayla doldurdum, şöyle bir önüme koydum, bir kendimi düşündüm, bir ona baktım: nispetsiz... Hele, Hakkı Can, sen bana biraz daha büyüğünü bul."

Bu küçük fıkra Edip Hoca'nın nasıl bir adam olduğunu, ne kadar tam bir âlemden kopup geldiğini gösterir. Edip Hoca gençliğinde politikaya girmişti. Hattâ bir zamanlar İttihad ve Terakki'nin faal bir âzası olarak Meşrutiyet'in ilk yıllarında Arnavutluk'a gönderilen Heyet-i Nâsıha arasında o da vardı. Bu seyahatinde başından geçen bir hâdiseyi sıkça anlatırdı.

Misafir kaldığı bir Arnavut beyinin evinde iken günün birinde beyin dağ kabilelerinden birinin reisi olan uzak akrabasının bütün maiyetiyle konağa geldiğini görürler. Mahallî âdete göre misafirlerin beraber ağırlanması şartmış. Akrabasını çok iyi tanıyan ev sahibi bu zarureti hocaya anlatır, "Çare yok katlanacağız. Daha doğrusu siz katlanacaksınız. Aksi takdirde kül oluruz!" der. Ayrıca da çok dikkatli olmasını sıkı sıkı anlatır. Edip Hoca ister istemez razı olur. Gece yataklar serilir. Yeni misafir, Edip Hoca ile kendi arasına evvelâ silâhlarını, dolu tabancalarını, fişenklerini, sonra da en iyi cinsinden bir Serfice tütünü paketi koyar. Yatağa girdikten sonra "Hoca, sar bir cıgara seninle konuşacağım." der. Eski tâbiriyle izbanduta benzeyen oda arkadaşını ve bu arkadaşlığın verdiği rahatsızlığı uykunun âleminde unutmağa hazırlanan hoca cıgarayı sarar ve bekler. Adamcağızın meselesi gayet basitmiş. Kardeşinin kızına aşıkmış. Onunla evlenmeğe karar vermiş. Fakat işe pek aklı ermediği, daha doğrusu sağdan soldan bu işin haram olduğunu söyleyenler bulunduğu için bu hususta İstanbul'dan geldiğini bildiği hocanın fikrini almak istiyormuş. Hattâ seyahatinin sebebi de biraz bu imiş.

Hoca bittabiî "Aman, nasıl olur? Kardeşinin kızı senin kızın demektir. Haramdır." cevabını verir. Fakat aşık Arnavut beyi kararını değiştirmek niyetinde değil. Zaten fikir sormuyor, sade bu işe hocanın razı olmasını, yani bir nevi fetva istiyor. Münakaşa büyür. Nihayet karşısındakini kandıramadığını gören aşık misafir bu mâsum arzusuna set çeken hocayı inadından dolayı küfürle itham ederek tabancaya sarılır. Edip Hoca, bir karşısındaki adama, daha doğrusu tabancasına bir de kapıya bakar. Kapı ile aradaki mesafe uzun. Kaldı ki arkasındaki sofada adamın maiyeti yatıyor. İster istemez "Hele, Bey, dur, acele etme!" der. "Anlat bana. O kızın babası olan kardeşin senden büyük mü küçük mü?" Arnavutcağız "Benim büyüğümdür." cevabını verince "Mesele değişti. Niye baştan söylemedin bunu. Küçüğün olsaydı tabiî haramdı. Evlenemezdin. Çünkü senin oğlunun kızıyla evlenmen gibi bir şey olurdu. Ama büyük olunca... O zaman helâldir. İstediğini yaparsın!"

İşlerin aldığı bu son şekil misafiri memnun eder. "Yaşa bre hoca" der. "Zaten bana söylemişlerdi, büyük âlim olduğunu. Yak bir cıgara!" Ve böylece Edip Hoca, o geceyi sabaha kadar Serfice tütünü içerek aşık amcayı dinlemekle geçirir.

Bu hikâye üzerine sonraları çok düşündüm. Onun kuvvet delili karşısında bu teslimisinizm ile ittiham edilebilir. Hattâ böyle görenler bu küçük anekdotta Osmanlı yıkılışının sebeplerinden birini bulabilirler. Çünkü biz çok defa İzzet Molla'nın,

> Meşhurdur ki zulm ile olmaz cihân harâb
> Eyler anı müdâhane-i âlimân harâb

beytini tek başına okuruz.

Fakat birtakım değerlerin ancak müsait ortamlarda muhafaza edilebileceğini düşünenler hocayı affederler. Edip Hoca kahramanlık iddiası olmayan bir adamdı. O, düzgün bir nizam içinde fikirlerinin mesuliyetini kabul edebilirdi. Osmanlı tarihindeki dram, Edip Hoca gibilerin tâvizinden ziyade bu tâvizi istemenin muayyen bir devirden sonra âdeta tabiî hâl oluşundandır.

Erzurum'da hikâyelerini dinlediğim insanlardan biri de 93'de Erzurum mebusu olan Ahmet Muhtar Bey'dir. Onun hayatını ana tarafından torunu olan Cevat Dursunoğlu'ndan sık sık dinledim. Beğenmediği bir valiyi övdüğü için öfkelendiği *Envar-ı Şarkiye* gazetesini, her hafta, uşağı Ömer ağaya: "O maşayı al, o kâğıt parçasını o maşa ile tut, o sobayı aç, şimdi içine at, sen de git, elini yıka" diyerek sobaya attıran bu adamın yapmacığı fazla hiddetleri, göreneğin güçlükle hapsettiği bütün bir mizacı gösterir.

İşte Erzurum'da benim en sevdiğim şey bu mizaç oldu.

IV

Erzurum'a yağmurlu bir günde Zâkir Bey'in bahsettiği bu bitmez tükenmez mezarlığın arasından geçerek girdim. Onun zamanla hırpalanmış uzun, kırmızıya çalan taşları, –Erzurum'un her işçiliğe gelen o çok güzel yumuşak taşı– sert rüzgârın savurduğu sağanak altında hayaletler gibi etrafımı almıştı. Lisede edebiyat hocalığı yapmaya gelmiş İstanbullu genç şairi alt üst etmeye bu tesadüf kâfi idi.

Bereket versin hemen ertesi günü müdür, Cevad Dursunoğlu ile karşılaştım. Bu köklü adam şehrin dehası gibi bir şeydi. Almanya'da felsefe tahsili, dört yıl süren ordu tecrübesi, Millî Mücadele'nin başlangıcındaki rolü, onu tanıdığım insanlardan ayırıyordu. Toplayıcı adamdı. Şehri çok iyi biliyordu. Anlatacağı bir yığın şey vardı. Ve konuşmayı sevenlerden, onu sanat hâline getirenlerdendi. Bu sayede haftasını doldurmadan şehrin ve meselelerin içine girdim.

Bununla beraber bu ilk karşılaşmada içime ekilen yıkılış hissi beni tamamiyle bırakmadı. Yaz sonunda büyük zelzelede onun en korkunç yüzü ile içimde canlandığını gördüm. Acayip ve üzüntülü bir tesadüf İstanbul'a gitmeme mâni olmuştu. Bir ikindi vakti lisede otururken boğuk bir gürültü ile yerimizden fırladık. Her şey sallanıyordu. Öyle ki kapıya kadar zor gidebildik. Şehir bu rüzgârsız havada toz içinde idi. Daha kapıya varmadan bu birinci sarsıntıyı o tarifi güç gürültü ile ikinci ve üçüncü sarsıntı takip etti. Fakat bu sefer halkın çığlığını işitiyorduk. Aramızdaki kısa fasılaları çehre tiklerine benzeyen hafif sarsıntılar dolduruyordu. Yollar insanla doluydu. İlk önce şehrin yıkıldığını zannettik. Fakat öyle değildi. Hele hiç nüfus kaybı yoktu. Fakat daha o akşam kazalardan feci haberler gelmeye başladı. Birçok yerlerde toprak çatlamış, köyler olduğu gibi yıkılmıştı. Hemen her gün yeni nüfus kayıpları öğreniyorduk. Şehir daha o akşam manzarasını değiştirdi ve çok eski göç ordularının karargâhına benzedi.

Bu zelzele bir ay kadar sürdü. Kazalarda o kadar büyük ve devamlı tahribat yapmıştı ki, hafif ürpermelerden başka şey kalmamasına rağmen halk bir türlü evlerine girmek istemiyordu. Bu korkuya o sıralarda Erzurum'a gelen Atatürk son verdi. Kalması için vilâyet konağında ve müstahkem mevki kumandanlığında iki yer hazırlanmıştı. Fakat hemen hemen herkes ne olur ne olmaz diye çadırda kalmasını tavsiye ediyordu. Atatürk, birkaç yerinden çatlamış hükûmet konağında yatmakta ısrar etti.

Atatürk'ü ilk defa Erzurum'da gördüm. Onunla tek konuşmam da Erzurum Lisesi'nde oldu. İki gün evvel Kars Kapısı'nda bütün şehir halkı ile beraber karşıladığımız adam, liseye gelir gelmez beraberindeki "huzuru mutad zevatın" ardından âdeta sıyrılarak aramıza girdi. Sâkin, kibar, daima dikkatli ve her şeye alâkaydı. O günü, Erzurum Lisesi'ndeki hocalara, talebelere, orada rastlayacaklarına vermişti. Ne pahasına olursa olsun sözünü tutacaktı. Yemeğe kalmayacaktı, fakat ikindi çayı içmeğe razı oldu. Yarım saatte gidecekti. Üç buçuk saat bizimle kaldı.

Kendisine söylenenleri son derecede rahat bir dinleyiş tarzı vardı. Bununla beraber araya garip bir mesafe koymasını da biliyordu. Bu mesafe, yalnız yaptığı işlerden veya mevkiinden gelmiyordu, Mustafa Kemal'liğinden geliyordu.

Atatürk her şart içinde kendisini empoze edenlerdendi. Bakışında, jestlerinde, ellerinin hareketinde, kımıldanışlarında ve yüzünün çizgilerinde bütün bir dinamizm vardı. Bu dinamizm etrafını bir çeşit sessiz sarsıntı ile dolduruyordu. Öyle ki birkaç dakikalık bir konuşmadan sonra bu mütevazı ve rahat adamın, bu öğreticinin anında bir uçtan öbür uca geçebileceğini, meselâ en rahat ve kahkahalı bir sohbeti keserek en çetin bir kararı verebileceğini ve deha gücü bu kararı verdikten sonra yine aynı noktaya dönebileceğini düşünebilirsiniz. En iyisi istim üzerinde bir harp gemisi gibi çevik, harekete hazır bir dinamizm diyelim.

Erzurum Lisesi'nin beyaz badanalı, tek kanepesi kırık muallimler odasında bana sorduğu suallere cevap verirken zihnim şüphesiz onunla çok doluydu. Anafartalar'dan Dumlupınar'a zaferden

Cumhuriyet'in ilânına kadar hayatımız biraz da onun talihinin veya iradesinin kendi mahrekinde gelişmesi olmuştu.

Bütün bunların o gün onunla konuşurken duyduklarımda elbette bir payı vardı. Heine yahut Gautier, genç bir şairin Goethe'yi ziyaretini anlatırlar. Zavallı çocuk birdenbire Weimar tanrısının karşısında bulunmaktan o kadar şaşırır ki yol boyunca, hattâ günlerce evvel hazırladığı sevgi ve hayranlık cümlelerini unutur ve yolda gördüğü eriklerin güzelliğinden bahseder. Eğer behemehal cevap vermem icap eden çok sarih sualler karşısında kalmasaydım, şüphesiz ben de o gün bu gence benzerdim.

Önce kim olduğumu, ne iş gördüğümü, Erzurum'da ne vakitten beri bulunduğumu, nerde okuduğumu, hocalarımın kimler olduğunu sordu. Sonra birdenbire o günlerin aktüalitesi olan medreselerin kapanmasına döndü ve bunun halk üzerindeki tesiri hakkında fikrimi almak istedi. Ses namına neyim varsa hepsini toplayarak, "Medrese survivance hâlinde bir müessese idi. Hayatta hiçbir müspet fonksiyonu yoktu. Kapatılmasının herhangi bir aksülamel doğuracağını zannetmiyorum" dedim.

Atatürk bir kaşını kaldırarak "evet, survivance hâlinde idi, survivance hâlinde idi." diye kendi kendine düşünür gibi tekrar etti ve hemen arkasından "Ama bu gibi şeyler belli olmaz... O kadar emin olmayın!" dedi.

Şüphesiz devam edecekti. Fakat Rize mebusu Rauf Bey odaya girerek protokolü hatırlattı. Bilmiyorum, Atatürk'ün bazı cümleleri üst üste tekrar etmek âdeti miydi?

Ölümünden evvel son radyografisini yapan Doktor Tarık Temel, filmin çekilebilmesi için sandalyeye oturmasını rica etmiş. Atatürk de bildiğimiz gibi sandalyeye oturmuş. Bunun üzerine doktor, "Olmadı Paşam, demiş, ricam ata biner gibi oturmanızdı." Atatürk de "Ata biner gibi... Ata biner gibi..." diye kendi kendine mırıldanarak filmin çekilmesine en müsait olan vaziyeti almış. Acaba Anafartalar ve Dumlupınar kahramanı, bu basit teklifi kendi kendine tekrarlarken neyi düşünmüştü.

Atatürk'ü Konya'da, Ankara'da, İstanbul'da birçok defa gördüm. Ve o günkü iltifatının verdiği rahatlıkla birkaç defa elini öptüm. Fakat bir daha kendileriyle konuşmak fırsatını bulamadım.

Abdullah Efendinin Rüyaları'ndaki "Erzurumlu Tahsin" hikâyesi biraz da bu Erzurum zelzelesinin hikâyesidir. Şehrin o günlerdeki manzarası orada anlattığımın aynıydı. Zaten bu hikâyede benim tarafımdan icat edilmiş hiçbir şey yoktur. Hattâ Tahsin Efendi'yle ilk karşılaşmam da orada anlattığım gibi olmuştu. Zelzelenin ikinci veya üçüncü gecesi yine hikâyede anlatılan şekilde ona rastlamıştım ve üzerimde bu sarsıntılar içindeki toprağın bir çeşit dehası tesirini yapmıştı. Benimle de hakikaten öyleymiş gibi konuşmuştu. Böylece hikâyeyi yazmayı düşünmeden çok evvel bu acayip adam, muhayyilemde nizamını ve dostluğunu kaybetmiş tabiatla kendiliğinden birleşmişti.

Yalnız hikâyede unutulan bir nokta vardır. Tahsin Efendi'yi ilk tesadüfün hemen ertesi günlerinde bir kere daha gördüm. O günlerde, çocukluğumdan beri bildiğim ve sevdiğim Erzurum'da herkesin tanıdığı, kıt'alarını birçok defa dinlediğim "Geyik Destanı"nın tamamını bulurum hulyasına kapılmıştım. Hasankale'den gelen bir saz şairinin bu destanı bilmesi ihtimalinden bahsettiler ve çarşının biraz ötesindeki bir köprünün hemen yanında çukur bir yerde bir halk kahvesini salık verdiler. Ertesi gece tam bir tipi içinde –rüzgâr bizi her köşe başında zerrelerimize kadar dağıtıyor, sonra olduğumuz yerde döndüre döndüre topluyordu– rahmetli dostum Fuad'la gittik. Şair Erzincan'a gitmişti, gelmeyecekti. Onun yerine Türkçeyi mevlûd gibi âdeta tecvidle telâffuz eden bir hoca, beş mumluk bir petrol lambası ışığında Battal Gazi okuyordu. Yıpranmış kitap ve isli lamba, kahvenin peykesine konmuş üstü mum lekeleriyle dolu, küçük ve tahtadan bir iskemlenin üzerindeydi ve adam bu rahlenin önünde iki diz üstünde durmadan sallana sallana hikâyesini okuyordu. İri burnu üstünde nasıl tutturduğuna hâlâ şaşırdığım kırık gözlükleri, ince kirli sarı, kır düşmüş hafif sivri sakalı, zayıf yüzü ve perişan kıyafetiyle bir insandan ziyade hiçbir zaman lâyıkıyla anlayamayacağımız birtakım şartların, içtimaî olarak başlamış, fakat zamanla biyolojik nizam emrine girmiş şartların bir mahsulü gibiydi. Etrafında her cinsten bir kalabalık toplanmıştı. Omuz omuza, yüzlerinde, bilhassa gözlerinde acayip bir parıltı, nadir görülen bir dikkatle onu dinliyorlardı. Öyle ki bu kahvenin yarı aydınlığında ilk seçilen ve görülen şey bu dikkatti diyebilirim. Pek az şey bu kadar acıklı ve güzel olabilirdi. Çünkü harbin, bakımsızlığın, yüklü ırsiyetlerin yiyip tükettiği bu çehrelerde, sonradan tanıdığım ve o kadar sevdiğim Goya'nın o zalim frekslerinde eşini görebileceğimiz bir hâl vardı; bir hâl ki açıktan açığa karikatüre ve hicve gidiyordu. Bununla beraber bu yüzlere biraz dikkat edilince zayıf ışığın sefaletlerini ve gözlerinin sıtmalı parıltısını daha belirli yaptığı bu insanların oraya en fazla muhtaç oldukları şeyden, hayal ve hârikulâdeden nasiplerini almak için geldikleri görülüyordu. Ve bu hârikulâde o küçük tahta iskemlenin üzerinde âdeta etrafı dal budak kaplayan bir ağaç gibi büyüyordu.

Bizim düşünmediğimiz şeyi Tahsin Efendi yaptı. Birdenbire kapı açıldı, tipi ve rüzgârla beraber belinden aşağısı ve göğsü çuvalla örtülü yarı çıplak içeriye girdi, kim bilir hangi başka kahveden topladığı avucundaki parayı, Battal Gazi'yi kekeleye kekeleye okuyan hocanın önüne koyarak çıktı.

V

Benim Erzurum'a gittiğim sene çadırcı yine bahar sonunda Boğaz'a, Ilıca'ya, yaylaya çıkılacağını çocuklara müjdeliyor, kürkçü yine elinde tığı, ağır tokmaklı kapıları çalarak uzun kış aylarını, yaman tipileri haber vermeye geliyordu. Fakat bu yerlerde birbirinden o kadar değişik olan bu iki mevsime hazırlanan şehir, artık eski şehir değildi. İşin garibi, böyle bir teşekkülün bir vakitler var olduğunu gösteren hiçbir şey ortada kalmamış, canlı hayatın yerini bir yığın ölüm, hicret hikâyesi almıştı.

Gerçi bu şehri o hikâyelerde bulmak mümkündü. Fakat yaşanmış hayatın sıcaklığını o dağınık hâtıralardan çıkarmak çok güçtü. Şehrin belli başlı mimarlık eserleri de buna yardım edemezdi. Birçokları etraflarında uğuldayan hayatla çoktan bağını kesmiş eserlerdi. Daha IV. Murad zamanında Erzurum'da top imalâthanesi gibi bir işte kullanılan Çifte Minare, sadece kendi kendisi olmakla kalıyordu. Şüphesiz Çifte Minare, Sivas'ta ve daha aşağıdaki kardeşleriyle birlikte bir şaheserdir. Üslûp, taş yontuculuğu, âbidevî duruş bakımından kendi nev'inin en güzel eserlerindendir. Ona, Erzurum'un bir ucunda, şehrin bütün yarısına hükmeden ihtişamlı kapısıyla, minareleriyle, günün herhangi bir saatinde bir kere görüp de hayran olmamak kabil değildir. Onun gibi, Yakutiye'nin aydınlıkta topraktan henüz çıkarılmış bir eski zaman süsü gibi pırıl pırıl minaresinin daima muhayyileyi avlayan bir çekiciliği vardır.

Yakutiye'nin içi, plan bakımından Doğu Anadolu'nun en dikkate değer eseridir. Daha sade bir planda yapılmış olan Ulu Cami, beş beşikli içi ile mağrıp camilerini hatırlatır. Dıştan onlar gibi sadedir. Erken gelişmiş bir gotik kemer, Ulu Cami'de bizi gerçekten üzerinde durulacak bir mimarlık meselesiyle karşılaştırır. Fakat bunlar, kültürümüzün o kadar uzak yerlerinden gelen eserlerdir ki onlarla hemen yanı başımızdaki hayat arasında bir münasebet bulmak imkânsızdır. Mimarlık, meselâ musikide, şiirde, resimde olduğu gibi bize derhal hayatı veren bir sanat değildir. Bu tecrit, daha yükseklerde dolaşır, hatırlatmadan duyguyu tatmin edebilir. Sonra bu eserlerin kendilerine mahsus bir devirleri var. Bursa'nın, İznik'in, Edirne'nin, İstanbul'un, yürüdükçe değişen yumuşak çizgileriyle toprakta canlı bir heykel gibi yükselen her asıldıkları tepeden uçmaya hazır büyük kuşlar gibi görünen mimarî eserleriyle bunlar arasında bütün bir kaynaşma, arınma devri geçmiştir.

Bu eserlerle öbürleri, Alparslan, Kılıç Arslan gibi yalnız vatan kuran savaşlardaki sert yüzleriyle tanıdığımız hükümdarların yanı başında, kemiklerine biraz gün ışığı sızsın diye türbesinin üstünü açık bırakan II. Murad, yahut kardeşlerini öldürdükten sonra, "Bizim perişanlığımız gönülleri toplamak içindir." diye onlara ağlayan Yavuz gibi dururlar. Birincilerinde sade büyüklük, sade kudret hâlinde görünen portreye, ikincilerinde kıvamını bulmuş bir zevkin beraberinde getirdiği bin türlü hâl ve mâna kendiliğinden girer.

İlk istilâ ordularının üst üste akınlarla doğudan Anadolu'ya girdikleri devirde temelleri atılan, bu ordularla birlikte zaferden zafere koştukça yeni vatanı şehir şehir âdeta atalarımız ve çocuklarımızın adına teslim alan bu ilk Saltuk ve Selçuk eserlerinin medeniyetimizde çok ayrı bir yeri vardır.

Her şeyin alt üst olduğu, örf, âdet, akîde, efsane, her şeyin birbirine girdiği bu zengin fakat karışık devirde, çok hususî şartları haiz bir medeniyetin bir istilâdan mukadder doğuşu bütün hayatı bir sıtma gibi sararken, Ahlat'tan başlayarak Erzurum'un, Sivas'ın, Kayseri'nin, Konya'nın camileri, medreseleri, kervansarayları, çok usta bir elin çektiği yay gibi, bu yeni kuruluşun ilk notasını, bütün bu yeniyi hazırlamak için dağılmış unsurları içine alacak olan senfoninin ana temini verirler. Onlar, kartal süzülüşlü orduların arkasından girdikleri şehirlerin ortasında, renkli minareleriyle, endamlı kapılarıyla, dilimiz ve kılıcımız gibi ilk atalar yurdundan getirdiğimiz şekilleri, hususilikleriyle yükseldikçe, etraflarındaki bütün hayat birdenbire değişir, derinden kavrayan bir arslan pençesi gibi toprak kendisine yeni bir ruh, yeni bir nizam verildiğini duyar.

Erzurum'daki Ulu Cami'yi gezerken, o zamanlar askerî ambar olarak kullanılan bu binayı dolduran meşin kokusunu bile bana duyurmayan bir heyecan içindeydim. Üzerine bastığım bu taşlara değen başları, onların kaderini, uğrunda yoruldukları şeyin büyüklüğünü düşünüyordum.

İnsan kaderinin büyük taraflarından biri de, bugün attığı adımın kendisini nereye götüreceğini bilmemesidir. Bâkî'nin Fatih Camii'nde fakir bir müezzin olan babası, oğlunun Türkçe'yi kendi adına fethedeceğini, sözün ebedî saltanatını kuracağını; Nedim'in anası Türkçe'nin ikliminde oğlunun bir bahar rüzgârı gibi güleceğini, onun geçtiği yerlerde bülbül şakımasının kesilmeyeceğini, ağzından çıkan her sözün ebedîliğin bir köşesinde bir erguvan gibi kanayacağını biliyorlar mıydı? Bunun gibi, Malazgirt Ovası'nda döğüşen yiğitler, kılıçlarının havada çizdiği kavsin, bütün ufku dolduran nal şakırtılarının, Sinan'ın, Hayreddin'in, Itrî'nin, Dede'nin dünyalarına gebe olduğundan elbette habersizdiler. Kader, insan ruhu bir tarafını tamamlasın, yaratılışın büyük rüyalarından biri gerçekleşsin diye, onları bu ovaya kadar göndermişti. Yaratıcı ruhun emrinde idiler, onun istediğini yaptılar.

Osmanlı devri mimarîsi Erzurum'da Lala Paşa Camii ile yaşar. Fakat Lala Paşa, gömüldüğü yerden şehre hâkim değildir. Hattâ görülmesi için yanına sokulmak lâzımdır. Sonra küçük nisbetiyle daha ziyade büyük bir heykelin topraktan yapılmış örneğine benzer. Kısacası, Süleymaniye'nin, Yeni Cami'nin canlılığını, âdeta bakanın derisinden geçen sürükleyici ruhanîliğini onda bulabilmek için biraz yorulmak, biraz da böyle olmasını istemek lâzımdır. Bu yüzden, küçük bir pırlantaya benzeyen güzelliğini ben ancak Erzurum'a üçüncü gidişimde duyabildim. Bir akşamüstü önünden geçerken XVI. asrın mucizesi olan o hârikulâde nispet beni yakaladı.

Burada eski bir merkez olan Erzurum'daki bütün sanatlardan bahsetmek benim için imkânsızdır.

Fakat Saltuk künbetlerinin ve medreselerinin kitabeleriyle başlayan ve asırlar boyunca devam eden Erzurum'daki yazı ocağını ihmal etmek istemem. Erzurum Halkevi'nin himmetiyle küçük bir koleksiyonu artık göz önünde bulunan bu ustaların bir kısmının adını biliyoruz. Osmanlı devrinden adı bize kadar gelen en eski hattat Derviş Ali (1080)'dir. Yusuf Fehmi, Tahtacızade ve damadı Asım Efendi, Topçuoğlu Ahmed Efendi, Nâmık Efendizade, Asım Bey daha yakın zamanlarda yetişmişlerdir. Bunların yanı başında Kadızade Mehmed Şerif ve şakirdi Kâmil Efendi gibi müzehhip ve mücellitler de vardı.

VI

Erzurum'da kaldığım müddetçe mahallî diyebileceğimiz musikiyi şahsî bir macera gibi yaşamıştım. Fakat ancak yıllardan sonra onunla yeniden karşılaşınca, taşıdığı ıstırap yükünü anlayabildim. Tabiî bu havaların hepsinde, olgun bir sanat kuvveti aramak, onlardan meselâ bir Tellâlzade'nin veya Tab'î Mustafa Efendi'nin, Sadullah Ağa'nın, Seyyid Nuh'un veya millî hayatın her yanını yoklamış bir deha olan Dede Efendi'nin eserlerinden beklediklerimizi isteyemeyiz. Fakat bilhassa böyle olduğu içindir ki kendilerini yaratan insanların malıdırlar, bize toprağı, iklimi, hayatı, insanı, onun talihini ve acılarını verirler. Bir kere zihnimize takıldıktan sonra onların mucizeli bir nebat büyüyüşü ile bir an gelip dört yanımızı almamaları kabil değildir. Tabiatla doğrudan doğruya temas gibi insanı saran bir hummaları vardır. Şüphesiz bu eserler klasiklerden daha fazla geleneğe tabidirler. Herhangi bir makamdan yürük semaî, bestekârdan bestekâra geçtikçe ayrı bir şey olur. Fakat bir mayanın, bir hoyratın değişmesine imkân yoktur. Asırların hazırladığı bu kadeh, olduğu gibi kalacak, içine dökülen her şeye kendi hususî lezzetini verecektir. Bu itibarla çeşnisi ancak coğrafyaya tâbi olan bir üslûptur, denebilir.

Bu türkülerle şarkıların hepsinin Erzurum'un kendi malı olduğu iddia edilemez. Bazıları Erzurum'da doğmuşlardır. Bir kısmında Azerbaycan ile Kafkasya ile sıkı münasebetin doğurduğu tuhaf bir çeşni, bütün melez şeylerdeki o marazî hislilik vardır. Birtakım hoyratlar, mayalar bütün Bingöl havalisinin malıdır; Bingöl çobanlarının koyun otlatırken çaldıkları kaval nağmelerinden izler taşırlar. Bunların bazıları, bu çobanların ıssız dağların birinden öbürüne ünleyişlerine benzeyen seslerle başlar. Bir kısmı, biraz sonra bahsedeceğim Yemen Türküsü gibi Harput ağzıdır. Bazısı İstanbul'da çıkmış, kervan yoluyla Zigana'yı, Kop'u; yahut da Samsun, Sivas, Erzincan yoluyla Sansa'yı geçerek uğradığı yerlerden bir yığın hususîlik alarak Erzurum'a gelmiştir. Kiminin bestesi yerli, sözü başka yerlerdendir. Kiminde dışarıdan gelen beste, makamın biraz daha üstüne basmak yahut kararını değiştirmek suretiyle yerlileşmiş, bu dağların, yaylanın malı olmuştur. Fakat hepsi birden bize büyülü bir ayna gibi Erzurum'u, gurbeti verirler. Bunlar arasında Yayla Türküsü'nü başta sayabiliriz:

> Yaz gelende, çıkam yayla başına
> Kurban olam toprağına, taşına
> Zalim felek ağu kattı aşıma,
> Ağam nerden aşar yolu yaylanın?

diye başlayan bu acayip kudretli ıstırap, hangi ümitsiz gurbetten doğmuştur? Hangi zındanda havasızlıktan boğulduktan sonra, ruh birdenbire bu geniş, bu hür havaya kavuşur; bu çimen, taze sağılmış süt, koyun sürüsü, kır çiçeği kokusunu, bu dalga dalga büyük dağlar rüzgârını nereden bulmuştur? Sıla hasreti bu kadar geniş bir bayrağı pek az açmıştır. Ses bir kartal gibi süzülüp yükseldikçe ruhumuzu da beraberinde sürüklüyor. Yolda sevdiklerini eke eke kendini Suşehri'nde veya Sivas'ta bulmuş hangi biçare, sadece hatırlamanın kuvvetiyle bu yükseklere erişti?

Yemen Türküsü'nü okuyalım:

> Mızıka çalındı, düğün mü sandın?
> Al beyaz bayrağı gelin mi sandın?
> Yemen'e gideni gelir mi sandın?
>
> Dön gel ağam, dön gel, dayanamiram,
> Uyku gaflet basmış, uyanamiram,
> Ağam öldüğüne inanamiram...
> Ağamı yolladım Yemen eline,
> Çifte tabancalar takmış beline
> Ayrılmak olur mu taze geline?
>
> (Döşeme)
>
> Akşam olur, mumlar yanar karşımda,
> Bu ayrılık cümle âlem başında,
> Gündüz hayalimde, gece düşümde.
>
> (Döşeme)
>
> Koyun gelir, kuzusunun adı yok,
> Sıralanmış küleklerin südü yok,
> Ağamsız da bu yerlerin tadı yok.
>
> (Döşeme)

Baştaki üç mısra "Ey Gaziler"de vardır. Fakat döşemeler mahallidir. Yemen Türküsü ile ona benzer türküler, Anadolu'nun iç romanını yaparlar.

Bulgar komitacıları, ceplerinde Abdülaziz Han'a hitap eden istidalarla Balkan dağlarında Türk vatanının birliğine pusu kurarlarken Anadolu kadınları redif, ihtiyat, müstahfaz adlarıyla evlerinden alınan, bir daha memleketlerine dönemeyen erkeklerine ağlıyorlardı. Fakat bizim acılarımız nedense hapsedilmeye mahkûmdur. Onlar, dinlenilmesi sadece tesadüfe bağlı birkaç türküde yaşıyor... Bugünkü nesil ortadan çekilince belki onlar da kaybolacak. Yemen, Anadolu'nun çektiği acıların bir parçası, hattâ en küçüğüdür. Daha acıklısı var: Verimsiz bir toprağın getirdiklerine beş on kuruş eklemek için memleketinden ayrılıp İstanbul sokaklarında kaybolan zavallılara arkada kalanların hasreti... "Di gel, di gel, dadaş gel!..." diye atılan çığlıklar, bu toprağın üstünde yaşayanların asıl romanlarını, şartların, zaruretlerin gerçek yüzünü verirler. Bunların birinden aldığım:

> Çerden çöpten yuva kurdum,
> Uçurmadım bala ben...

beytinin bütün bir hayat destanı olabilmesi için bir an gerçek bir romancı muhayyilesine çarpması yeter.

Bu halk havaları içinde beni en çok saran "Billûr Piyale" oldu:

> Nezaket vaktında serv-i bülendim,
> Salın reftâre gel yasemenlikte.
> Kimseler görmemiş, canım efendim,
> Sen gibi bir dilber gülbedenlikte.
> Bezme teşrif eyle, ey çeşm-i âfet!
> Bu şeb hane halvet, eyle muhabbet
> Baş üzre yerin var, teklif ne hacet?
> Sen bir gülsün gezme, her dikenlikte
> Çağırırım, çağırırım yanıma gelmez,
> Bülbülden öğrenmiş, dikene konmaz,
> Yüz bin öğüt versem biri kâr etmez
> Aslı da beyzadelim, sen safa geldin!
> Billûr piyalelim, bize mi geldin?

Bin türlü acemiliği, saflığı içinde, bu küçük parça baştan aşağı incelik, zevk, lezzettir. Gerçekten billûr bir kadeh... Belki büyük bir geleneğin son tezgâhında yapıldığı için küçük bir çatlaklığı, tadını artıran bir donukluğu var. Fakat meselâ Behzad'ın elinden çıkmış bir minyatür kopyası gibi bütün bir tarz, bütün bir edadır... Asıl güzel tarafı, bu küçük billûrdan bütün zevki, hayatı, düşünceyi, zaman telâkkisini fışkırtan bestedir. Esnaf sıra gezmelerinde söylendiği tahmin edilen bu türküye Orta Anadolu'da da rastlanıyor. Fakat Erzurum'da şimdi artık sesini bir daha duyamayacağım Hâfız Faruk'tan dinlediğim şeklinde, oraya mahsus bir çeşni ayrılığı gösterdiği, tadının daha keskinleştiği muhakkaktır. "Billûr Piyale" bizi, "mahallî klasik" adını verebileceğimiz orta sınıf musikisine götürür. Bu sınıf musikisinin daha belli hususîlikler taşıyan eserlerine geçmeden önce, iki türküden bahsetmek istiyorum. Bunlardan biri "Billûr Piyale" gibi oyun havası olan "Sarı Gelin"dir. "Erzurum çarşı pazar" diye başlayan bu türkünün canlandırma kudretine daima hayran oldum. İkincisi "Yıldız Türküsü" diye tanıdığımız parçadır. Bu türküde insan sesi yıldız parıltılarıyla, onların bu iklimde her şeye sindirdikleri talih sezişiyle, bir nevi hurafeyi andıran bir korkuyla dolup boşalır. Sonuna doğru çeşit çeşit renkler her yanınızı esrarlı bir şafak ışığıyla sararlar. Bir billûr prizmada ömrün rüyasını seyredersiniz. Sözlerinde sert, hoyrat Tanrı çehresiyle geçen Kervankıran'a rağmen bu türküde hiçbir büyüklük kaygısı yoktur. Daha ziyade, penceresinden ayı ilk defa gören bir çocuğun mırıldandığı o garip şeyler gibi, yarı duaya, yarı türküye benzer. Fakat belki de bunun için bizi sırrın tâ ortasına atar.

Son zamanlarında ölen Hacı Hâfız Hâmid'in Tatyan bestesi, Erzurumlu Kâmi adında bir şairin böyle bir şiirinden birdenbire altın çizgilerin hendesesini fışkırtan acayip bir beste Erzurum'un mahallî klasiğine en güzel örnektir. Doğu ve şimaldoğu tesirinin az çok karıştığı birkaç beste bu sıraya konmalıdır. Tatyan'dan daha pürüzsüz, daha temizi şehrin büyük hemşehrilerinden biri olan, ondan *Marifetname*'sinde "belde-i tayyibemiz Erzurum-ı rif'atlüzum" diye bahseden İbrahim Hakkı'nın "Su" manzumesinin bestesidir.

> Su vâdi-i hayrette
> Her seng ile ceng eyler
> Deryasına vuslatta
> Aheng-i peleng eyler
>
> Su havza kudum eyler
> Şevkiyle hücum eyler
> Geh nağme-i Rum eyler
> Geh raks-ı Frenk eyler

kıt'aları bu mutasavvıf âlimin akike veya yıldıztaşına kazılmış o eski mühürleri andıran:

> Hiç ummadığın yerde
> Nâgâh açılır perde
> Derman erişir derde
> Mevlâ görelim neyler
> Neylerse güzel eyler.

beşliğini aratmayacak kadar kuvvetlidir.

Erzurum'da öteden beri devam eden bu iki başlı musiki geleneğinin son vârisi şimdi erken ölümüne o kadar yandığımız Faruk Kaleli idi. Bu süzme insan o kadar bu musikiyle hemhâl yaşamıştı ki, halim yüzü, Hüseynî'den henüz kanatlanmış bir nağmeye benzerdi. Şimdi, ara sıra radyoda onun repertuarından bir türküye tesadüf ettiğim zaman 1924 yazında bu havaları dinlediğim günleri büsbütün başka bir hasretle hatırlıyorum. Yine onun söyledikleri arasında Bursalı İsmail Hakkı'nın bir Celvetî nefesi vardı ki, hem güftesi, hem bestesi ile unutulmaması lâzım gelen eserler arasındadır.

Büyük Harp'ten önceki yıllarda Erzurum'da yaşayan Kolağası Ali Rıza Bey de, gelecek şöhretini eğer bu repertuar tamamiyle diske ve tele alınmışsa Faruk Kaleli'ye borçlu kalacaktır. Hasankale ılıcasında kubbeyi tepesinden atacak kadar gür sesiyle besteler okuyan bu coşkun adamın tekke şiirinin tarihinde bir yeri olması lâzımdır. Onun şair Fâizi'nin:

Taam ü emn ü âsâyiş gibi bir nimetim vardır.

mısraını ihtiva eden gazelini tahmis ederek yaptığı beste:

> Ey gönül, içmek dilersen cam-ı Cem
> Dem bu demdir, dem bu demdir, dem bu dem.

diye başlayan nefes, unutulmaması gereken eserlerdendir.

Şimdi o kadar sene üzerinden bütün bu besteleri, mayaları, hoyratları, Zihnî, Sümmânî, ağızlarını dinlediğim zaman bakıyorum, musikinin, nağmenin bir topluluğun hayatındaki yerini anlıyorum:

> Bâkî kalan bu kubbede bir hoş sadâ imiş

diyorum. Çünkü nağmenin kadehi kendisine boşaltılanı sonuna kadar saklıyor.

VII

Erzurum'a üçüncü gidişim İkinci Cihan Harbi'nin son yıllarında idi. Yataklı vagonda yolculuk şüphesiz çok rahat bir şey. Fakat insanı garip bir surette etrafından ayırıyor; âdeta eski mânasında yolculuğu öldürüyor. Bir mermi gibi sağla solla temas etmek fırsatını bulmadan, gideceğiniz yere sadece yanınızda götürdüğünüz şeylerle varıyorsunuz. Falan istasyondan üzülerek veya sevinerek biniyorsunuz, bir başkasında esneyerek iniyorsunuz. İkisinin arasına, kitaplarınızın, her günkü endişelerinizin içinden, ancak şöyle bir göz atılabilen bir iki manzara girebiliyor. Asıl yolculuğu galiba üçüncü mevki vagonlarda aramak lâzım. Gerçek hayatı halk arasında aramak lâzım geldiği gibi... Çünkü orada insanlarla en geniş mânasında temas var.

Her istasyonda inen, binen, gidip gelen, ağlayan, sızlayan halkın arasında insan eski yolculuğun mânasını yapan hana, kervana yaklaşmış oluyor. Hanlar, kervansaraylar... İşte eski yolculukların sihrini yapan şeyler... Bir kervana katılmak, bir handa gecelemek... Bir gece için tanışmak, ertesi sabah ayrılmak, hayatına bir şey katmak şartıyla görmek... *Binbirgece*'den *Gil Blas*'a kadar, eski hikâyeler bu cins tesadüflerle doludur. Onlar yolculuğu zengin bir tecrübe hâline getirirdi.

Bugünkü yolculuk ise, tabiî bu harpte olduğu gibi fevkalade hâller bir yana bırakılırsa, sadece yerinde iyi kötü bir anket olabiliyor.

Bu üçüncü gidişimde Erzurum'u bir öncekine nisbetle daha çok toparlanmış, gelişmiş buldum. Yaralar dinmişti. Araya zaman dediğimiz büyük yapıcı girmişti. İnsan ömrü, unutmanın şerbetine yiyecek kadar muhtaç. Yeni hayatın eşiğinde Erzurum eskiyi, bir başka âlemi hatırlar gibi hatırlıyordu: Yakıcı yaz güneşinin altında parça parça dökülen, toz hâline gelen eski şehirle yeni yapılan beton binalar arasındaki farklar büyüktü. Fakat asıl beni sevindiren, düşündüren şey, istihsalin zaferini gördüğüm noktalar oldu. Şehir, iktisadî hayatının yeni baştan düzenleneceği günleri bekleyedursun; verimli, zengin toprak, köyleri yeniden kurmuştu. Erzurum çarşısında gezerken rastladığım kalın siyah sağlam paltolarını giymiş dev yapılı, uzun sakallı, keskin bakışlı Daphan köylülerinin kıyafetinde ve hemen o gece gittiğimiz Cinis'te, asıl yayla köylerinde bunu farketmemek imkânsızdı.

Cinis'te vaktiyle lastik tekerlekli paytonla Aşkale'ye gidip gelen beyleri bulamadık. Emekle, zevkle yetiştirilmiş gül bahçeleri gibi onlar da kaybolmuştu. Şimdi onların çocukları, köylülerle aynı refah seviyesinde değilse bile, aynı çalışma şartları içinde yaşıyorlardı. Hepsi de toprağının başında duruyor, gündelik çalışmaya katılıyor, çuval kaldırıp yüklüyor, arabasına at koşuyor, değirmenin suyunu, patatesin ekilme vaktini düşünüyor, harman makinesinin yokluğundan, Ziraat Bankası'nın ticarî kredi şeklinden şikâyet ediyorlardı. Bana asıl ehemmiyetli gelen şey, kendisiyle uğraşana toprağın gülmesiydi.

Eski Cinis beylerinin torunları, muhacirlikten sonra baba yurtlarına döndükleri zaman yemek için bir çuval bulgurla, Kars'tan tedarik ettikleri bir çift öküzle işe başlamışlardı. Fakat toprak onlara gülmüştü. On yıl sonra köy, ekinleriyle hayvanlarıyla yeniden kurulmuştu. Köyün "emvali metruke"sini topraksızlara dağıtan Mutahhar Bey'in bu başarıdaki payına işaret etmek isterim. Cinis'te onun misafiri idim. Dünyada bundan sevimli insan bulamazsınız. Çiftçiliği bir macera gibi yaşıyordu. Yorulmak nedir bilmiyordu. Nitekim o kadar güçlükle Cinis'i kurduktan on dört yıl kadar sonra bir eşkiya baskınına uğramış, gene tohumdan hayvana, halıdan elbiseye kadar ne varsa elden gitmişti. Şu halde benim gördüğüm, beş evinde radyo çalınan köyün hakiki geçmişi on yıllıktı. Gene aynı aileden Naci Bey'in evinde bize şerbet ikram ettikleri gümüş takım bir yana bırakılırsa, geçmiş zamanın servetinden yaşlıların hâtırasında kalanlardan başka hiçbir miras yok gibiydi. Bununla beraber köy mesuttu, refahlıydı.

Bir öğle yemeğini yediğimiz Germeşevi sırtlarında iki bin hayvan otluyordu. Küçük bir kaynak başında halkalanarak geviş getiren on beş kadar öküze baktım: ebediyetlerinde vakarlı, ârızasız sessizlikleri içinde dalgın duran Olimposlulara benziyorlardı. Geniş gövdeleri ara sıra bir sarsıntı geçiriyor, adaleli boyunları geriliyor, şöyle bir gerdan kırışla bir sineği kovalıyorlar, sonra siyah, ıslak çeneleri gene eski yerine dönüyor; gene aynı rüya bir iplik hâlinde ağızlarında sarkıyordu.

Köy toplanınca yeniden geleneklerini, türkülerini bulmuştu. Aynı akşam, gece yarısına doğru, Gemeşevi'den lüks lambalarıyla inerken gözlerimin önünde o eski âlem canlandı. Anadolu, getirdiği tecrübelerle yıkılmamış, sadece ders almıştı. Dört gün süren bu misafirlik bana bir kütüphane kadar faydalı oldu.

İki Cinisli'den bahsedeyim: bunlardan biri, düveninde arslanların çektiği arabasında bir Semiramis gibi kurulmuş on iki, on üç yaşlarında bir küçük kızdır. Etrafında parlayan, uçuşan, yüzünü okşayan samanın altın parıltısı içinde kumral saçları, daha koyu görünüyordu. Küçücük esmer yüzü, sanki topraktan yeni çıkarılmış bir eski madalyondu. Çok temiz, düzgün profili, vakarın, güzellik şuurunun yarattığı bir hava içinde yüzüyor gibiydi. Düveninde üstünde hiç kimseye bakmadan, dimdik duruyor, rüzgâr çarptıkça vücuduna daha sıkı sarılan yırtık entarisinin içinde küçük, ölçülü vücudu, bir midye kabuğunun düzgün inhinasıyla, birkaç sene sonra gelişecek kadınlığın bütün güzelliğini müjdeliyordu. Ertesi gün ona yolda rastgeldik. Düveninden inmiş olması kendisini küçültmemişti. Karpuz tarlaları arasındaki küçük yolda aynı sade vakarla yanımızdan geçip gitti.

İkincisi, Mutahhar'ın bahçesinin duvarından konuştuğumuz ihtiyar çiftçi idi. Dinç, kır sakallı, gür kaşlı, uzun boylu bir ihtiyar. Seksen yaşında imiş. Hâlâ bir toprak tanrısı gibi sağlamdı. Elindeki değneğe dayanarak bizimle vakarlı, saygılı konuştu. Yanında ortakçı olarak çalıştığı Mutahhar'a onun dostları bildiği bizlere gösterdiği saygı içinde, toprağa yakın olduğu için kendisini Tanrı'ya daha yakın bulmanın şuurunu, gururunu duymamak kabil değildi. Bu bir insan değil, âdeta, yaşlı bir çınardı. Bir ara yerden bir avuç saman aldı, ellerinin arasında bir nezri yerine getirir gibi oğuşturup havaya üfledi. Bütün hareketlerine baktım; tabiatın yetiştirici kuvvetlerine bir ibadet gibiydi. Geleceğimiz gün onu oğluyla, torunlarıyla gene aynı yerde çalışırken gördük. Soyunun sopunun içinde mesut bir Kitab-ı Mukaddes ihtiyarı sandık. Bu iki Cinisli bana insanoğlunun sadece toprakla temas ederek yaptığı bir arınmanın muzaffer, ilâhî mahsulleri gibi geldi.

Cinis'ten, içimde, biri ölümünün eşiğinde bekleyen, öbürü hayatın kapısından henüz girmiş bu iki insanın bende uyandırdığı bir yığın düşünce ile ayrıldım. Harp yıllarının iskelet takırtılarıyla dolu dünyası içinde, dört bir yanı kavrayan yangın ortasında, onlar benim için yeni bir âlemin, asıl insanlığın dersini verir gibiydiler. İnsanlar çalışırken ne kadar mesut oluyorlar! Yaratmanın hızı, onları içlerinde kavrayıp kurduğu zaman bu ölüm makinesi ne kadar güzel, ne temiz bir âhenkle işliyor! Sonra insanoğlu mesut olunca bütün varlık nasıl değişiyor, ölüme kadar her şey nasıl sevimli, cana yakın oluyor, hiçbir şey kendi alın teri kadar bir insanı tatmin edemez. Çalışan insan kendi varlığında hüküm süren bir âhengi bütün kâinata nakleder. Hayatın biricik nizamı bu âhengin kendisi olmalıdır. Böyle olunca her şey değişir, peşinde koştuğumuz muvazeneyi buluruz. Şüphesiz bugünün büyük meseleleri var. Fakat hiçbiri kanla halledilemeyecek, insan ruhu kendi gerçeklerine erişene kadar bu acıyı çekecek.

Erzincan ile Erzurum arasında her gün işleyen küçük trende – sadece bu trenin varlığını düşünmek aradaki bu yirmi yılın nasıl geçtiğini gösterir– izinli asker, tedaviye giden çocuk, iş adamı, düğün davetlisi, hepsi ayrı ayrı sebeplerle bu trene binmiş bir yığın kadın, erkek, köylü, kasabalı halk arasında zihnim hep bu düşüncelerle doluydu. Ayakta zengin ovayı seyrediyorduk. İkide bir, Karasu'nun bir yanından bir pelikan kalkıyor, havada geniş bir kavisle etrafı şöyle bir kolaçan ettikten sonra ovanın içinde süzülüp gidiyordu.

Cinisli ihtiyarla küçük kızın bende uyandırdığı hayallerden kurtulamıyorum. Kendi kendime "İstinat noktasını bulmadıktan sonra, kuvvet, hattâ manivelâ neye yarar?" diyorum. Bu nokta insanoğlunun iyiye, güzele olan kabiliyetlerinden başka ne olabilir? Bu kabiliyetleri hayatta üstün kılacak bir dünyayı aramalıyız. Türkiye bunu en iyi şekilde başarabilecek bir mevkide. Henüz yolun başındayız. Geniş ve hür bir vatanımız var. Milletimiz de çok kabiliyetli. Ona, içinde kendisini gerçekleştirecek büyük, planlı bir iş hayatını açmak lâzım. Cumhuriyet, yirmi yıldan beri birçok şeyler yaptı. Şartlar düşünülürse bundan daha büyük başarı olamaz. Yedi cephe artığı bir avuç okuryazarla işe başladı. Şimdi yurdun istediği yerinde bilgili adam, teknik adamı yığabiliyor. Şimdi hayatı daha vuzuhla fethedebilecek durumdayız. Realiteyi daha yakından, daha iyi görüyoruz. Bu görüşü planlamak lâzım."

Bu düşünceler arasında Ilıca'ya geldik. O kadar tarih hâtırasını toplayan bu ılıcayı akşam, bizden önce zaptetmiş ne IV. Murad'ı, ne Evliya Çelebi'nin anlattığı Zurnazen Mustafa Paşa'yı düşünebildim. Hattâ hamamdan yeni çıkmış, havlular içinde, elinde büyük tiryaki fincanı kahve, etrafındakilerle şakalaşarak keyif çatan bir Evliya Çelebi hayali bile beni sarmadı.

Trene bir yığın insan bindi. Hepsinin yüzünde açık havanın,

sıcak suyun izleri var. Çocukların yüzleri bir meyva gibi taze. Tren yavaş yavaş şehre giriyor. Yayla gecesi avının üstüne sıçramış büyük bir kuş gibi her yanı sarıyor. Dört yanımı alan büyük insan kalabalığına rağmen derin bir gurbetle mumyalaşmış, küçük, çok küçük bir şey oluyorum. Bir yığın sezişler arasında, geniş, karanlık bir suda imişim gibi, bu su ile beraber akıyorum.

VIII

Erzurum, Türk tarihine, Türk coğrafyasına 1945 metreden bakar. Şehrin macerası düşünülürse, bu yükseklik daima göz önünde tutulması gereken bir şey olur. Malazgirt Zaferi'nin açtığı gedikten yeni vatana giren cetlerimizin ilk fethettikleri büyük merkezî şehirlerden biridir.

Tarihimizin ikinci dönüm yerinde, Millî Mücadele'nin ilk temeli gene Erzurum'da atılır. Her şeye rağmen hür, müstakil yaşamak iradesi ilkin bu kartal yuvasında kanatlanır. Atatürk, Erzurum'dan işe başlar. Tıpkı ilk fatihler gibi oradan Anadolu'nun içine doğru yürür; oradan başlayarak yurdumuzu, milletimizin tarihî hakları adına yeni baştan fethederiz.

Bu iki hâdise arasında iki imparatorluk tarihi, bu tarihin acı, tatlı bir yığın tecrübesi içinde meydana gelmiş bir cemiyet ruhu, bir millet terbiyesi, bir hayat görüşü, bir zevk, sanat anlayışı kısacası, dünkü, bugünkü çehrelerimizle biz varız. Onun içindir ki Erzurum Kalesi'ni gezerken gözümün önünde olan şeylerden çok başkalarını görür gibiydim. Sanki vatana çatısından bakıyordum.

Bu çok güzel bir gündü. İlk önce camileri, başı boş dolaşmıştık. Yolda karşılaştığımız tanıdıklarla durup konuşuyor, her açık dükkâna bir kere uğruyorduk. Kendimi yirmi yıl önce, Erzurum'da, lisede edebiyat muallimi olduğum zamana dönmüş sandım.

Nihayet Kale'ye çıktık. Tepesi uçtuğu için Tepsi Minare denen eski Selçuk Kulesi'nden, 1916 Şubat'ında ordusunun ricatini temin için çocuğu, kadını sipere koşan destanî şehri seyre başladık. Önümüzde henüz sararmaya yüz tutmuş ekinleriyle emsalsiz bir panorama dalgalanıyordu. Doğu, cenupdoğu tarafında çıplak dağlar biter bitmez, küçük köyleriyle, ağaçlık su başlarıyla, enginliğiyle ova başlıyordu. Daha uzakta, Anadolu'nun şiir, gurbet kaynağı olan, halkımızın duyuşundaki o keskin hüznün belki de sırrını veren dağlar vardı. Günün büyük bir kısmını orada geçirdik. Sonra şehrin ovaya karıştığı yerde, Belediye Bahçesi'nin biraz ötesindeki yeni bir ilk okul binasına girdik. Erzurum taşı dururken çimentonun kullanılmasını bir türlü aklım almaz. Betonun getirdiği bir yığın kolaylık meydanda. Fakat bu kolaylıklar bazen de mimarînin aleyhinde oluyor. Hele mahallî rengi bozuyor. Erzurum taşı, Ankara taşı gibi çok kullanışlı. Her girdiği yere âbide asilliği veren bir mimarî malzemesidir.

İlk okul şirin, konforlu. Yirmi yıl önce gördüğüm yapıların hiçbirine benzemiyor. Bütün ovayı ayağımızın altına seren taraçasında, emsalsiz bir gurup karşısında çaylarımızı içtik. Güneş, bulutsuz, dümdüz bir gökte, olduğumuz yerden daha yassılaşmış, ovaya karışmış görünen Kop Dağı ile Balkaya'nın arasına inmeye hazırlanıyordu. Ne gökyüzü kızarmış, ne güneşin rengi değişmişti; hafif bir sarılıktan başka hiçbir batı alâmeti yoktu. Bütün değişiklik ovada idi.

İlkin dağların etekleri gümüş bir zırha benzeyen bir çizgiyle ovadan ayrıldı. Sonra düştüğü yerde sanki külçelenen bir aydınlık, bendi yıkılmış bir su gibi, bütün ovayı kapladı, toprağın, ekinin rengini sildi. Gözümüzün önünde sadece ışıktan bir göl meydana gelmişti. Bütün ova billûr döşenmiş gibi parlıyordu. Dağlar bu cilâlı satıh üzerinde yüzer gibiydiler. Güneş batacağı yere iyice yaklaşınca, ovanın şurasından burasından kalkan tozlar, bu gölün üstünde altın yelkenler gibi sallanmaya başladılar. Bu bir akşam saati değil, tek bir rengin türlü perdeleri üzerinde toplanan bir masal musikisiydi. Zaten güneş o kadar sakin, o kadar hareketsiz bir halde alçalıyordu ki dikkatimiz ister istemez gözlerimizden ziyade kulaklarımızda toplanmıştı. Hepimizde çok derin, çok esrarlı bir şeyi, eşyanın kendi diliyle yaptığı büyük bir duayı dinler gibi bir hâl vardı. Sonra bu billûr aynanın üstünde, kendi parıltısından daha koyu ışık nehirleri taşmaya başladı. Nihayet güneş iki dağın arasında kaybolacağı zaman, son bir ışık, olduğumuz yere kadar uzandı. Toprak derin derin ürperdi. Ova yavaş yavaş saf gümüşten erimiş altın rengine, ondan da akşam saatlerinin esmerliğine geçti.

O gece Erzurum'dan ayrılıyorduk. Biz trene binmek için yola çıktığımız saatte 3 Temmuz 1919'un şehri 30 Ağustos zaferini kutluyordu.

KONYA

I

Konya, bozkırın tam çocuğudur. Onun gibi kendini gizleyen esrarlı bir güzelliği vardır. Bozkır kendine bir serap çeşnisi vermekten hoşlanır. Konya'ya hangi yoldan girerseniz girin sizi bu serap vehmi karşılar. Çok ârızalı bir arazinin arasından ufka daima bir ışık oyunu, bir rüya gibi takılır. Serin gölgeleri ve çeşmeleri susuzluğunuza uzaktan gülen bu rüya, yolun her dirseğinde siline kaybola büyür, genişler ve sonunda kendinizi Selçuk sultanlarının şehrinde bulursunuz.

Dışardan bu kadar gizlenen Konya, içinden de böyle kıskançtır. Sağlam ruhlu kendi başına yaşamaktan hoşlanan, dışardan gösterişsiz, içten zengin Orta Anadolu insanına benzer. Onu yakalayabilmek için saat ve mevsimlerine iyice karışmanız lâzımdır. Ancak o zaman çeşmelerinden akan Çarbağ sularının teganni ettiği sırrı, zengin işlenmiş kapıların ardında sırmalı çarşafı içinde çömelmiş eski zaman kadınlarını andıran Selçuk âbidelerinin büyüklük rüyasını, türkü ve oyun havalarının hüznünü ve bu oyunların ten yorgunluğunu duyabilirsiniz. Konya, insanı ya bir sıtma gibi yakalar, kendi âlemine taşır, yahut da ona sonuna kadar yabancı kalırsınız. Meram bağlarının tadını alabilmek için ona yerli hayatın içinden gitmek lâzımdır. Konya tıpkı Mevlevîlik gibi bir nevi *initiation* ister.

Bu alışma bittikten sonra şehir yavaş yavaş size, tıpkı bugün için verebileceği her şeyi verdikten sonra, sizden uzakta geçmiş çocukluğunu ve gençliğini de hediye etmek isteyen, kesik, başı boş hatırlamalarla onları anlatan, güzel ve sevmesini bilen bir kadın gibi mazisini açar. Ve siz dinlediğiniz bu hikâyelerin arasından sevdiğiniz, güzelliğine ve olgunluğuna hayran olduğunuz kadını nasıl şimdi küçük ve nazlı bir çocuk, biraz sonra ürkek bir genç kız veya ilk aşkların, heyecanların içinde henüz çok tecrübesiz bir kadın olarak görür ve hiç tanımadığınız o günlere ait bin türlü sevimliliğin, cazibenin, tuhaflığın, korku ve telâşın, azabın arasından onu başka bir mahlûk gibi sevmeye başlarsanız, Konya'yı da bu yeni tanıdığınız hüviyetiyle öyle yeni baştan, onunla beraber bu geçmiş zamanına eğilerek ve âdeta ona hasret çekerek ve artık bu maziyi ve onun kudretini iyice tanıdığınız için onun arasından bütün bütün sizin olacağına bir türlü inanmayarak sever ve tanırsınız.

O zaman mektep kitaplarında okuduğunuz, fakat sergüzeştlerini bir türlü bir çerçeveye sıkıştıramadığınız için muhayyilenizin boşluğunda silâhları, muzaffer orduları veya hazin talihleriyle yersiz yurtsuz gölgeler gibi dolaşan bir yığın insan sizin için başka türlü canlanır. Etrafınızı, kınları ve altın kabzaları mücevherlerle süslü, çeliklerinde âyetler ve *Şehnâme* beyitleri yazılı, ağır, eski zaman kılıçlarına benzeyen bir yığın hükümdar ve vezir ismi alır. *Kur'an*'dan, *Şehnâme*'den ve *Oğuz Destanı*'ndan beraberce koparılmış mücevherlere benzeyen bu Selçuk adları... Müslüman Asya'nın büyüklük ve debdebe nâmına tanıdığı şeylerin hepsi, bu adlarda ve onları sanki ağır sırmalı kaftanlarla, ince örgülü, gümüş ve altını bol zırhlarla giydiren, başlarına taçlar gibi oturtan yahut da bu isimlerin etrafında doğdukları memleketten, kazandıkları muharebeden o kadar hatırlatıcı zeminler yapan, çoğu halife menşurlarıyla gelmiş lakap ve unvanlardadır.

Kendi kendimize, "Demek bu vatanı, iki asır içinde ve o kadar meş'um hâdiseler arasında, bazen de tam tersine işleyen bir talihin cilvelerine, her tarihi bir kör döğüşü yapan ihtiraslara, kinlere, felâketlere rağmen fetheden ve o arada yeni bir milletin, yeni bir dilin doğmasını sağlayan adamlar burada, bu şehirde yaşadılar.

"Haçlı seferlerinin ve Bizans saldırışlarının her şeyi yıkacak gibi göründüğü o felâketli yıllarda Anadolu'nun içinde bir şimşek gibi dolaşan I. Kılıç Arslan Konya'yı payitaht yaptığı günlerde, belki de benim şu anda bulunduğum yerlerde dolaştı, durdu, düşündü, çetin kararlar verdi. Mesut âkıbeti o kadar meçhul Eskişehir muharebesini kazandıktan sonra bu şehre döndü.

"II. Kılıç Arslan payitahtını zapteden Üçüncü Haçlı Ordusu ile, onun masal yüzlü kumandanı Frederik Barborosa ile şimdi Alâeddin Tepesi dediğimiz bu iç kalede sulh müzakereleri yaptı ve oğulları ile arasındaki anlaşmazlık yüzünden verdiği sözü tutamadığı için açlıktan ve emniyetsizlikten yarıya inen bu yüz bin kişilik ordunun Toros eteklerinde büsbütün ufalıp kaybolması için şehri ateşe verip çıkıp gidişini, yine bu tepeden, şimdi harabesi bile kalmamış köşkünde seyretti.

"Gıyaseddin Keyhüsrev ağabeysi Rükneddin Süleyman'ın kuvvetlerine dayanamayacağını anlayınca iki oğlunu Konyalılara emanet ederek bu şehirden kaçtı. Sonra onun ölümünü haber alınca yine buraya geldi. Burada kendisine biat ettiler. Hemen hemen kendisi kadar büyük bir asker olan ağabeysi, zalim ve hastalıklı İzzeddin Keykâvus veremden ölmeseydi ömrü boyunca Malatya etrafındaki kalelerde çürüyecek olan Alâeddin Keykubad'ı, şehir şu gördüğüm ovada, beş yüz çadırı birden taşıyan arabalarla, yere serilen halılar ve kumaşlarla ve pencerelerden uzanmış kadın başlarıyla o kadar parlak şekilde karşılayamazdı.

"Bu büyük padişah her biri bir ihtiyacı karşılayan o mühim seferlerini, çok hesaplı ve daima sağlam politikasını, hep buralarda hazırladı. Celâleddin Harezmşah'ın elçilerini burada kabul etti, Hülâgû'nun tâbiyet tekliflerini o kadar gururla, telâşsız ve vekârla reddetti. Oğlu akılsız, iradesiz II. Keyhüsrev'in –kandırdığı ümera tarafından zehirlenince– cenazesi yine buraya, bu şehre getirildi" ve bu konuşma sonuna kadar böyle devam eder.

Selçuk tarihi denen o büyük portreler galerisi artık sizin için açılmıştır. Padişahların yanı başında bir yığın vezir, teşrifatçı, çaşnigir başı, emirülümera, candar gelir. Sadeddin Köpek, Seyfeddin Ayba, Emîr Mübarizeddin, azadlı ve yeni Müslüman olmuş bir köle iken vezirliğe kadar yükselen ve efendileri padişahların bile kendisine "Allah'ın yeryüzündeki evliyası" diye mektup ve ferman yazdıkları Celâleddin Karatay, tıpkı onun gibi Anadolu'yu Sivas'a kadar bir yığın âbide ile donatan ve şimdi Konya'da kendi camiinde yatan sabırlı, hakîm, nekbet anlarına tahammüllü hâdiselerin azdığı zamanlarda kendisini korumayı bilen Sahip Ata, vezirliği ilk tekliflerde daima reddeden, sonra da hiç istemeden, hep başkalarının tekliflerin tekliflerin tekliflerin tekliflerin karısı ile evlenerek tam Atabek olan, daima riyakâr, bir gözü daima yaşlı, şair, hattat, musikişinas, büyük âlim, münşî, zevk adamı, Sahip Şemseddin Isfahanî, Moğol, Mısır politikası ve dahilî karışıklıklar arasında bazen üç dört kozu birden oynamaktan çekinmeyen, tahta padişahlar çıkartıp indiren kafasında tirkeşindeki oktan ziyade hile ve tedbir bulunan o son derece zekî, ince hesaplı, bir inkıraz devrinin bütün meziyet ve rezîletleriyle rahatça giyinmiş, büyük âlim, kudretli cenk adamı Muinüddin Pervane...

Alâeddin Keykubad'ın çehresi, bu kalabalığın ortasında Selçuk tarihinin ve zevkinin bütün çizgilerini toplayan bir hatt-ı bâlâ gibi yükselir. Çünkü iki asır evvelinden Fatih'i hattâ Sultan Cem'i müjdeleyen bu levent, cengâver, ince hesaplı politikacı, zaman zaman şair, belki de mimar –Konya kalesinin, Kubadâbâd'ın ve Kubadiye'nin planlarını kendisinin yaptığı söylenir–, dindar, sırasında zalim, alabildiğine sabırsız fakat daima zevkli, daima ileri görüşlü hükümdar, bir medeniyetin klâsik enmuzeci olarak yaratılmış insanlardandır. Altı yaşında tahta çıkmağa hak kazanan, mahpus bir misafir gibi yaşadığı Sultan Sencer'in sarayından kaçarak, daha ziyade gailesi bir ömrü dolduracak bir mirasa benzeyen yeni devletinin başına geçen, henüz âkıbeti meçhul bir istilâyı Haçlı seferlerinin fırtınası arasında tam bir kurtuluş hâlinde getiren I. Kılıç Arslan'da başlayan çizgiler, onda yerine oturmuş zevkle, şiirle ve bin türlü incelikle tamamlanmıştır. Alâeddin Keykubad, o kadar mensup olduğu medeniyettir ki, Selçuk tarihi âdeta onu evvelâ babası Gıyaseddin Keyhüsrev'de, sonra ağabeysinde çizgi çizgi aramış gibidir. Ve sanki aradığı şeyin onda tamamlandığını görmüş gibi silik bir gölgesi olan oğlundan sonra vezirlere geçer.

II

Anadolu Türklerinin tarihi iki korkunç hâdise arasında sıkışmış gibidir. Bunlardan birincisi Anadolu fatihi Kutalmuşoğlu Sultan Süleyman'dan biraz sonra, 1097'de, biraz da bu fethin Hıristiyan âleminde tepkisi olarak başlayan Haçlılar seferidir. Bu seferlerin en tehlikelisi olan bu ilk seferde yeni beylik sadece ilk payitahtı olan İznik'i kaybetmez, fethedilen arazinin bir kısmı da elden çıkar. Hattâ başlangıcında Bizans İmparatorluğu bir çeşit satvet bile kazanır ve yeniden Anadolu içerisine sarkar. Ayrıca büyük merkezler etrafında başladığını tahmin ettiğimiz yerleşme hareketi de tabiatıyla durur. Anadolu'nun politika ve kültür tarihinde daima mühim rol oynayan göçebeliğin, o kadar uzun sürmesinde Moğol istilâsı kadar olmamakla beraber bu ilk Haçlılar seferinin ve onun serpintilerinin ve 1176 tarihindeki üçüncü Haçlı seferinin de bir payı olsa gerektir.

Bununla beraber Suriye limanlarını iki asır için devamlı bir harp sahası yapması yüzünden kervan yollarının değişmesine sebep olan bu Haçlı seferlerinin yeni teşekkülün iktisadî hayatında büyük tesiri de olmuştur. Antalya ve Alâiye limanlarının fethiyle Akdeniz'e, Sinop ve Samsun fethiyle Karadeniz'e açılan Selçuk

Beyliği, bu Haçlı seferlerinin devamı boyunca bütün şark ticaretini elde etti. İpek ve baharat yolları hemen hemen ellerinde gibiydi. Bugün Anadolu'da büyük ve eski yollar boyunca adım başında rastlanan kale gibi kervansaraylar bu ticaretin korunması için yapılmıştı. Anadolu hiçbir zaman bu asırda olduğu kadar zengin ve müreffeh olmadı. Bütün bir feodaliteyi ve memur aristokrasisini bütün bir zanaatla beraber bu refah besledi. Öbür taraftan Bizans İmparatorluğu'nun Rumeli'deki arazisini çiğneyerek gelen, sonunda bu imparatorluğu da bir müddet ortadan kaldıran bu Haçlı orduları, ilk önce düşünüldüğü gibi Şarkî Roma'ya eski satvetini iade etmesi şöyle dursun, onun yıkılmasını âdeta çabuklaştırdığı için, ilk Anadolu Türk devletinin ve onu takip eden ikinci imparatorluğun gelişmelerini kolaylaştırdı.

Moğol istilâsı büsbütün başka türlü oldu. Asya'nın dört bucağında yerinden yurdundan ettiği kabile ve kavimleri önüne katarak gelen bu sel gerçekten zâlim bir kuvvetti. Alabildiğini aldıktan, yıkacağını yıktıktan sonra dahi bu istilâ cihazı büyük okyanus fırtınaları gibi bir asırdan fazla kendi üstünde çalkalanır durur.

Alâeddin Keykubad'ın çok akıllı siyasetiyle Moğol tehlikesi bir müddet için önlenir. Zaten arada Celâleddin Harezmşah'ın kurduğu çok kısa ömürlü devlet vardı. Fakat ne bizzat Celâleddin Harezmşah'ın ne de onun kuvvetini teşkil eden o sert, alabildiğine cengâver kabilelerin idaresi kolay değildi. Harezmşah Devleti Celâleddin'in ölümü ile ortadan kalkınca bu başı boş kabîlelerin çıkardıkları karışıklıklar başlar.

1241'de çıkan ve devletin istiklâlini hakikaten tehlikeye atan Babâîler İsyanı'nı besleyen asıl kuvvet de bu son derecede cengâver, mevcut otoriteyi tanımaya hiç de razı olmayan, sürülerine serbest otlak, kendilerine beylik arayan Harezm kabîleleridir.

Baba İshak İsyanı devletin büyümesini iyiden iyiye sarsan bir güçlükle bastırılır. Ve hemen arkasından, beceriksiz, zayıf II. Keyhüsrev'in bir türlü sakınmasını bilmediği ve çok kötü idare ettiği Kösedağ Muharebesi'yle (1243) Anadolu'da Moğol hâkimiyeti başlar. Seneden seneye artan vergilerin, müdahalelerin devri açılır ve nihayet, Mevlânâ'nın ölümünden bir sene sonra 1274'de asıl istilâ vukua gelir.

Görülüyor ki yeni imparatorluğa bu iki mühim hâdise arasında işlerini tanzim etmek, siyasî birliğini kurmak ve hakikaten toprağa sahip olmak için bir buçuk asırlık bir zaman kalır. Selçuk Devleti bünyesinin sebep olduğu güçlüklere rağmen bu kısa zamanda bu işi başarır.

Filhakika mevcut Türk nüfusunun büyük bir kısmı, henüz aşiret hâlindedir. Ve bu aşiretlerin hudutlarda olan kısmı âdeta müstakildirler ve devletin işine müdahaleye yahut onu güçleştirmeğe daima hazırdırlar. Öbür yandan ilk fetih devirlerinin mirası olan büyük feodalite, saltanata her vesile ile ortak olmağa çalışır. Bu ilk feodalite ortadan kalkınca memleketi sülâle efradına dağıtan Selçuk veraset sisteminde bir defa için konulmuş ve herkesçe kabul edilmiş bir saltanat kanununun bulunmaması memleketi sülâle efradına dağıtan, yahut sülâle efradından birini kurultayla seçen Selçuk örfü yüzünden doğan mücadelelerin devri açılır. Saltanat kavgalarının biri öbürünü takip eder. II. Kılıç Arslan gibi büyük gazi bir hükümdar bile ömrünün sonuna doğru evvelâ büyük oğlunun elinde esir muamelesi görür, sonra küçük oğlu Gıyaseddin Keyhüsrev'in yanına sığınır ve onunla saltanatını paylaşır. Bu çetin örf, devletin en kuvvetli devri olan Alâeddin Keykubad devrine kadar böylece gider. Devrini büyüklüğü ile dolduran bu hükümdarın, oğlu tarafından umumî bir ziyafette zehirlendiği ve bu akıl almayacak cinayete on sekiz sene onunla gazâ arkadaşlığı etmiş, kendi yetiştirmesi emîrlerin ve vezirlerin yardım ettiği düşünülürse Selçuk epopesinin öbür yüzü hakkında bir fikir edinilir.

Hakikatte bu ordu kumandanları, emîrler, vezirler, saltanata iştirak etmek için hiçbir vesileyi kaçırmayan insanlardı. Ve ancak çakırpençe bir hükümdar saltanata geçince biraz da ölüm korkusu ile veya şahsî menfaat yüzünden gem kabul ediyorlardı.

Kösedağ Muharebesi'nden sonra genç hattâ çocuk yaşta tahta çıkan ve bir türlü rüşt sahibi olamayan gölge hükümdarların, İlhanîler tarafından yarlıkla nasbedilmiş veya nüfuzları teyit edilmiş sözü padişahtan bile üstün vezirlerin, emîrlerin, naiblerin, Pervanelerin devri başlar. İki merkeze birden bağlı olmanın sebep olduğu entrikalar, iç harpler, aşiret hoşnutsuzluk ve isyanları birbirini kovalar. Muhteris, maceraperest şehzadeler, her an dışarının müdahalesini memleket üzerine çekerdi. Kimi Moğol saraylarından hükümdarlık dilenir, kimi Bizans'dan aldığı yardımla tahta geçer. Ortaçağ'ın efendi ve tâbi prens münasebeti, hükümdar ailelerinin arasındaki akrabalıklar bu işleri âdeta tabiî gösterir.

Bitmez tükenmez entrikaları, isyanları, ihanetleriyle, zehir, hançer ve yay kirişleriyle ölümleri –zamanın örfüne göre sülâleden prensler kendi yaylarının kirişiyle boğulurdu– biri sönünce öbürü kurulan aristokrat ve çoğu büyük âlim, vezir ailelerinin hususî politikalarıyla Anadolu tam bir Ortaçağ sonu yaşar. Hoyrat ve şehevî II. Keykubad bir ziyafet sofrasında lalası tarafından Altınordu yolunda zehirlenir. IV. Kılıç Arslan kendisini tahta çıkaran Muinüddin Pervane tarafından bir ziyafet sofrasında –şüphesiz Moğolların tasvibiyle– boğulur. Halbuki bu ihaneti yapan Muinüddin Pervane, Sinop gibi bir kalenin ikinci fatihidir. Ve Moğol istilâsının neticelerini önlemek için ne gayretler sarfetmiştir. Bu prens ile Anadolu'nun bir zaman hakikî hâkimi gibi görünen ve 1279'da Moğollar tarafından öldürülen bu vezirin son konuşmaları müverrih Aksarayî'nin en korkunç sahifelerinden biridir.

Gerçekte Moğol sarayına en son giden, yahut bu saraydan en son dönen daima biraz daha kuvvetlidir ve birkaç senelik, hiç olmazsa birkaç aylık bir tahakküm hakkına sahiptir. Buna mukabil Bizans hem kendi politikası hem de asrın örfü icabı kendine başvuranların hiçbirini geri çevirmiyordu.

Haklı haksız her kımıldanışın, hattâ en iyi niyetli hareketlerin bile en korkunç neticeleri doğurduğu bir devirdir bu. Anadolu ahalisinin, bilhassa yerleşmiş toprak sahibi halkın sırtına vergi vergi üzerine biner. Yağma ise tabiî ve gündelik hâllerdendir. Hükümdarlık veya vezirlik koparmak için Moğol karargâhlarına giden vezir ve prenslerin bu saraylarda yaptıkları borçlar, muahedelerle Anadolu'nun ödemeğe mecbur olduğu kesimleri birkaç kat daha arttırır.

Bu karışıklık içinde anarşinin ta kendisi olan bir mistisizm alır yürür. Başlangıcından itibaren daima tasavvufa meyli olan, devletin resmî dinine rağmen bir türlü tam mânasıyla sünnî Müslümanlıkla yetinemeyen ve Şamanizm kalıntısı akideleri Müslüman dini ile ancak bu çerçeveler içinde birleştiren Anadolu'da Alevî akidelerle beraber Hayderîlik, Kalendirîlik gibi Melâmî tarikatleri çoğalır. İslâm âlemi için o kadar tehlikeli olan ve siyasî istikrara tesir eden Mehdî inancı kökleşir.

Bu ruh hâli Anadolu'da gizli veya aşikâr bugüne kadar gelen ve millî hayatta sırasına göre menfi veya müspet roller oynayan bir ikiliği doğuracaktır.

Fakat daha iyisi o zamanki Anadolu'nun vaziyetini İbn-i Bîbî'nin ağzından dinlemektir: "Rum memleketi ahvali karışıklık içinde kaldı. Garipler yuvası ve yoksullar sığınağı olan bu güzel yurtta bin türlü dertler ve mihnetler içinde tatlı bir nefes almak nasip olmadı".

İbn-i Bîbî bu cümleyi Alâeddin Keykubad'ın ölümünü anlatırken söyler.

Bununla beraber kuvvetli bir devlet fikri ve hanedan bağlılığı taazzuv etmişti. Bir kısmı yerli hanedanlardan ve ulemadan olan, bir kısmı Arabistan dahil bütün Müslüman memleketlerden ve bilhassa Suriye'den gelen, bazıları Harezmlilerle gelmiş veya tek başına Moğollardan kaçarak sığınmış veya daha sonraları Moğollar tarafından kendilerine sadık unsur sıfatı ile iş başına getirilmiş bu son derecede ince, soyun malı, gazâ ganimeti altın ve mücevher içinde yüzen, kendi felâketlerine hattâ umumî felâketlere yazdıkları Acemce şiirlerle ağlayan büyük İran şairleri ve mutasavvıfları ile karşılıklı rübâiler ve şiirlerle konuşan dört bucaktan toplanmış vezirler, onlardan aşiretlerle olan münasebetleri derecesinde örf ve davranışta ayrılan kumandanlar ve emîrler, kadılar, büyük âlimler, devlet nüfuzunun tutunmasına, ecnebî müdahalesinin fazla ilerlememesine ellerinden geldiği kadar çalışıyorlardı.

III

Yeni bir vatanda yeni bir milletin o kadar çetin şartlarla kurulduğu bu asırlarda Konya ne halde idi ve başkent sıfatıyla nasıl yaşıyor ve ne düşünüyordu? Bunu bilmiyoruz. Başlangıçta mutlak hükümdarlık sisteminin, feodalitenin ve vezir aristokrasisinin nüfuzu, XIII. asrın ortasından (1243) sonra seneden seneye bu cihazı biraz daha benimseyen Moğol müdahalesi şehre kendi sesini duyurmak fırsatını şüphesiz pek az veriyordu. Şehrin etnik çehresi de bizim için az çok meçhuldür. Aslen Türk olan büyük halk kitlesinin yanı başında henüz Hıristiyan kalmış Rum ve Ermeni gibi yerli kavimlere mensup bir kalabalığın, Gürcü, Bizanslı, Suriyeli, Mısırlı, Elcezire ve Iraklı, Lâtin tüccarların, Harezmlilerin, Bizans'dan gelen askerlerin, Haçlı döküntülerinin, Ortaçağ'ın bazı Anadolu şehirleri gibi Konya'da da büyük bir yekûn tuttuğunu tahmin edebiliriz. Ulema ve şeyh sınıfı da bu şekilde karışıktı. İbn-i Bîbî'de, Aksarayî'de, Eflâkî'de adlarını bize kadar gelenlerin künyelerine dikkat edilirse gerçekten acayip bir mozaik elde edilir. Bu bütün Orta Asya, biraz da Akdeniz'di.

Bu değişiklik şüphesiz örfe, âdete ve kıyafete de tesir ediyordu. Yukarıda sünnî akîdeye fazla uymayan yahut onunla ancak dıştan anlaşan bir yığın tarikatın bütün imparatorluğa yayılmış olduğunu söylemiştik. Şüphesiz bu Konya'daki hayata çok değişik bir manzara veriyordu. Müslüman Ortaçağ saç, sakal, bıyık ve kaşın uzatılması veya büsbütün kesilmesi ile insan çehresi üzerinde âdeta oynar, onu mesleğe veya tarikate ait bir çeşit maske yapmağa çalışır. Elbise veya başa giyilen şeyler de böyle değişirdi. Müslüman olmayanlar ise kavimlerine mahsus kıyafetleri taşıyordu. Bu itibarla eski Konya'nın çarşı ve pazarını, dar sokaklarını, çok renkli ve değişik bir kalabalık dolduruyordu. Fakat yüksek tabakanın dışında hâkim notu daha Alâeddin Keykubad'ın zamanından itibaren ahî kıyafeti veriyordu. Bir bakıma hayat, ufak tefek tepkilere rağmen hiç olmazsa münakaşa kabul edecek derecede müsamahalı idi. Tasavvuf çeşnisine bürünmek şartıyla her aşırı hareket mazur görülürdü.

Saraya gelince İstanbul'la, cenup ve Akdeniz'deki Lâtinlerle, İznik hanedanı ile devamlı münasebette idi. Bizans sarayından kız alan, felâket anlarında bu saraylarda misafir edilen Selçuk sultanları birçok meselelerde geniş düşünceli idiler. Bu prenseslerden bazıları için sarayda küçük kiliseler bile bulunduğu söylenir.

Bununla beraber bu İslâm merkezinde içten içe bir yığın mücadele vardı. Sünnî akîde, Şiî ve Bâtınî inançlar ve tasavvufla, Müslümanlık Hıristiyanlıkla, ırktan gelen kültür İslâmî kültürle, Türkçe, Acemce ile mücadele hâlindeydi. Sünnî ulema gerek sarayı gerekse aykırı meslek ve tarikat adamlarını şüphesiz şiddetle kontrol ediyordu.

Saray ve yüksek tabaka, hinterlantla ve bilhassa aşiretlerle münasebeti zorlaştıracak derecede kültür ve zevkte İranîleşmişti. Moğol istilâsından daha ileriye, Mısır ve Suriye yahut garp memleketlerine kaçamayan veya kültür ve muhit yüzünden bunu istemeyen bütün seçkin Asya bu XIII. asırda Anadolu'da toplanmıştı. Resmî dil ve şiir dili Acemce idi. Zevki ve hikmeti, büyük İran şairleri idare ediyordu. Nitekim biraz sonra Anadolu Mevlânâ'da bu kültürün zirve çizgisine erecekti.

Bütün vesikalar bu Ortaçağ şehrinin Moğol istilâsına ve hattâ XIII. asrın sonuna kadar büyük bir refah içinde olduğunu gösteriyor. Bu servet yalnız ticaretten gelmiyor, büyük bir zanaat da onu besliyordu. Yazık ki Konya çarşısı hakkında ancak delâletlerle fikir sahibiyiz. Eski Konya çarşısı bu devirde bütün Anadolu çarşıları gibi ahî idi. Halife Nâsır'ın Abbasî nüfuzunu bir nevi teşkilâtla kuvvetlendirmek için belki öteden beri mevcut bir tasavvufî cereyanı benimsememden doğan, yahut kuvvet alan ve Kanunî devrinde bile İstanbul çarşısına hâkim olan ahîliğin bizzat bu halife tarafından Selçuk sarayına sokulduğunu biliyoruz. İbn-i Bîbî, Alâeddin Keykubad'ın, kendisine saltanatı fütüvvetle çok alâkalı olan büyük âlim ve Şeyh Şehabeddin-i Sühreverdî'nin bahşettiğine inandığını söyler ve Kezirpert kalesinde kardeşinin ölüm haberini Emîr Seyfeddin Ayba'nın kendisine getirdiği günün gecesinde gördüğü rüyayı anlatır. Cülûsundan sonra Alâeddin'e bu şeyh, halife tarafından fütüvvet şalvarı ve kuşağını getirmişti. Çarşı ve zanaat atölyeleri de saray gibi ahî idi.

II. Gıyaseddin Keyhüsrev'in ölümünden sonraki karışık devirde hemen her büyük meselede Konya ahîlerinin ve hükûmet teşkilâtına mensup gençlerin yardımı istenir. Sahip Şemseddin İsfahanî, bazı rakiplerini ortadan kaldırmak için ahîlere müracaat eder. 1291'de Moğol ordusu Konya'yı muhasara ettiği zaman şehrin hâkiminin Ahmed Şah Kazzaz adında bir ahî olduğunu biliyoruz.

İster yerli Müslüman ve Türk, ister muhacir veya misafir, bu devirde Konya halkının, bütün Ortaçağ şehirlerinde olduğu gibi yüksek sınıfın dâvaları ile ayrılmış olmaları, onların maceralarını kendi aralarında yaşadıkları tahmin edilebilir. Fakat yavaş yavaş hâdiselerin tazyiki ile bir çeşit efkârıumumiyenin teşekkül ettiği de tahmin edilebilir. Belki bu yüzden ve biraz da feodalitenin icabı olan taraftarların korkusundan Selçuk hükümdarları bazı vahim iç meselelerini Kayseri veya Sivas'ta halletmeyi tercih ediyorlardı. Alâeddin Keykubad gibi tuttuğunu koparan bir hükümdar bile, tahta çıkmasını sağladıkları için âdeta saltanata iştirak hakkını kazandıklarını zanneden ve nüfuzlarını suistimal eden eski emîrleri Kayseri'de izale etmeyi tercih etmişti.

Bir başkent daima başkenttir. Ne kadar susturulursa susturulsun yine konuşur. Konya elbette o kadar gazâsına şahit olduğu II. Kılıç Arslan'ın ölümünden sonra, saltanat ağacının on bir dalı gibi gördüğü ve benimsediği on bir çocuğunun arasında başlayan kanlı mücadeleye kayıtsız kalmamıştı ve bu prenslerin talihlerine bir ana gibi kalbi sızlamıştı. O kadar tuttuğu ve uğrunda aylarca muhasaraya katlandığı Gıyaseddin Keyhusrev'in ağabeysi Rükneddin'in kuvvetlerine dayanamayarak iki oğlu ile gurbete çıkmasını elbette serin kanla seyretmemiş ve bu prenslerin Bizans sarayındaki macerası, Konya için uzun zamanlar, ağabeysinin fütuhatının yanı başında merakla takip ettiği bir roman olmuştu. Sonra bu Gıyaseddin'in iki oğluyla beraber döndüğünü ve babasının yerine geçirilen o küçük Kılıç Arslan'ı ölümü beklemeğe bir kaleye gönderdiklerini görmüş ve üzülmüştü. Fakat ordular hazırlanıp bayraklar uçuşmağa başlayınca iş değişmişti. Antalya'nın, Sinop'un fetih günlerinde Konya'nın nasıl sevindiğini, Alâeddin Keykubad'ın o muhteşem saltanat alayı şehre girdiği gün bu şehrin bayram manzarasını hakikaten bilmek isterdim.

Kendi yetiştirdiği maiyeti veya oğlu tarafından zehirlenen bu padişahın cesedini getirdikleri zaman şehir kim bilir nasıl matem içinde idi. Hayatında çok mühim bir şeyin değiştiğini, artık eski günleri bir daha göremeyeceğini, bu kadar korkunç cinayete cesaret eden bir makinenin bir gün kendisini de felâkete sürükleyeceğini, imparatorluğunu yıkacağını, çarşı pazarını dağıtıp kurutacağını nasıl derinden sezmişti?

Evet Konya her şark payitahtı gibi bazen mukadderatının sadece uzak seyircisi sıfatı ile bütün bu hâdiseleri, daha sonra gelen çok fecilerini görmüş ve bir trajedi korosu gibi onlara ağlamış veya sevinmiş, zaman zaman da iş kendisine düşünce silâha sarılmıştı. İbn-i Bîbî'de, Aksarayî'de rastladığımız, Konya halkı filân prensi severdi, gibi cümlelerin mânası şüphesiz budur.

IV

Gariptir ki bu istilâlar, harpler, karışıklıklar içinde bile Selçuk bünyesi muazzam şekilde yapıcıdır. XI. asrın başından XIII. asrın, üslûp düşünülürse XIV. asrın sonuna kadar, şüphesiz biraz da yukarıda bahsettiğimiz feodalitenin ve vezir aristokrasisinin servet toplanmasına verdiği imkânlar ve bir buçuk asırlık iktisadî inkişafın sayesinde cami, türbe, medrese, hastahane, imaret, han, kervansaray yüzlerce eser yapılır.

Bugün Konya'yı, Aksaray'ı, Ermenek ve Niğde'yi, Divrik'i, Kayseri ve Ürgüp'ü, Sivas'ı, Harezm istilâsının kurbanı Ahlat'ı ve Erzurum'u, Sinop'u o kadar değişik şekilde süsleyen, bozkırın yalnızlığında karşınıza birdenbire bin bir gece büyüsüyle çıkan o koskoca kervansaraylar, Antalya, Alâiye ve Şarkî Anadolu şehirlerinin kaleleri hep, karışık hikâyesini tarihlerde okurken insanın başı dönen bu üç asırdandır.

İklimden iklime, beylikten beyliğe, hattâ şehirden şehire yerli geleneklerden kalan unsurlar, kavmin ve kabîlenin beraberinde getirdikleri şeyler, malzemenin hususiyetleri –taşın bolluğu veya yokluğu tuğla tekniği– ile, bazen ustasının veya hayır sahibinin fantezisiyle değişen, yeni hususiyetler kazanan bu mimarînin bütün vasıflarını, ne de sanat ocaklarını burada saymamıza imkân yoktur. İsteyenler Anadolu âbidelerinin yorulmaz araştırıcısı M. Gabriel'in büyük eserine baksınlar.

Asıl Selçuk idaresinde Alâeddin devri bu mimarînin en parlak devri idi. Kayseri'deki Keykubad Sarayı, Beyşehir civarında yaptırdığı Kubadâbâd, Alâiye'de yaptırdığı köşklerden başka, Konya iç kalesini de yeniden yaptırmıştı. Bugün o tepeye Alâeddin Tepesi diyoruz. Yazık ki kendisi de mimar olan bu hükümdarın yaptırdığı şeylerin yalnız adı ve bazı harabeleri kaldı. Tam bir tamirini o kadar istediğim Büyük Sultan Hanı onun eseridir.

Çatı sisteminde henüz kubbe ile tonoz kemerin arasında kararsız olan, binanın içinde zaman zaman çok basit düzenlerle yetinen bu mimarîye, kendi şekilleri ile beraber doğmuş sanılacak kadar mükemmel birkaç eserin dışında, elbette bütün meselelerini halletmiş bir üslûp gözüyle bakamayız. Fakat Endülüs'ten Gotik'e kadar giden ve Ahlat kolu ile eski İran ve Kafkas üslûplarına kadar çıkan araştırmanın zenginliği de hiçbir surette inkâr edilemez.

Biraz da Ortaçağ şehirlerinin darlığı yüzünden Selçuk mimarîsinin en zengin noktası binaların cephesidir. Henüz yerli hayatta çok mühim bir yeri olan çadırı örnek alan bu mimarî, ihtirasları büyüdükçe bu cephelerde taş işçiliğinin bütün imkânlarını dener. Ritim araştırması ve onun iki yanındaki duvarlarda veya çeşmelerde az çok tekrar eden büyük kapı bütünleri Selçuk ustalarındaki kitle fikri ile teferruat zevkinin birbiriyle nasıl bir yarışa girdiğini gösterir. Hakikatte Selçuk mimarisi çok defa dince yasak olan heykelin peşinde gibidir. Bu binaların cephelerinde durmadan onun tesirlerini arar. Mektepten mektebe küçük madalyonlar, şemseler, yıldızlar, kornişler, su yolları ve asıl kapı üstünde ışık ve gölge oyununu sağlayan istalaktitler, iki yana fener gibi asılmış oymalı çıkıntılar, çiçek demetleri, firizler ve kordonlar, arabesk levhalar bu cephelerde bazen yazıya pek az yer bırakır, bazen de onu ancak seçilebilecek bir oyun hâline getirir. Selçuk kûfisi denen o çok sanatkâr yazı şekli, hiyeraltik çizgi ile –ve hattâ tâbir caizse şekilleriyle– bu oyunu bir taraftan aşiret işi kilim ve dokumaların süsüne yaklaştırıyor, bazen de nisbetler büyüdü mü bütün bir kabartma oluyordu. Bu emsalsiz taş işçiliği bazen de heykel zevkinin yerine kitap sahifesini, yahut kitap gibi dokunmuş kilim veya şalı koyuyordu.

Sahip Ata'nın yaptırdığı İnce Minareli'nin cephesi tiftikten dokunmuş büyük bir sultan çadırına benzer.

Süs olarak sadece iki *Kur'an* suresini (Yasin ile Sûre-i Feth) taşıyan ve onların, kapının tam üstünde çok ustalıklı bir düğümle birbirinin arasından geçerek yaptıkları düz pervazla, Allah kelâmının büyüklüğü önünde insan talihinin biçareliğini anlatmak ister gibi mütevazi açılan asıl giriş yerini çerçeveleyen bu kapı bütünü, nev'inin hemen hemen yegânesidir. Sultan Hanı, Sırçalı Medrese (Karatay Medresesi) ve asıl büyük Sultan Hanı Kervansarayı'nın yapıldığı devirde birdenbire şahit olduğumuz bu değişiklik, Erzurum'da Çifte Minare ve Sivas Darüşşifası'nın cephelerinin daha bütün görünüşleri yanında belki yeni bir dinî hassasiyeti ifade eder. Bu binaların duvarlarını, geniş eyvanlarını içerden sırlı tuğlalar veya çiniler süslerdi. Tuğla inşaatta, tıpkı minarelerde olduğu gibi, bu renk dışarıyı da süslerdi. Selçuk çinisi dediğimiz mücevherciliğe koyu zümrüt yeşili, çok koyu lâciverdi ile asıl tonunu verirdi. Yekpare taştan kafes gibi işlenmiş pencerelerden belki de renkli camlar arasından süzülerek gelen çok iyi idare edilmiş bir ışık, bu renk cümbüşünün üzerine düşerdi. Bu binaları yaptıran, kan içinde yüzen, haris, mağrur ve dindar vezirler, etraflarında her şeyin en güzelini, en sanatkârcasını istiyorlardı. Hiçbir nümûnesini tam olarak göremediğimiz padişah ve vezir sarayları, mevcudiyetlerini, Aksarayî'nin anlattığı, Moğolların zulüm ve tekâlif hikâyelerinden öğrendiğimiz zengin tüccar ve arazi sahiplerinin konakları da elbette bu medreseler ve camiler gibi aynı titiz zanaatkârların eliyle ve aynı zevkle yapılıyordu.

Sırçalı Medrese'nin (1242) sırlı tuğladan o zarif sekiz köşeli hasır örgüsü süsleri, Karatay Medresesi'nin (1245) yüzlerce güneşi ve yıldızları ile küçük bir kehkeşan gibi parlayan çini tavanı bu zevkin elimizde kalan yetim ve parça parça şahitleridir. Biz bir arkeolog gibi bu yarım izlerden yürüyerek, eski Konya'yı, hiçbir zaman tanıyamayacağımız Konya'yı ancak tahayyül edebiliriz. Alâeddin Tepesi'ndeki köşklerin yüz elli sene evvel nispeten tam olduğunu düşünürsek bir imparatorluğun, dayandığı medeniyetle beraber inkırazının ne demek olduğunu anlarız.

V

Mevlânâ ile babası Konya'ya 1228 yılında Keykubad tahtta iken gelirler. Bu Konya civarında Sultan Hanı'nın yapıldığı yıldır. Bu eseri biraz sonra serhat şehirlerinin kaleleri ile Konya Kalesi'nin tamiri, Kayseri'deki Kubadiye ve Beyşehir'deki Kubadâbâd köşkleri takip edecektir. Alâeddin Tepesi'nde son harabesi gözümüzün önünde ortadan kalkan köşk, daha evvele ait olan ve Alâeddin tarafından tamir edilen, belki de değiştirilen cami (1227) ve Selçuk sultanlarının türbesi bir tarafa bırakılırsa bugün Konya'da Selçuk eseri olarak beğendiğimiz Sırçalı Mescit, Karatay Medresesi, İnce Minareli gibi büyük eserler onun hayatında Moğol istilâsının o kadar hazin şekilde emrivâki olduğu ve II. Gıyaseddin Keyhüsrev'den sonra hep çocuk hükümdarların tahta çıkması yüzünden o meş'um Atabey-vezirler devrinin açıldığı yıllarda *Divan-ı Kebîr*'deki şiirler ve Mesnevî ile beraber doğarlar.

Bu beraberlik, üzerinde fazla durmaktan ne kadar çekinirsek çekinelim, Konya'nın, mimarî ve ruh, kendisini araması demektir. Hakikatte Selçuk rönesansı, vakitsiz bastıran kar fırtınaları altında yeşeren baharlara benzer.

Eflâkî'ye göre Karatay Medresesi'nin inşası bittiği zaman bu medresede yapılan bir ulema toplantısında Mevlânâ, Şems-i Tebrîzî ile beraber bulunmuş. Hattâ orada o çok saf Ortaçağ münakaşalarından birine bile girmiş. Kendisine "Baş köşe neresidir?" diye sormuşlar, Mevlânâ da "Aşk adamı için baş köşe sevgilisinin kucağıdır" diyerek bulunduğu yerden kalkmış ve Şems'in girer girmez çömeldiği kapı dibine geçip yanına oturmuş. Şems, kalabalıktan, ön safta görünmekten fazla hoşlanmazmış. Eflâkî, Şems'in şöhretinin o gün başladığını söyler. Karatay Medresesi'nin 1245'de bittiği düşünülürse bu rivayetin doğru olduğundan şüphe edilebilir; yahut da mevzua bahsolan şahıs, Mevlânâ'nın Şems'ten sonra dostluğa seçtiği Salâhaddin Çelebi'dir.

1237'de Alâeddin'in cenazesi şehre getirildiği zaman Mevlânâ yirmi dokuz, dostum Abdülbâki Gölpınarlı'nın çok yerinde tahmini kabul edilirse otuz üç, otuz dört yaşlarında, Baba İshak İsyanı'nda otuz sekiz, Kösedağ Muharebesi'nde kırk, kırk bir yaşlarında idi. Şems'in Konya'ya ilk gelişi bu iki felâketli hâdise arasındadır.

Şems, Konya'da bu ilk ikametinden sonra Şam'a kaçtığı zaman Mevlânâ oğlu Sultan Veled'e "Bahaeddin ne uyuyorsun? Kalk, şeyhini ara!" der. Bu söz karanlık gecede çakan şimşeğe benzer. Kalk şeyhini ara, yani hakikatlerini bul ve kendini yap! Acaba bunu söylerken Mevlânâ Şems'in dönmesine böyle ısrar etmesinin ölümüne sebep olacağını biliyor muydu? İstiareli şark konuşma tarzının bozduğu şâyânıdikkat dostluk ve korkunç dram...

Kimdir bu Şems? Nasıl adamdı? Hangi hikmetlerle konuşuyordu? Mevlânâ'ya bütün devrinde o kadar yayılmış olan vahdet-i vücut felsefesi dışında ne öğretmişti? Bütün vesikalar her şeyin onun Konya'ya gelişi ile başladığında birleşir. O zamana kadar devri için çok tabiî olan tasavvuf neşvesine rağmen az çok şekilci yaşayan büyük bir âlim, bir müderris gibi tanınan Mevlânâ, o geldikten sonra sadece bir cezbe adamı olur, sema' eder, şiir söyler, şekillerin ve kalıpların dışında yaşar. Konya'yı devrinin yalnız coşkunluklarıyla doldurmaz, onu içten değiştirir.

Bütün bu işlere tek sebep gibi gösterilen adam hakkında tek eseri olan *Makalât*'dakilerden başka şeyler bilmeyi ne kadar isterdim. Yazık ki asrının karanlığından birdenbire çıkan bu fakir, dünyayı bir kalemde reddetmiş, münakaşayı bile kabul etmeyen, Muhiddin-i Arabî gibi –ufak tefek farklarla– kendi sisteminin başı sanılan adamla bile çatışma hâlinde olan bu seyyah dervişi sadece menâkıp kitaplarına veya *Divan-ı Kebîr*'in aydınlığında görmeğe ve tanımağa mahkûmuz.

Halbuki menâkıp kitapları mürit sâfiyetleri içinde, yaşadıkları zamanın meseleleri ve modaları arasında hiç olmazsa bugün bize hiçbir şey söylemezler. Biz, iki medeniyetin yorgun çocukları, onların mihver kelimelerini ve meselelerini âdeta atlayarak geçeriz. *Divan-ı Kebîr*'e gelince onun kamaştırıcı aydınlığında hiçbir şeyi olduğu gibi görmek mümkün değildir. Zaten Mevlânâ Şems'ten değil, aşktan bahseder.

Konya'da Kubbe-i Hadra'nın avlusunda veya içinde, Sadreddin-i Konevî'nin dergâhında geçirdiğim başı boş hulya ve düşünce saatlerinde kaç defa onu düşündüm ve kendi kendime bu işte masalın ve hakikatin payı nedir diye sordum. Gerçekten bu adam bu kadar tesirli miydi? Şarkın en büyük şairlerinden biri olan Mevlânâ'ya her şey ondan mı gelmişti? Mevlânâ ona rastladıktan sonra bir şaman gibi yanında rübabı ile gezen, her coştuğu yerde sema' eden bir adam mı olmuştu? Sonra ölümü için söylenenler?... Gerçekten Mevlânâ ile küçük oğlunun veya hemşehrilerinin, yahut bazı müritlerinin arasına bu kadar sevdiği mürşidinin kanı mı girmişti?

Şüphesiz mıknatıs gibi çekici bir şahsiyeti vardı. Mevlânâ ile baş başa sohbetlerinde ona, menâkıp kitaplarında nakledilenlerden çok başka şeyler söylemişti. Belki de hiç konuşmuyordu (Eflâkî, bir fıkrasında Şems'in herkes içinde söze karışmak âdeti olmadığını kendi ağzından söyler). Sadece mevcudiyeti ile, bakışları ile ve sükûtu ile etrafını dolduruyordu. Şems-i Tebrizî'de adından başlayarak –çünkü bu adamda o devirde bir moda olan Şems adı bile mânalaşır– ölümüne varıncaya kadar her şey muamma ve sırdır. Her şey bizim için onun çehresini karanlığın ta kendisi olan sırlı bir aydınlık yapar.

Menâkıp kitapları Şems'in ölümünden sonra Mevlânâ'nın üzerinde hemen hemen aynı tesiri gösteren Çelebi Salâhaddin'in bir cümlesini naklederler. "Ben Mevlânâ hazretlerinin aynasıyım. O benim şahsımda kendi büyüklüğünü seyrediyor". Belki de Şems-Mevlânâ münasebetlerinin en iyi izahını bu cümle verir.

Mevlânâ şairdir. Şiiri inkâr etmesine, küçük görmesine rağmen Şark'ın en büyük şairlerinden biridir. Nasıl Garp Ortaçağı, bütün azap korkusu, içtimaî düzen veya düzensizliği ile, rahmaniyet iştiyakı ve adalet susuzluğu ile Dante'nin eserinde toplanırsa, Müslüman Şark da bütün varlık hikmeti, Hak'la Hak olmak ihtirası ve cezbesiyle *Divan-ı Kebîr*'dedir. *Divan-ı Kebîr*, insan talihinin şartlarını bir türlü kabul edemeyen ihtiyar Asya'nın ebedîlik iştiyakıdır. Fakat birçoklarında –hattâ en büyüklerinde– olduğu gibi birlik felsefesi onda hayattan bir kaçış olmaz, belki ilâhî aşkta kendini kaybettikçe hayatı ve insanı bulur.

Onun dünyası hareket hâlinde bir dünyadır. Burada her şey yaratıcı aydınlığın ve aşkın kendisi olan Allah'ın etrafında döner, ona doğru yükselir, onda kaybolur, ondan doğar ve ayrılır, tekrar onunla ve birbirleriyle birleşir. Her şey burada birbirini özler, birbirinin aynıdır, birbirine cevap verir. Bu mahşerde ne öldüren, ne öldürülen, ne seven, ne sevilen birbirinden fark edilir.

Şüphesiz bütün bunlar İslâm dünyası için yeni şeyler değildi. Hallaç'tan beri tasavvuf, İslâm şiirinin ve hayatının bütün bir tarafı olmuştu. Fakat Mevlânâ'nın konuşma şekli başka idi.

Aşkın ayrı bir tanrının dini olduğu eski çağlarda bile hiç kimse ondan Mevlânâ gibi bahsetmemiştir. Sanki alevden bir dille konuşuyordu. *Divan-ı Kebîr*, İbrahim'in atıldığı ocağa benzer, dışarıdan kavurucu gibi görünen ateş içeride bir gül bahçesi olur.

Bu şiirler yazıldığı devirle beraber düşünülürse, batmakta olan bir gemiden yükselen son duâ gibidir. Bütün varlık orada, Allah'a doğru giden bu geniş hıçkırıktadır. Kaybolan her şeyin aksi-sedasından doğacağı bu duaya veya davete yanmış ve yıkılmış Anadolu, o kadar akîde ve görenek ayrılığının, kin ve kanın arasından yaralı bir hayvan gibi sürüne sürüne koşar ve bu pınardan içtikçe dirilir. Çünkü bu ses ümidin ve affın sesiydi. Bilmem burada af kelimesi yerinde mi? O fenalığı yok farzediyordu. Ve bütün dramı insanın içine ve kaderine nakletmişti. Ortada yalnız iyiliğin ve sevginin kendisi olan sevgi ve imkânlarını bırakıyordu.

> Gel gel kim olursan gel
> Kâfir de olsan Yahudi veya putperest de olsan gel
> Dergâhımız ümitsizliğin dergâhı değildir
> Yüz defa tövbeni bozmuş olsan yine gel.

Moğol tahsildarlarının korkusu ile kovuklarda, mağaralarda yaşayan, o müthiş 699 yılı kıtlığında kemirecek ot bulamayan, zulmün, vebanın, her türlü felâketin harap ettiği Anadolu üzerinde bu ses bir bahar rüzgârı gibi dalgalanır. Dışarıdan o kadar çok şeyin yıktığı insan onu dinledikçe kendi içinden yeniden doğar.

İlk cevap, Sakarya'nın sarı çamurlu kıyılarından geldi. Yunus'un sesi büyük orkestra eserlerinde birdenbire uyanan kuru, fakat tek başına yüklendiği bahar ve puslu manzara ile zengin bir fülüt sesine benzer. Şüphesiz o da Mevlânâ'nın söylediği şeyleri söylüyordu. O da aşk adamı idi. Hattâ sözü daha ziyade ondan almıştı. Fakat aletle sanki motif değişmişti, Türkçenin solosu devam ettikçe Fars şiirinin muhteşem ve renkli orkestrası, sanki bir çeşit zemin teşkil etmek için yavaş yavaş gerilere çekilir ve sonunda yerini alana kendi renklerinden ve seslerinden birkaç not bırakarak kaybolur.

Taptuk Emre'nin müridinde Mevlânâ'nın zenginliği yoktur. Onun şiiri bir çekirdek gibi kurudur. Sanki bu köylü derviş yazmaz, içinde kaynaşan şeyleri sert bir ağaca oyar. Böyle olduğu için de alabildiğine kendisi, uyandığı toprak ve etrafındaki cemaattir. Fakat Oğuz Türkçesi'nin tecrübesizliğine rağmen o ne sağlam yürüyüştür ve ne keskin hayallerle konuşur? İnsanın, Yunus'un şiirine kelimeler eşyanın kendisi olarak gelirler, diyeceği geliyor.

Aralarındaki büyük farklardan biri de ölümün bu ikincisinde fazla yer tutmasıdır. O, Celâleddin-i Rûmî'nin "Bizden sonra gelecek olanlar çok sıkıntı çekecekler, fakat onların çocukları rahat edecek" diye kaderini anlattığı nesildendir. Filhakika Yunus, Moğol istilâsının azdığı devirde büyüdü. Onda ve hiç olmazsa bir tek şiiri ile büyük şair olan Şeyyad Hamza'daki ölüm vizyonunun eşini bulmak için XVI. asır şimal resmini siyah bir dalga gibi saran mistisizme kadar çıkmak gerekir.

Bununla beraber:

> Ölümden ne korkarsın
> Korkma ebedî varsın.
> ...
> Her dem yeni doğarız
> Bizden kim usanası.

diyen Yunus, ölüme yenilmiş değildir. Belki realitesini sonunda inkâr etmek için onu teker teker sayar. Hakikatte ölüm ağacı Yunus'da sonsuz oluşun çıkrığıdır. O da Mevlânâ gibi insanı içinden görür.

> Sevdiğimi demez isem
> Sevmek derdi beni boğar.
> ...
> Seni deli eden şey
> Yine sendedir sende.

Divanına bakılırsa Yunus, Mevlânâ ile buluşmuş, meclisine ve semaına girmiş. Hattâ bir rivayete göre Mevlânâ, Sakaryalı dervişe *Mesnevî*'sini okumuş, o da hürmetle dinlemiş, fakat kitap bitince, "Hazret, güzel, çok güzel söylemişsin ama, sözü biraz uzatmışsın! Ben olsam:

> Ete kemiğe büründüm
> Yunus diye göründüm.

der, keserdim." demiş.

Beyit belki Yunus'undur, belki değildir ve gerçekten güzeldir. Fakat hikâye basitleştirmekten hoşlanan bektaşi zihniyetinindir. Mevlânâ'nın vahdet-i vücut felsefesi bu kadar kısa değildir. Sonra *Mesnevî*, uzunluğuna ve öğreticiliğine rağmen çok güzel tarafları olan bir kitaptır. Şarkın en tatlı taraflarından biri, hayvan, kuş, vezir, köylü, bezirgân, halk hikâyeleriyle bu kitaptır. Ve Mevlânâ dünyanın en tatlı hikâye anlatanlarından biridir. Öyle ki *Mesnevî*'yi düşündüğüm zaman çok defa gözümün önüne kitaptan ziyade tıpkı Saint Chapelle gibi çatısından, kemerlerinden ve kafesinden gayrısı, çok renkli, bir kısmı hayalî, bir kısmı karikatüre kaçan, bir kısmı "nehy-i an'il-münker"in ta kendisi olan bir realizmde hayvan, insan karmakarışık resimlerle örtülü renkli camdan bir bina gelir. Baş tarafındaki on sekiz beyitle onun yer yer esere serpilmiş akisleri bu renkli dünyayı, daha doğrusu bu çok süzme Şark'ı ve onun derin hikmetini ve hayalî denecek kadar istiareli realizmini bütün bir vahdet ve hasret ışığı ile aydınlatır.

Mevlânâ'nın hasret ve sevgi felsefesi, bütün Mevlevîlikle beraber öz hâlinde bu on sekiz beyittedir. Bu beyitler kadar geleceği yüklü, onu kendisinde toplayan eser azdır. Zevkimizi en halis tarafı olan Mevlevî musikîsi, dört âyinikadîmden, Itrî'nin Segâh âyinine ve Rast na'tına, III. Selim'in Suzidilâra'sına ve Dede'nin Ferâhfezâ peşrevine ve âyinine kadar hepsi henüz kendini denememiş fikir olarak bu on sekiz beytin ezelî hasret sembolü olan neyindedir. Öyle ki Mevlânâ bu on sekiz beyti yazıp dostlarına göstermek için sarığının arasına soktuğu zaman –ne kadar büyük, manevî mertebesi ne kadar yüksek olursa olsun şair şairdir– bütün o musikişinaslar, Galib'e kadar gelen şairler kafilesi doğmuş sanılabilir. Onun için Yahya Kemal:

> Şeb-i lâhûtda manzûme-i ecrâm gibi
> Lafz-ı bişnevle doğan debdebe-i mânayız.

derken âdeta bir borcu öder.

Tarikat olarak Mevlevîliği esas çizgileriyle Sultan Veled kurar. Fakat teşrifatı, nezaketi, terbiyesi, sülûkûn ve âyinin erkânı tıpkı musikisi gibi daha sonraki zamanın, Osmanlı devrinin ve biraz da İstanbul'undur. Ve şüphesiz ki kültürümüzün en yüksek tarafıdır. Bir medeniyetin çiçeği olan ve ona hiç belli etmeden şekil veren terbiye ve nezaketten, duyma şekline kadar hüviyetimizin birçok taraflarını o idare etmiştir.

Mevlevîlik ne tevazu ve mahviyeti ne de hangi mertebede olursa olsun itibarı kabul eder. Eşitler arasında geçen bir maceradır. Ve bu eşitlik sade tarikatın içinde değil, dışında da hükmünü sürer. Çünkü esası, bugünün felsefesinin çok sevdiği tâbirle insanın kâinattaki yeridir.

> Hoşça bak zâtına kim zübde-i âlemsin sen
> Merdüm-i dîde-i ekvân olan âdemsin sen

O kadar mânalı olan Mevlevî selâmı Galib'in bu beytindedir. İnsan insanda –daha doğrusu iki kaşının arasında; çünkü oraya bakılır– Allah'ı görür ve onu tebcil eder. Şems Mevlânâ münasebetini hiçbir şey bu selâm kadar iyi izah edemez.

Mevlevî âyinini son defa dergâhların kapanmasından biraz evvel, bir Kadir gecesi, Konya'da görmüştüm. Bu kadar sembollerle konuşan bir terkip azdır. Her duruşun, tavrın, kımıldanışın ve adımın mânası vardır. O hırkaya bürünüşler, ilk ney sesinde uyanışlar (ölüm ve haşir), kol açışlar ve ayak kilitleyişler (Mevlevî âyininde her Mevlevî, Ali'nin Zülfikâr'ı olur) bir kitap gibi derin derin anlatan şeylerdir. Asıl sema'a gelince, şüphesiz dünyanın en güzel rakslarından biridir. Mukaddesin iklimini zaptetmiş, orada hilkatin sırrını tekrarlayan bir bale. Yazık ki Degas cinsinden bir ressamı çıkmadı.

Karşımda kandillerin titrek ışığında dönen, değişen, süzülen, âdeta maddî varlıklarından ayrılan bu insanlar gerçekten aşk şehitleri olmuşlardı ve gerçekten musaffa ruh hâlinde iki yana açık kolları ve rıza ile bükülmüş boyunları ile döne döne semâvâta çıkıyorlardı.

O akşam sema'da gördüğüm insanları ertesi sabah çarşıda, pazarda işlerinin başında ve bir talebemi lisede karşımda görünce hakikaten şaşırmıştım. Onları ben arkalarında esen Rast'ın sert rüzgârında uçup gitmiş sanıyordum. Bu ölen ve ertesi sabah dirilmenin sırrını bilen insanların arasına katılamadığıma, o neşveyi bulamadığıma şimdi bile içimde üzülen bir taraf vardır.

Konya'da bulunduğum yıllarda beni sık sık meşgul edenlerden biri de Şeyh Galib'ti. Mevlevî çilesinin bir yılını dergâhta geçirdi. Sanatına tam sahip olduğu devirlerde yazdığını tahmin ettiğim bir müseddesi vardır ki Mevlevî âyininin bütün sembollerini, Mevlevî macerasını kendisiyle beraber verir.

> Kimi mest-i muhabbet hâne-i hammârdan gelmiş
> Kimi medhuş-i hayret şu'le-i dîdârdan gelmiş
> Kimi hurşîde benzer âlem-i envârdan gelmiş
> Kimi varmış diyâr-ı vahdete tekrârdan gelmiş
> Gözüm dûş oldu gördüm bir gürûhu hep külâhîler
> Aceb heybet aceb şevket aceb tarz-ı ilâhîler

> Kelâm-ı samtı deryâlar gibi pür cûş söylerler
> Muhabbet râzını birbirine hâmûş söylerler
> Be-her-dem hûş-i derdim sırrını bîhûş söylerler
> Rumûz-i aşkı cümle bî-zebân u gûş söylerler
> Gözüm dûş oldu gördüm bir gürûhu hep külâhîler
> Aceb heybet aceb şevket aceb tarz-ı ilâhîler

> ...

> Melekler reşk ider bir tavr u âdâb u rüsûmı var
> Melekler mâlik olmaz def ü ney tabl u kudûmı var
> Sema' meydânının hem mihr ü meh çarh-ı nücûmı var
> Hususâ içlerinde zât-ı Mevlânâ-yı Rûmî var
> Gözüm dûş oldu gördüm bir gürûhu hep külâhîler
> Aceb heybet aceb şevket aceb tarz-ı ilâhîler

> Vücûd-ı mutlak üzre devr ederler ayn-i vahdetde
> Kamu hurşîd-veş tenhâ gezer kesretde halvetde
> Medâr-ı pây-ı seyri nokta-i gayb-ı hüviyyetde
> Visâl-i sırf bulmuşlar bidâyetde nihâyetde
> Gözüm dûş oldu gördüm bir gürûhu hep külâhîler
> Aceb heybet aceb şevket aceb tarz-ı ilâhîler

Konya'da Mevlânâ kadar yükseklerde uçmasa bile varlığını bize onun kadar kuvvetle kabul ettiren ikinci –Selçuk epopesi de düşünülürse– üçüncü bir varlık daha vardır, folklor. Ben Orta Anadolu türkülerini o gurbet, keder, türlü ten yorgunluğu ve iç darlığı dolu acı dert kervanlarını bu şehirde tanıdım.

Eski Konya Lisesi'nin üst katında küçük bir odada yatardım. Binanın yanı başındaki hapishaneden bazen de öbür yanındaki kötü evlerden günün her saatinde bahçedeki çocuk seslerine ve kendi çalışmalarıma mahpusların söyledikleri türkülerin hüznü karışırdı. Fakat ben onları asıl Takye Dağları'nı akşamın kızarttığı saatlerde dinlemeyi severdim. Bir de sabaha doğru şehre sebze ve meyva getiren arabaların sökünü beni uyandırdıkları zaman. Kurşun rengi soğuk sonbahar sabahlarında henüz ayrıldığım rüyaların arasına onlar, çok beğenilmiş, çok sevilmiş, böyle olduğu için çok eziyet ve cefa görmüş kadın yüzleri ve vücutları gibi ezik, biçare ve imkânsız derecede çekici girerlerdi.

Bu İç Anadolu türküleriyle ben ilk defa, yine Konya'da seferberlik içinde karşılaşmıştım. 1916 yaz sonu idi. Hükûmet meydanının arkasında o küçük, kerpiç duvarları beyaz kireçle badanalanmış, genişçe eyvanı bütün sonbahar güneşini alan evlerden birinde oturuyorduk. Şehirde genç ve orta yaşta pek az erkek kalmıştı. Bir akşam bilmem niçin gittiğim –bilhassa niçin geciktiğim– istasyonda, kim bilir hangi cepheden öbürüne asker nakleden katarlardan birine rastladım. Yük vagonlarında isli lambaların altında bir yığın soluk ve yorgun benizli çocuklar birbirine yaslanmışlar, bu ezik, eritilmiş kurşun gibi yakıcı ve yaktığı yerde öyle külçelenen türkülerden birini söylüyorlardı. Hiçbir şikâyet bu kadar korkunç olamazdı. Vâkıa Kerkük'ten Konya'ya kadar gelişimizde o harbe ait, on dört, on beş yaşlarındaki bir çocuğun cephe gerisinden görebileceği bir yığın faciayı görmüştüm. Fakat gördüklerimin hiçbiri ölüme ve her türlü acıya ve bakımsızlığa bile bile giden ve yaşanmamış, hiç yaşanmayacak bir yığın arzu ve sevgiyi kanlı bir köpük gibi bu istasyonun gecesine fırlatan bu biçarelere rastlayana kadar etrafımda olup biten şeylerin mânasını anlamamıştım. Ancak onları dinledikten sonra komşu evlerin sessizliğini, adım başında karşılaştığım çocukların ve kadınların, yalnızlıkları içinde daha güzel kadınların yüzlerindeki çizgilerin mânasını anladım. Evet ancak onlara rastladıktan sonra her akşam gezinti yerim olan Alâeddin Tepesi'nden inerken alacakaranlıkta acı acı uluyan köpeklerin bütün şehri bir anda niçin susturduğunu hissettim.

Konya hapishanesinin kadınlar kısmında yüzünü görmediğim fakat sesini çok iyi tanıdığım bir kadın vardı. Akşam saatlerinde onun türkü söylemesini âdeta beklerdim. Ve bilhassa isterdim ki "Gesi bağlarında bir top gülüm var" türküsünü söylesin. Bu acayip türkü hiç fark edilmeden yutulan bir avuç zehire benzer.

Bazen de "Odasına varılmıyor köpekten" mısraıyla başlayan çok hâyâsız oyun havasını söylerdi. Bu sonuncusunun havası ve ritmi kadar ten hazlarını zalimce tefsir eden başka eserimizi tanımadım. Sanki bütün ömrünü en temiz ve saf dualarla hep başı secdede geçirdikten sonra nasılsa bir kere günah işleyen ve artık bir daha onu unutup hidayet yolunu bulamayan ve en keskin pişmanlıklar içinde hep onu düşünen ve hatırlayan bir lânetli veli tarafından uydurulmuştur. O kadar ten kokar ve yakıcı günahın arasından o kadar büsbütün başka şeylere, artık hiç erişemeyeceği şeylere, kanat açar.

Bu türküleri dinlerken ben daima Maurice Barrès'in İspanya için yazdığı o güzel kitabın adını hatırladım: *"Kandan, Şehvetten ve Ölümden."* Yazık ki bir iki defa gittiğim eğlence âlemlerinde bu büyü yoktu. Bir nağmenin terkibi hangi şartlarla hazırlanır? Bunu bilmek daima imkânsız bir şey.

Hayır, Anadolu'nun romanını yazmak isteyenler ona mutlaka bu türkülerden gitmelidirler.

Konya'da dinlediğim türkülerin hepsi şüphesiz oranın değildi. Meram'daki bağ evlerinde veya şehir içinde topluluklarda seyrettiğim oyunların hepsinin de Konya'nın olmadığı gibi. Kaldı ki Garbî Anadolu halk musikisinin asıl merkezi olmasına rağmen Konya ağzını ayırmak bugünkü vaziyette epeyce güçtür. Benim gibi bir amatör içinse imkânsızdır. Fakat ben onları Alâeddin

Tepesi'nde, Meram yollarında ve Konya akşamlarında duydum. İnce Minareli'nin kapısı önünde *Kur'an*'ın iki sûresini o kadar sanatlı bir gerdanlık yapan taş işçiliğine şaşırırken, yanı başımdan geçen çıplak ayaklı çocuklar, onları ıslıkla çaldılar. Onun içindir ki şimdi bu türküleri radyoda dinlerken veya vakit vakit hâfızanın sırrına erilmez dönüşüyle hiç farkında olmadan kendi kendime mırıldanırken içimde Konya birdenbire canlanır, kendimi o yollarda, o alçak tavanlı bağ evlerinde, o cami veya medreselerin kapısı önünde veya içinde bulurum, gece ise başımın üstündeki yıldızlı gökyüzü birdenbire değişir. I. Alâeddin'in altın kakmalı, sırma işlemeli, siyah saltanat çadırı olur ve ben Selçuk destanının ve Selçuk dramının sahnesi olan, *Mesnevî* ve *Divan-ı Kebîr*'in doğmasını, ince, kibar, musikî ve raksa düşkün hayatının kolaylaştırdığı şehirde geçen günlerime bu şehrin insanlarının saatleriyle, bu saatleri dolduran sevinç ve acılarla beraber kavuşurum.

BURSA'DA ZAMAN

I

Şimdiye kadar gördüğüm şehirler içinde Bursa kadar muayyen bir devrin malı olan bir başkasını hatırlamıyorum. Fetihten 1453 senesine kadar geçen 130 sene, sade baştan başa ve iliklerine kadar bir Türk şehri olmasına yetmemiş, aynı zamanda onun manevî çehresini gelecek zaman için hiç değişmeyecek şekilde tesbit etmiştir. Uğradığı değişiklikler, felâketler ve ihmaller, kaydettiği ileri ve mesut merhaleler ne olursa olsun o, hep bu ilk kuruluş çağının havasını saklar, onun arasında bizimle konuşur, onun şiirini teneffüs eder. Bu devir haddizatında bir mucize, bir kahramanlık ve ruhaniyet devri olduğu için, Bursa, Türk ruhunun en halis ölçülerine kendiliğinden sahiptir, denebilir. Bu hakikati gayet iyi gören ve anlayan Evliya Çelebi, Bursa'dan bahsederken "ruhaniyetli bir şehirdir" der.

Belli ki Evliya Çelebi bu şehri sadece görmekle kalmamış, onun hakiki benliğini kavramıştır; zaten Bursa için yazdıklarında yer yer bir aşk neşidesinin coşkunluğu hissedilir.

Buluşlarında hemen hiç yanılmayan Sadrazam Keçeci Fuad Paşa ise "Osmanlı tarihinin dibacesi" diyerek bu mazi damgasını başka şekilde belirtir.

Bursa'ya birkaç defa gittim ve her defasında kendimi daha ilk adımda bir efsaneye çok benzeyen bu tarihin içinde buldum, zaman mefhumunu âdeta kaybettim ve daima, bu şehre ilk defa giren ve onu yeni baştan bir Türk şehri olarak kuran dedelerimizin yaşayışlarındaki halis tarafa hayran oldum. Onlar zaferin kendilerine ilk gülüşü saydıkları bu şehri o kadar sevmişler, o kadar candan kucaklamışlar ki, hâlâ taşı toprağı bu yükseltici ve şekil verici ihtirasın nurdan izleriyle doludur. Bu şehirde muayyen bir çağa ait olmak keyfiyeti o kadar kuvvetlidir ki insan, "Bursa'da ikinci bir zaman daha vardır." diye düşünebilir. Yaşadığımız, gülüp eğlendiğimiz, çalıştığımız, seviştiğimiz zamanın yanı başında, ondan daha çok başka, çok daha derin, takvimle, saatle alâkası olmayan; sanatın, ihtirasla, imanla yaşanmış hayatın ve tarihin bu şehrin havasında ebedî bir mevsim gibi ayarladığı velût ve yekpare bir zaman... Dışarıdan bakılınca çok defa modası geçmiş gibi görünen şeylerin, bugünkü hayatımızda artık lüzumsuz zannedebileceğimiz duyguların ve güzelliklerin malı olan bu zamanı bildiğimiz saatler saymaz, o sadece mazisinde yaşayan bir geçmiş zaman güzeli gibi hâtıralarına kapanmış olan şehrin nabzında kendiliğinden atar.

Kaç defa uzun ve başı boş bir gezintiden sonra otelime dönerken bilmediğim bir tarafta ince bir zarın, sırçadan bir kubbenin birdenbire çatlayacağını ve bu altta birikmiş duran zamanın, etrafındaki manzaraya, zihnimdeki hâtıralara ait zamanın, bugüne yabancı bin bir hususiyetle, bendini yıkmış büyük sular gibi dört yanı kasıp kavuracağını sanarak korktum. Bursa'yı lâyıkıyla tanıyan herkes bu vehmi benimle paylaşır sanıyorum; bu şehre tarih, damgasını o kadar derin ve kuvvetle basmıştır. O her yerde kendi ritmi, kendi hususî zevkiyle vardır, her adımda önümüze çıkar. Kâh bir türbe, bir cami, bir han, bir mezar taşı, burada eski bir çınar, ötede bir çeşme olur ve geçmiş zamanı hayal ettiren manzara ve isimle, üstünde sallanan ve bütün çizgilerine bir hasret sindiren geçmiş zamanlardan kalma aydınlığıyla sizi yakalar. Sohbetinize ve işinizin arasına girer, hulyalarınıza istikamet verir.

Bu cins tesadüflerin en şaşırtıcısını isimler yapar; dil dediğimiz asıl manevî insanı vücuda getiren büyük kaynaktan geldikleri için mi nedir, onlar bize etrafımızı alan tılsımın bütün sırrıyla zengindirler. Bu adları bir kere öğrendiniz mi artık unutamazsınız, tenha saatlerinize küçük ve munis rüyalar gibi sokulurlar, sizi kendileriyle ülfete, esrarlı mahfazalarını zorlamaya, gizledikleri sırları tanımaya ve tatmaya mecbur ederler. İster istemez sayarsınız: Gümüşlü, Muradiye, Yeşil, Nilüfer Hatun, Geyikli Baba, Emir Sultan, Konuralp... Bunlar hakikaten bir şehrin muayyen semt ve mahalle adları, yahut tıpkı bizim gibi bir zaman içinde yaşamış birtakım insanların anıldıkları isimler midir? Hepsinin mazi dediğimiz o uzak masal ülkesinden toplanmış hususî renkleri, çok hususî aydınlıkları ve geçmiş zamana ait bütün duygularda olduğu gibi çok hasretli lezzetleri vardır. Hepsi, insanı hayat ve zaman üzerinde uzun murakabelere çeker, hepsi, zihnin içinde küçük bir yıldız gibi yuvarlanırlar ve hafızanın sularında mucizeli terkiplerinin mimarisini altın akislerle uzaltıp kısaltarak çalkanırlar.

Gümüşlü, bu, Osman Bey'in gömüldüğü eski Bizans manastırının adıdır. Bu tarihî vakıayı bildiğim için mi bu üç heceyi her işitişimde gözlerimin önünde, fecre tutulmuş sihirli bir ayna parlıyor. Yoksa bu parıltı sadece bu hecelerin yaptığı terkipten mi geliyor? Burada gizlenen, Türkçe'nin hangi sırrıdır. Gümüş kelimesinin mavimtırak beyazlığını bu şafak renkleri nereden bulandırdılar? Bursa fatihleri yarım asra yakın bir zaman imanlı ve coşkun akışlarına yol gösteren bu adamın hâtırasını elbette ancak böyle bir kelimeye, bir istikbal rüyasına benzeyen bu üç heceye emanet edebilirlerdi. Türkçede Ş ve L harfleri daima en güzel terkipler yapar. Yeşil dediğimiz zaman âdeta bir çimen tazeliğini, bir palet üzerinde ezilmiş bir renk gibi, günün ve saatin bir tarafından bir bahar müjdesiyle toplanmış buluruz. Bu kelimenin ilk cetlerle beraber Orta Asya yaylalarının baharından geldiği o kadar belli ki... Fakat Bursa'da yeşilin mânası çok başkadır; o ebediyetin rahmanî yüzü, bir mükâfata çok benzeyen bir sükûnun fânî bir saate sinmiş mânasıdır. Yeşil Türbe, Yeşil Cami der demez, ölüm, muhayyilemizdeki çehresini değiştirir, "Ben hayatın susan ve değişmeyen kardeşiyim. Vazifesini hakkıyla yapan fâninin alnına bir sükûn ve sükûnet çelengi gibi uzanırım..." diye konuşur.

II

Daha küçük bir ilkokul talebesiyken, Bursa'yı çok seven babamın anlattığı şeyleri dinler ve muhayyilemde onları tarih kitabımda rastladığım isimlerle birleştirirdim. Böylece birdenbire sayfa, gözümün önünde canlanır, derinleşir, renk ve ışık dolardı. Konuralp ile Geyikli Baba bu isimlerin başında gelirdi. Birini mektepte öğrenmiş, öbürünü yattığı yeri ziyaret eden babamdan dinlemiştim. Konuralp benim için daima büyük bir cenk kargaşalığının ortasında sert, yanık yüzü manzaraya ve kalabalığa hakim bir kahramandı. Uçar gibi koşan yağız atının üstünde onu hep gazâ ve ganimet peşinde görürdüm. O benim için gece içinde sel gibi akan nal seslerinin, yaralı ve ölüm çığlıklarının üstünde dalgalanan zafer nâralarının büründüğü masal kahramanıydı.

Geyikli Baba'ya gelince, o Bursa fethini o kadar masallaştıran ve yeni Türk Devleti'nin kuruluşunu yeni bir dinin doğuşuna benzeten Horasan Erleri'ndendir. *İncil*'deki çocuk İsa'yı beşiğinde ziyarete gelen ve ayaklarının ucuna hazineler dolusu hediyeler yığan çobanlar gibi; fakat yıldız yerine şeyhlerin işaretiyle, Asya'nın içinden kimi sadece vatanını, kimisi de eşiğinde doğduğu taç ve tahtı bırakıp gelirler. Henüz Tekfur şehri olan Bursa'nın etrafında zaviyelerini kurarlar, ruh kudretleri ve kerametleriyle bu şehri muhasara ederler, sonra da genç Orhan'ın ordusuna hiç kimsenin kullanamayacağı kadar ağır silâhlarla katılırlar.

Bunların arasında Hacı Bektaş gibi Anadolu ve Rumeli'yi ilhamıyla dolduranlar, Karaca Ahmet gibi Üsküdar'ın bütün bir semtini adıyla zaptedenler vardır. Fakat ben bütün bunları o zaman bilemezdim. Onun için Geyikli Baba'nın üstünde yalnız bir post ve elinde seksen okkalık taşla Bursa kapılarını zorladığı aklıma gelmezdi. Sadece adı söylenir söylenmez gözümün önüne acayip nakışlı bir seccade serilir ve ben kendimi, dinlemediğim bir masalın kapısında görürdüm. Arkasında ne vardı, hangi meçhul çözülür, hangi sır onun eşiğini atlayana bir altın elma gibi uzanırdı? Bunu bilmezdim. Çocukluğumda olduğu gibi, şimdi de Muradiye'den Çekirge'ye giden yolun bir tarafında, sadece su seslerinin aydınlattığı bu ıssız gece saatinde gene onları düşünüyorum; kimdi bu Geyikli Baba? Nasıldı? Etrafında toplanan saf imanlı insanlara neler öğretirdi? Ömrün hangi meçhulünü, ruhun hangi düğümünü onlara çözmüştü? Bu hizmetten bize neler kaldı? Sonra bu Konuralp kimdir? Hiç sevmiş miydi? Nelerden hoşlanırdı? Bursa ovasında her bahar açan nergislere bakarken ve her akşam uzak dağların üstünde batan güneşi seyrederken neler düşünürdü? Hulâsa, bu yeni fethedilmiş şehirde ilk attığı adımların aksini adlarından dinlediğimiz bütün bu kahramanlar nasıl insanlardı?

Adların şiir ve cazibesi... hayalinizi peşi sıra sürükleyip götüren, acayip ve esrarlı mevcutlar; birdenbire zihnimizde "rüya ile hareketin el ele yürüdüğü" çağların hikâyesini terennüm eden çeşmeler... Siz, mazi dediğimiz ıtrı bize zaman içinde uzatan altın, gümüş, billûr mahfazalarsınız. Ruhumuzun en sanatkâr tarafı muhakkak ki sizin hulyanızla beslenen taraftır. Bu isimlerin içinde bir tanesi vardır ki, Bursa'yı tek başına bütün bir bahar güzelliğiyle doldurur. Bu beyaz zafer ve ganimet çiçeği Nilüfer'dir. Genç Orhan'ın kolları arasında günün birinde güzelliğin kahramanlığa, hayatı istihkara bir mükâfatı gibi düşen bu kadınla beraber kuruluş devrinin sert simasına aşkın tebessümü gelir. Yazık ki hayatı ve şahsı hakkında pek az şey biliyoruz. Kendisiyle görüştüğünü söyleyen Arap seyyahı İbni Battuta bile bize ondan sadece bir isim olarak bahseder. Fakat bizzat kendisi de bir ganimet çiçeği olan bu isim her güzel saadet ve aşk hulyasının içine dolabileceği bir çerçeveye benziyor.

Nilüfer Hatun, bu yeni teşekkülün kargaşalığında görünen ilk kadın çehresi değildir. Ondan evvel Osman Bey'in Şeyh Edebali'nin kızı Mal Hatun'a olan aşkı vardır. Hakikatten Osmanlı macerası bir aşk romanıyla başlar.

Şeyh Edebali Karamanlı bir fakihti. Gelenek, onun, kızını Osman Bey'e vermek için epeyce tereddüt ettiğini ve nihayet evinde misafir kaldığı ve bir odada yan yana yer yataklarında yattıkları bir gece gördüğü o meşhur rüyayı dinledikten sonra damatlığa kabul ettiğini söyler. Rüya şudur: Şeyh Edebali'nin göğsünden hilâl şeklinde bir ay çıkar ve büyüyerek tam bedir hâlinde Osman'ın koynuna girer. O zaman Osman'ın kendi karnından –bazı tarihlere göre de ikisinin arasından– üç kıt'ayı dallarının altına alan, köklerinden büyük nehirlerin –Dicle, Fırat, Nil ve Tuna– fışkırdığı büyük bir ağaç büyür. Ve böylece Osman, imparatorluğun bütün zafer tarihini rüyasında görmüş olur.

Bu rüyanın ilk defa Hammer'in dikkat ettiği gibi, *Tevrat*'taki Yakup'un rüyasına göre uydurulmuş eski hükümdar sülâlesi rüyalarına tıpkı tıpkısına benzediği aşikârdır. Bununla beraber bu evlenmenin Osman'ın gittikçe artan silâh kuvvetine manevî bir nüfuz ilâve ettiği inkâr edilemez.

Belki de bu yeni beylik bu izdivaçla o zaman Anadolu'da ve Suriye taraflarında çok yaygın olan fütüvvet teşkilâtıyla birleşiyordu. Filhakika mal ve menal sahibi olan Şeyh Edebali'nin geleni ve geçeni misafir ettiği bir misafirhanesi bulunduğu ve bazı akrabasının isimleri düşünülürse Ahî teşkilâtından olduğu tahmin edilebilir. İbni Battuta, Anadolu'da uğradığı yerlerde hemen daima bir ahîye rastlar, ahî evlerinde kalır.

İznik'teki o güzel imaret beş kapılı revakı ve çok rahat kubbesiyle Nilüfer Hatun'a izafe edilir. Selçuk mimarîsinin renkli, teferruat üzerinde fazla duran itikâfından, bu imaretle ve Murad-ı Hüdavendigâr'ı, Çekirge'deki camiiyle çıkarız. Bu ikincisinin kapısının üstündeki galeriler ve tek sütunla ayrılmış ikiz pencereler, imaretin revakı ve kubbe sistemi gibi yeni mimarînin ilk ritm araştırmalarıdır.

Orhan'ın karısına olan sevgisi veya I. Murad'ın evlât muhabbeti, bu kadının adını Bursa'nın ve İznik'in tarihine ayrılmaz bir şekilde bağlamıştır.

Fakat bu destan devresinde aşk hikâyesi bir değildir. Aydos Kalesi'nin kapılarını Türklere Orhan'ın akrabasından Abdurrahman Gazi'ye âşık olan bir tekfur kızı açar. Hakikaten bu devir geleceği müjdeleyen rüyalarıyla, aşklarıyla, kahramanlıkları ve ermiş hikâyeleriyle tam bir destandır. Ve bizim ilk büyük şairlerimiz de bu destanı o kadar saf bir dille parça parça veren Âşık Paşazade, Neşrî, Lütfi Paşa gibi müverrihlerimizdir.

Yaptırdığı camilerin kandillerini kendi elleriyle yakan, imaretlerinde pişirttiği ilk yemeği kendi eliyle fakirlere ve gariplere dağıtan Orhan Gazi'nin yarı evliya çehresi bu destanın asıl merkezidir. Bütün bu ruh kuvveti ve manevîlik hep ondan taşar. O bir başlangıç noktasını bir imparatorluk yapmakla kalmaz, ona rahm ve şefkatin derinliğini de katar.

Üstüne aldığı imparatorluğun tarihçisi vazifesini zaman zaman unutan ve bilhassa bu ilk devirde Garp âleminin ve Bizans'ın ufak bir himmetle, vaziyeti kurtarabileceklerinde ısrar eden Von Hammer'in kalemi ondan bahsederken birdenbire yumuşar, bir azizden bahseder gibi bir hâl alır. Orhan hakikatte Horasan erlerinin silâh ve keramet arkadaşıdır. Daha doğrusu o devirden kalan birçok şey gibi onlar Orhan'ın devamıdırlar.

Fakat ben onu daha ziyade Bursa'da kendi küçük imaretinde ve çarşı içindeki harap camiinde tasavvur etmekten hoşlanırdım. Bazı akşam saatlerinde bu küçük camiin önünden geçer veya kapısından bakarken o kadar kalenin kapısını zorlamış ellerini, kendi yaktığı kandillere uzanmış zannederim ve içim saadetle dolar.

I. Murad, ufak tefek çizgi değişiklikleriyle Yıldırım Bayezıt, 1402 felaketinden sonra imparatorluğu derleyip toparlayan o kadar akıllı ve iradeli I. Mehmed, büyüklükle sadeliği birleştiren devrinin birinci sınıf devlet ve harp adamı, sırasına göre şair ve estet II. Murad az çok onun ileri zamana vurmuş akisleri gibidirler. Fakat niçin bu devamı sade prenslerde arıyoruz? Bir buçuk asır bütün imparatorluk için model Orhan'dı.

Bu kuruluş asrından sonra Bursa, sevdiği ve büyük işlerinde o kadar yardım ettiği erkeği tarafından unutulmuş, boş sarayının odalarında tek başına dolaşıp içlenen, gümüş kaplı küçük el aynalarında saçlarına düşmeye başlayan akları seyrede ede ihtiyarlayan eski masal sultanlarına benzer. İlk önce Edirne'nin kendine ortak olmasına, sonra İstanbul'un tercih edilmesine kim bilir ne kadar üzülmüş ve nasıl için için ağlamıştır! Her ölen padişahın ve Cem Vak'ası'na kadar her öldürülen şehzadenin cenazesi şehre getirildikçe bu geçmiş zaman güzelinin kalbi şüphesiz bir kere daha burkuluyor. "Benden uzak yaşıyorlar, ancak öldükleri zaman bana dönüyorlar. Bana bundan sonra sadece onların ölümlerine ağlamak düşüyor!" diyordu. Evet, Muradiye küçük türbeleriyle genişledikçe Bursa hangi vesilelerle ancak hatırlandığını anlar.

Bu güzel devirden ve onu takip eden asırlardaki Bursa'dan birkaç büyük mimarî eserinden, türbe ve camiler ve bir de içinde Fatih'in doğduğu söylenen, fakat bütün bilenlerin XVIII. asırdan daha gerisine götürmekte tereddüt ettikleri evin bir kısmından başka hemen hiçbir şey kalmadı. Keçeci Fuad Paşa'nın "Osmanlı tarihinin dibacesi yandı!" diye ağladığı 1271 yangını, Sarayiçi'ni ve bütün Bursa'yı âdeta süpürdü. Bütün o eşraf ve âyan konakları, beş asırlık tarihin yığdığı hazineler, hepsi kayboldu. Bursa Sarayı'nın kendisine gelince daha geçen asrın başında bakımsızlıktan haraptı. Müverrih Hammer, Bursa için olan eserinde: "Bakıyelerden kolaylıkla planı yapılabilecek" hükmünü çıkartır. Gümüşlü adı, bugün sadece tarih bilenler için bir hâtıradır ve Osman Gazi ile Orhan Gazi, Tanzimat devrinin o gülünç şekilde resmî üslûbuyla yapılmış, hiçbir ruhaniyeti olmayan binalarda, başlarının ucunda, –talihin korkunç istihzası– Sultan Aziz'in ihdas ettiği birer Osmanlı nişanı, âdeta gurbette gibi yatıyorlar.

Fakat Bursa ışığı olduğu gibi yine dört yanda çınlıyor, su sesleri ledünnî bir rüya gibi etrafı dolduruyor ve yıkılmış imparatorluğun dört yanından gelmiş muhacir çocukları bu ışığın altında ve bu su sesleri içinde tıpkı kuruluş asrının çocukları gibi oynuyorlar. Belki de küçük kızlar o devirden kalma havalara uydurulmuş türküleri söylüyorlar, Yeşil'in çinileri XV. asrın bahçesinden toplanmış renklerle gülüyorlar.

III

Evliya Çelebi, Bursa çeşmelerinden uzun uzadıya bahsettikten sonra sözü "Velhasıl Bursa sudan ibarettir." diyerek bitirir. Canım Evliya! Sade bu iki cümlen için benim hâfızamda adın Bursa ile birleşiyor. Sen Bursa'nın şiirini tadanların başında gelirsin ve bir gün senin ruhunu şad etmek istersek Bursa çeşmelerinden birine senin adını veririz ve sen onun ağzından bu güzel şehrin zaman içinde geçirdiği macerayı bize bir su damlası kadar saf ruhunla naklederdersin. Evet, Bursa bir su şehridir ve bu itibarla bize hiç beklenmedik bir adamı hatırlatır. Bu, Şeyhülislâm Kara Çelebizade Aziz Efendi'dir. Deli İbrahim'in hal'i ve katli esnasında o kadar zalim davranan ve saltanatın ilk yıllarında IV. Mehmed'i bütün vezirleri arasında azarlamaktan çekinmeyen bu acayip ruhlu âlim, ikbali seven, fakat onu, haşin mizacı yüzünden bir türlü elinde tutamayan bu zeki, zarif, kibar fakat geçimsiz adam, Bursa'nın hayatına oldukça garip bir şekilde girer. Menfasını değiştirttiği bu su şehrinde çeşme yaptırmayı kendine biricik eğlence edinir ve servetinin mühim bir kısmını bunun için harcar. Böyle bir hayrata ihtiyaç olmadığını aklına bile getirmeden yaptırdığı bu çeşmelere Bursalılar hâlâ Müftü Çeşmeleri diyorlar. Bu hikâyeyi kitaplarda okuduğum zaman biraz şaşırmış ve hattâ gülmüştüm. Fakat Bursa'yı gidip de bu şehrin üstünde, günün her ânına tılsımlı aynasını tutan su seslerini dinleyince yavaş yavaş Kara Çelebizade'ye hak verdim. Şimdi onu daha başka türlü tanıyor ve seviyorum. O benim için artık, şiiri hayatına sindirmiş ince ve zarif ruhlu rüya adamlarının ön safında geliyor. Sevdiği kadını, güzelliğini bir kat daha açacak mücevherler ve pırlantalara garkeden çılgın ve müsrif, fakat zevk sahibi bir aşık gibi o da güzelliğinin şuuruna erdiği bu şehre su seslerinden çelenkler, âvizeler, sabahların uyanışına inci dizileri gibi dökülen ve akşamların gurbetinde büyük mücevherlerin parıltısıyla tutuşan gerdanlıklar hediye etmiş. İstemiş ki günün her saatinde bu çeşmelerle, kendi ikbalperest ve mustarip ruhunun, doğduğu ve büyüdüğü şehirden uzak, hayat ve harekete yabancı bir menfada tükenmeye mahkûm ruhunun feryatlarını gelen geçen anlasın. Bu ses onlara ömrün büyük dönüm noktalarını, mevsimlerin güzelliğini ve hayatın fâniliğini söylesin. Büyülü bakışlı arzudan, zalim ölümden bahsetsin, tenha gece saatlerinde acı nefis muhasebelerine dalsın, aldatıcı ikbali, haşin bilekli talihi terennüm etsin. Kim bilir belki de bizzat kendisi her şeye ve herkese küskün geçirdiği acı ve uzun uzlet saatlerinde bu iki yüz çeşmenin sesini muhayyilesinde bir kanunun telleri gibi ayarlamaya çalışır ve bu hayalî musikiden kâh mehtaplı Boğaz gecelerini canlandıran altın hışırtılı nağmeler çıkartır, kâh onda İstanbul sabahlarını o kadar nuranî yapan ezan seslerinin bir aksini arar, ona ömrünün macerasını nakledecek feryatları huzursuz ruhunda kopan fırtınaların çığlıklarını emanet eder ve sonra hepsini birden, bir daha göremeyeceğini çok iyi bildiği ve hasretini çektiği İstanbul'a bu güzeller güzeli şehre ithaf ederdi.

Zavallı Aziz Efendi! Şimdi onu Bursa sokaklarında, arkasında Bursa vakıflarında çalışan mimar, kalfa ve su yolcularının teşkil ettiği küçük bir kalabalıkla dolaşır ve bu iki yüz çeşmenin yerlerini bir bir işaret ederken görüyor gibiyim. Şüphesiz ara sıra başını kaldırıyor, açık Bursa havasından billûr renkli kavislerin birbirini katedeceğini, büyük toplanış noktalarını ve hepsinin birden bu şehrin semasında yapacağı âhenkli âlemi düşünerek bir orkestra şefinin ve bir iç âlem mimarının gururuyla gülümsüyordu.

Bursa'ya her gidişimde onu düşünür ve bazen bir ömrün ne

kadar garip tesadüflerde mânasını tamamlayabildiğine şaşarım.

Bu XVII. asırda Bursa'ya gelip yerleşmiş olanlardan biri de o çok çalışkan ve iyi niyet sahibi Celveti şeyhi İsmail Hakkı Efendi'dir. Celvetiliğin ikinci devresi bilindiği gibi Bursa'da Muakkad Dede ve onun müridi Üftade ile başlar. Fakat bütün Türkiye'de asıl şöhreti I. Ahmed devrinin en nüfuzlu şeyhi olan Aziz Mahmud Hüdayi Efendi iledir. İsmail Hakkı Efendi Viyana bozgunundan sonraki hâdiselerde ve bilhassa Siyavuş Paşa'nın zorbalar tarafından öldürülmesiyle neticelenen büyük isyanda (IV. Mehmed'in hal'i ile neticelenen ve II. Süleyman devrinde devam eden isyanda) çarşının ve halkın yaptığı aksülamelde o kadar büyük rol oynayan Atpazarı şeyhi Osman Fazlî Efendi'nin müridiydi. Osman Efendi devrin en cezbeli, namuslu ve cesaretli adamlarındandı. Padişahları en sert dille azarlamaktan, camilerde çok defa tenkit ölçüsünü kaçıran vaazlar vermekten çekinmezdi. IV. Mehmed'in hal'inde bu vaazların uyandırdığı hoşnutsuzluğun elbette hissesi vardır. Siyavuş Paşa Vak'ası'ndan sonra ise bayağı müsteşârân-ı devlet arasına girer.

İslâm ulemasının ve şeyhlerinin tarihteki rolü kadar tezatlı hiçbir şey yoktur. Bir taraftan fitneyi ortadan kaldırmak veya ona yol vermemek için en çetin istibdatlara razı olurlar. Diğer taraftan da cezbeleri tutunca en olmayacak zamanda hakikatleri söyleyerek sözün ayağa düşmesine ve fitne kapılarının ardına kadar açılmasına sebep olurlar. Ahlâkından, faziletinden hiç şüphe edilmeyecek cinsten olan bu Osman Fazlî Efendi'nin Siyavuş Paşa'nın katli hadisesinden sonra devlet işlerine müdahalesi ne dereceye kadar isabetli oldu, hele bir çeşit eşkiya reisi olan Yeğen Osman Paşa'nın serdarlığında onun hissesi nedir? Burasını tayin güçtür. Fakat devletin tek ümidi olan ve kısa sadaretinde işleri az çok düzelten Niş'i, Belgrat'ı hattâ bütün Rumeli'yi geriye alan Fazıl Mustafa Paşa'yı zarurî olan malî tedbirler yüzünden acı acı tenkit etmesi affedilecek şeylerden değildir. Bu da yetmezmiş gibi müritleriyle cihada iştirake kalkar ve orduya doğru yollanır. Hemen hemen herkesin Mehdi beklediği ve anarşinin daima hazır olduğu, ordunun güç zaptedildiği öyle bir devirde bu kadar cezbeli bir adamın orduda bulunmasına müsaade etmek ateşle oynamanın ta kendisiydi. Mustafa Fazıl Paşa ister istemez namusuna inandığı ve tenkitlerine hak verdiği –çünkü kendisi de konulan vergilerden şikâyetçidir– bu adamı Magosa'ya nefye mecbur olur. Bursa'dan Kıbrıs'a şeyhini ziyarete giden İsmail Hakkı Efendi, Salankamin'de şehit olan Mustafa Fazıl Paşa'nın ruhunu şeyhin çağırdığını ve iyice azarladığını *Silsilenâme*'sinde anlatır.

Bir insana inanmaktaki bu saflığın –yalana kadar gitme demektir– şüphesiz güzel bir tarafı var. Yazık ki bir imparatorluğun hayatı büsbütün başka bir şeydir ve her şeyden evvel soğukkanlı hesap ister. Asıl garibi şeyhi gibi kendisi de hâdiseler içinde yaşayan Hakkı Efendi'nin Fazıl Paşa'nın ölümünü *Silsilenâme*'de değiştirmesi, etbâı elinde öldü demesidir. Şüphesiz şehitliğini elinden almak için. Ah bu XVII. asır, evliyasıyla, ulemasıyla, vezir vüzerasıyla, eşkiyasıyla nasıl birbirine benzer. İsmail Efendi'nin eserlerinde devrin zihniyetinin bu tarafını anlatan bir yığın safça uydurma daha vardır. Meşhur tefsirine çalışırken sabahlara kadar uyanık kalırmış. O esnada bahçedeki horozu ona "İsmail Efendi hu!" diye seslenirmiş. Hacı Bayram'dan bahsederken onun müritlerinden olduğunu söylediği *Hüsrev ü Şirin* şairi Şeyhî'nin bazı beyitlerini gökte meleklerin "vird ü tesbih eylediği"ni söylemesi de bu cinstendir. Hayır, Evliya Çelebi hiç de yalnız kalmaz.

İsmail Hakkı Efendi kendisi de Elmas Mehmed Paşa zamanında orduya iltihak eder, hattâ bir muharebede yaralanır. Biyografı Mehmed Ali Avni Bey, bu vak'adan sonra *Silsilenâme* muharririnin mektep çocukları için millî bir ilâhî yazdığını söyler ki divanında vardır.

IV

Şark için "ölümün sırrına sahiptir" derler. Fakat Şark milletleri içinde dahi ona bizim kadar hususî bir çehre veren, her türlü lâubalilikten sakınmakla beraber, onu ehlîleştiren, başka millet pek yoktur. Ve bunu ne kadar basit unsurlarla yaparız: sade mimarîli bir türbe çok defa tahtadan sırasına göre oymalı ve zarif, bazen de düz ve basit bir sanduka, birkaç işlenmiş örtü veya düz yeşil çuha, bir kavuk, bir tuğ... İşte cedlerimize ebedî hayatı tecessüm ettirmeye yeten malzeme bundan ibarettir. Bu kadar fakir unsurlarla hazırlanan âbidede ferdî hayatı hatırlatan tek çizgi, isimden ibarettir. Evet, tek bir isim, ancak milyonlarla ölçülen bir mesafeden bize ışıkları göndermekte devam eden sönmüş bir yıldız gibi, ölümün uzaklığından bir ömrün hatırasını tazeler, içindeki ölüden ziyade ölüm için yapılmış olan bu küçük fakat muhayyileye hitap etmesini bilen âbide, eski Türk şehirlerinin ortasında yaşanan zamanla ebediyet arasında aşılması çok kolay bir köprü gibi âdeta üçüncü bir zaman teşkil ederdi. Ölüler bu basit ikametgâhlarından sokağın bütün hayatına şahit olurlardı. Zaten ramazan, bayram, kandil, büyük zaferler, sevinç ve kederlerimiz, hepsini onlarla paylaşırdık.

Başka milletler içinde, onu bizden daha çok muhteşem şekilde tasavvur edenler, mezarı terkedilen dünya nimetlerinin küçük bir sergisi, yahut da vehmedilen şekilde bir uhrevî hayat müzesi hâline getirenler, sanatlarının ve icat kabiliyetlerinin bütün kaynaklarını içlerindeki fânilik korkusunu yenmek uğrunda tüketenler çok olmuştur; fakat hiçbiri ona bizde aldığı ehlî yüzü vermemiş, onun korkunç realitesini, bizim kadar yumuşatamamıştır.

Çelebi Mehmed'in "çoluk çocuğuyla beraber yattığı türbede" hepimize mukadder olan korkunç akıbet, güzel bir günün sonunda bir akşam bahçesinde koklanan güller gibi hüzünlü bir hasret arasından duyulur; o, burada çinilerin solmaz mevsimi içinde o kadar kaybolmuş, erimiş, havadaki sükûnetle, camlardan dökülen mehtap gölgeli ışığa inkılâp etmiştir, hayat aşkı ve sanat onu o kadar benimsemiştir.

Bu türbe ve buna benzer yerlerde yatanlar için perdenin arka tarafı, şüphesiz ki sadece tatlı bir uyuşukluk içinde kaybedilmiş nimetlerin hasreti duyulan bir rüyadan ibarettir. Onlar, velveleli bir hayatın sonunda dinlendirici hassaları olan bir suda yıkanır gibi bu mezarlarda uyuyorlar ve şimdi, biz, onların mezarlarını gezerken hayatlarında bir an bile yanlarına uğramamış olan bu sükûnun, büyük bir deniz gibi etrafımızda dalga dalga yükseldiğini hissediyoruz. Bize bu sükûn vehmini veren şey, şüphesiz ki sanattır. Bütün ömrü boyunca didişen, yabancı şöyle dursun oğul-kardeş kanı dökmekten çekinmeyen insanlar, usta mimarların ve sanatkârların ellerinden sızan hüner ve rahmaniyet sayesinde bir evliya talihini paylaşıyorlar.

Türbeden çıkınca Yeşil Cami'ye girdim. André Gide bu cami için "zekânın kemal hâlinde sıhhati" der. Gide'i İstanbul'da gördüğü her şeye âdeta düşman gözüyle bakmaya sevkeden iyi niyetsizlik Bursa'da çok yumuşar. Bu haşin vaziyeti, bu düşmanlığı hiçbir zaman anlayamadım. Her şeyden vazgeçsek ve bütün güzellik bahislerini bir yana bıraksak bile, arasında bir misafir veya seyyah sıfatıyla dolaştığı insanların ıstırabına, bu ıstırabı ve bahsettiği sefaleti taşırken gösterdikleri sabır ve tahammüle, asil sükûnete dikkat etmiş olsaydı, yine sonsuz bir şiir haznesi bulurdu. Fakat belli ki Gide, kendi gözüyle rahatça bakmaktansa, Barrés'in veya Loti'nin beğendiği şeyleri beğenmemek için memleketimize gelmiştir; Balkan felâketinin o hazin arifesinde bu memlekette dikkat edilecek, sevilecek, acınacak ne kadar çok şey vardı! Büyük bir millet, gururunda, haklarında, tarihinde mağdur ve mustaripti. André Gide, böyle bir zamanda peyzajlarımızı fakir ve neşesiz, sanatımızı derme çatma, insanımızı çirkin buldu. Takma bir "insanüstü" gözüyle etraftaki ıstıraba tiksine tiksine bakarak geçti. Bugünkü büyük felâketi idrak eden Fransa'nın yarınki çocukları *La Marche Turque*'ü okurken bu davranıştaki huşunetin ne kadar mânasız olduğunu çok iyi anlayacaklardır. Ne yazık ki fertler gibi milletler için de talihin bazı cilveleri ancak nefsinde tecrübe ile anlaşılabiliyor. Bununla beraber Gide'i Bursa için yazdıklarından dolayı yine seviyorum. Yeşil'i en iyi anlayan muharrir o olmuştur. Camii aydınlığın ortasında, ayak ucunda kendisini tamamlayıcı bir şey gibi uzanan manzara ile beraber çok güzel yakalar. Süleymaniye'de ve İstanbul camilerinde duymadığı ürpermeyi burada duyar, satırların arasına bir nevi huşû hissi girer. Ondan âdeta Panthéon'dan bahsedilen bir lisanla bahseder. Yeşil Cami bu hayranlığa hem de fazlasıyla lâyıktır. Onun için mimarîmizin en mükemmel eseridir demek şüphesiz mübalağa olur. Fakat Bayezıt ve Süleymaniye'nin mükemmeliyetine ve ihtişamına doğru yol alan oluş hâlinde bir tekniğin bu camide en güzel ve en fazla telkin edici tereddütlerinden birini geçirdiği de muhakkaktır. O iki ayrı anlayış ve zevkin sadece tebessümden ibaret olan bir mücadelecisidir. Ve daha ziyade ileriye doğru yürürken geriye atılan son bir bakışa benzer. Fakat bu bakış ne kadar hesaplı bir tecrübe ile doludur! Gelenek ona erişmek için ne kadar zenginleşmiş, ne karışık merhalelerden geçmiştir. Bu hendesenin günün birinde bu vuzuh ve nisbet içine bu kadar sade bir oyunda kendini göstermesi için, ihtiyar Asya yerinden oynamış, medeniyetler birbirine girmiş, insan cemaatleri en geniş mânada değişikliklere uğramıştır. Kapıdan girer girmez dört yanımızı kaplayan yeşil hava içinde Neşatî'nin "turfa muamma" diye adlandırdığı insan ruhu, en tabiî iklimlerinden birini bulur. Burada her şey bize Bursa'yı otuz sene içinde Türk yapan ve daha dün alınan bu şehirden Süleyman Dede'nin dehasını fışkırtan kudretin sırrını anlatır. İnsan ancak Yeşil'i ve muasırı eserleri gezerken III. Selim tarafından yaptırılmış olan Emir Sultan Türbesi'nde –ve ona benzer diğer bazı binalarda– kaybedilen şeyin ne olduğunu daha iyi anlıyor. Zengin malzeme ile hamlesiz bir nizamın mahsulü olan bu binalar sadece bir kalıp, boş, mânasız bir cümle gibi zekâyı bir müddet yorduktan sonra "Ben bir hiçim!" diye zaafını itiraf ediveriyor.

Bu yaldızlı, helezonî çizgili emperyal üslûp içinde Emir Sultan, âdeta dondurulmuş gibi yatar. Diğer mimarî eserlerinde taşı canlı mahlûk yapan ve göze bir kalp penceresi gibi açılan o ledünnî hâlden burada eser yoktur. Hiç de iyi idare edilmemiş bir aydınlık, taş döşeme ve duvarlarda ölü bir şey gibi sürünür.

Burası artık şair Yunus'un (bu isimdekilerin en sonuncusu olacak) Türkçenin incilerinden biri olan o güzel şiirinde:

> Emîr Sultan dervişleri,
> Tesbih ü sena işleri,
> Dizilmiş humâ kuşları
> Emîr Sultan türbesinde.

diye bahsettiği, büyük ruh rüzgârlarının estiği, kalbler mihrakı yer değildir. Eski Emirsultan Türbesi ve mescidi, Bursa'nın hayatını zaman zaman etrafında toplayan merkezlerden biriydi. Evliya Çelebi bu türbenin ihtişamını anlata anlata bitiremez. Türbe kapısı baştan aşağı gümüş pullar, gümüş halkalar, gümüş kulplarla süslü imiş; gümüş eşikler, ibrişim halılar varmış. Tavanında mücevher, murassa eşya asılı imiş ve yüzlerce altın gümüş çerağ ve kandiliyle bu evliya bir bin bir gece zenginliği içinde yatarmış. Her sene bahar mevsiminde bu türbede büyük bir halk kütlesi toplanır, Erguvan Bayramı yaparlarmış. Bu erguvan sohbeti beni çok düşündürdü. Acaba eski dinlerden, bugün Bursa müzesinde küçük mezar heykellerini, yüzlerce kırık âbidesini gördüğümüz akîdelerden kalma bir şey mi? Yoksa sadece yeni fethedilmiş bir toprağı takdis için fâtih cetlerinin icat ettikleri bir bayram mı? Nereden gelirse gelsin, bu Türk velisinin adı Bursa'da tarih boyunca devam eden ve "naturiste" bir ibadete çok benzeyen bir geleneğe karışıyor. Ben, Emir Sultan'ın bu rolünü çok seviyorum, çünkü bizim iklimde gülden sonra bayramı yapılacak bir çiçek varsa, o da erguvandır. O şehirlerimizin ufkunda her bahar bir Diyonizos rüyası gibi sarhoş ve renkli doğar. Dünyanın tekrar değiştiğini, tabiatın ağır uykusundan uyandığını haber vermek ister gibi zengin, cümbüşlü israfıyla her tarafı donatır, bahar şarkısını söyler. İstanbul surlarının üstünde çok eski bir sabah ezanının oracığa takılmış kırık parçasına benzeyen küçük bir camiin, Manavkadı Camii'nin yıkık duvarları arasında tek başına fırlamış bir erguvan ağacı vardır ki, bana gösterdikleri günden beri her bahar bir kerecik olsun ziyaretine gider, bu şehrin sabahlarından toplanmış hissini veren mahmur bakışlı kandillerini seyrederdim. Harap ve bakımsız mazi yadigârları ve etrafında uyuyan ölüler arasında, bu erguvan ağacı benim için ezelî ve ebedî arzunun, daima yenileşen hayat aşkının bir timsalidir ve manzaraya hakim yumuşak duruşunda bu fazlasıyla hissedilir.

Emirsultan Türbesi'nin etrafında yatan ölüleri her bahar kendiliğinden açılan bu hayat ve arzu sofrası, cömertçe kandırır. Eskiden bu türbede ayrıca bir köylü ve hasta topluluğu yapıldığını, civarındaki ahîlerin buraya toplandığını da söylüyorlar. Yıldırım'ın aşık olduğu kızını onun elinden zorla, hattâ bizim için biraz da kanlı bir şekilde alan –kızını geriye almak isteyen Yıldırım'ın gönderdiği askerleri hep öldürür– Emir Sultan, Bursa'nın büyük aşk maceralarından birinin kahramanı sıfatıyla aşıklara maneviyatıyla yardım eder, evlenmelerini kolaylaştırırmış.

Emir Sultan belki de bu XV. asır Türkiye'sinin halk muhayyilesine en fazla malolmuş çehresidir. Hoca Sadeddin *Tarihî*'nde, Taşköprülü *Şakayık-ı Osmaniye*'de, Beliğ *Güldeste*'sinde onun bir yığın menkıbesini anlatırlar. Beliğ'in anlattıkları arasında üç menkıbe vardır ki bunlardan biri, Emir Sultan'ın müritlerinden birinin keramet göstermesini istemesi üzerine değneğiyle yere vurarak bir su taşırmasıdır. İkincisi Emir Sultan'ın türbesinin yapılmasına aittir. Beliğ'in anlattığına göre Hoca Kasım isminde Bursalı bir zengin, bir gün Emir Sultan'a arakiye (bir nevi serpuş) hediye eder, o da kendisine bir sikke verir. O gün Hoca Kasım çarşıda gezerken otuz bin dirheme satılan bir büyük elmas görür. Parasının yetmeyeceğini bildiği için üzülür. Fakat kesesindeki parayı sayınca otuz bin dirhemden fazla parası olduğunu görür ve taşı alır ve hemen o gün kendisine yüz otuz bin dirhem teklif eden mücevherden anlar bir Yahudiye satar. Bütün bunların şeyhin kerametiyle olduğunu bildiği için şimdiki yerindeki –sonra türbeyi de içine alan– zaviyeyi bu parayla yaptırır. Üçüncü hikâye başka türlü güzeldir. 1032 senesinde –yani Emir Sultan'ın ölümünden aşağı yukarı iki yüz yıl sonra– bir gün Bursa'ya büyük bir arslanla dolaşmaktan hoşlanan bir adamcağız gelir. Ve yine günün birinde Emir Sultan'ın türbesini ziyaret etmek ister. Bir direğe arslanı iyice zincirledikten sonra içeriye girer. Biraz sonra arslan zincirini kırar, zincirini sürükleyen deli âşık gibi türbenin kapısına gelir ve gözlerinden yaş aka aka Emir'i ziyaret eder. Sonra olduğu yere dönerek sahibini bekler.

Emir Sultan hemen herkesle "Babam" diye konuşurmuş.

Peygamberin neslinden olan Emir Buharî geleneğe göre bu yeni imparatorluğun merkezine gitmek için Medine'de doğrudan doğruya Hazret-i Muhammed'den izin alır. Hattâ bütün yolculuk boyunca başının üstünde bir kandil ona Bursa'ya kadar yoldaşlık eder ve Bursa'ya geldikten sonra da üç gün üç gece üst üste bu kandil görülür.

Emirsultan'ın Yeşil'e bakan kapısında başlarının ucunda son Bursalı hattatların tâlik yazıları, talihsiz padişah V. Murad'ın saray kadınları yatarlar.

Bugünkü Bursa'da Emir Sultan altında yattığı mimarî eserin hak ettirdiği bir bakımsızlık içindedir; bununla beraber etrafındaki peyzaj nâdir bulunur bir güzelliktedir. İşin garip tarafı bu cansız mimarînin, Türk musikisinin yeni bir rönesans yaptığı bir devirde vücuda getirilmiş olmasıdır. Emirgân Camii'nin kışla mimarîsinin, Topkapı'daki Tanzimat Köşkü'nün Dede'nin dehasının Ferâhfezâ burcundan işitildiği bir zamanda inşa edilmiş olmaları ve Beyatî âyini, Acemaşiran ağır semaisi gibi teksif edilmiş ruh aydınlıklarıyla muasır olmaları aklın güç kabul edebileceği şeylerdir. Türk mimarîsinin hamlesini tükettiği senelerde, musikî yeni bir feyizle canlanıyordu. O da belki son ışıkları dağıtıyordu. Fakat kendi cömert kanında yıkanan zengin ve muhteşem bir akşam gibi...

Tanzimat ve ona yaklaşan zaman şüphesiz ki geniş mânasında yapıcı bir devir olmuştur. Fakat sadece yapmakla kalmış, asıl yaratmaya gidememiştir. Bu ikisinin arasındaki farkı o zamanlardan kalma eserlerin hepsinde görmek mümkündür. Şehirlerimizin umumî çerçevesi içinde derhal yadırganan bir yığın eser, mimarînin sadece muayyen bir malzemeyi, muayyen bir gaye uğrunda kullanmaktan ibaret olmadığını gösterirler.

Cetlerimiz inşa etmiyorlar, ibadet ediyorlardı. Maddeye geçmesini ısrarla istedikleri bir ruh ve imanları vardı. Taş, ellerinde canlanıyor, bir ruh parçası kesiliyordu. Duvar, kubbe, kemer, mihrap, çini, hepsi Yeşil'de dua eder, Muradiye'de düşünür ve Yıldırım'da harekete hazır, göklerin derinliğine susamış bir kartal hamlesiyle ovanın üstünde bekler. Hepsinde tek bir ruh terennüm eder.

Ah, bu eski sanatkârlar ve onların her dokundukları şeyi değiştiren, en eski bir unsurdan yepyeni bir âlem yapan sanat mucizeleri! Dedelerimiz bu mucize ile ve onun etrafına taşırdığı imanla Bursa'nın ve İstanbul'un çehresini değiştirdiler, onları yarım asır içinde halis Türk ve Müslüman yaptılar. Yirmi otuz senelik bir zaman içinde Bursa'nın ve İstanbul'un yıkılmış Şarkî Roma manzarası ortadan silindi ve yerini, camileri, medreseleri, hanlarıyla, yumuşak çizgili, elastikî hamleli, kullandığı malzemenin güzellik şuurunda kıskanç, yapıldığı şehrin iklimine aynı unsurdan denecek kadar uygun bir mimarî aldı. Bu sanat söylece büyük çerçevesinde bu şehirlerin tepelerini ve umumî manzarasını birden değiştirirken şehirlerin içinde sokak sokak ikinci bir fetih yapılıyor, yeşil pencerelerinde uhrevî vaatler gülen türbecikler, çeşmeler, İstanbul ve Bursa'yı adım adım zaptediyordu. Bursa fethedildiğinden elli sene sonra Bursalı Türk çocukları arasında şairler yetişir ve İstanbul'u saltanatının başlangıcında alan Fatih'in nâşı bu şehre getirildiği zaman İstanbul, ananesiyle, semt adlarıyla, evliya türbeleriyle, şiir ve sanat hayatıyla halis Türk'tür. Bursa'da ve İstanbul'da Türk anne babadan doğan ilk çocuk nesli büyüdükçe, kendileriyle beraber büyüyen bu geniş hamlenin etrafa dal budak saldığını gördüler. Bu ilk çağın Bursalı anneleri şüphesiz müstakbel gaza erlerinin yaşından bahsederken "Oğlum, Orhaniye veya Muradiye'nin yapıldığı sene doğdu" derlerdi. Ve onların uzun, yorucu seferlerden sağ salim dönmeleri için yaşıtları olan camilere adaklar adarlardı.

V

O gün bütün sabah saatlerini şehir içinde âbide âbide dolaşmakla geçirmiştim. Her zaman olduğu gibi çok güzel şeyler görmüş, çok lezzetler tatmıştım. Bununla beraber ruhu tam doyuran o kesif ürpermeden, eşya ile aramızdaki perdeleri kaldıran ve bizim için dışımızda yabancı bir şey bırakmayan o büyük dolgunluktan mahrumdur. Halbuki bu son seyahati, Bursa peyzajının sırrını yoklamak, mümkünse ondan bir ders almak için yapmıştım. Fakat ben zorladıkça o benden kaçıyor gibiydi. Taş, ağaç, sanat eseri ve an, hepsi bana kendilerini kapatıyorlar, beni mahremiyetlerinden kovuyorlardı. Yavaş yavaş etrafımda sadece ölümü görmeye başlamıştım. Kendi kendime "Ondan başka ne olabilir ki..." dedim, meğer ki can sıkıntısı ola. Gerçekten de onun dışında kalan her şey o anda bana sadece can sıkıntısından kurtulmak için aranılmış çocukça çareler gibi görünüyordu. Aşk, sanat, arzu, zafer, hepsi hasta nahvetimizin oyuncaklarından başka bir şey değildi ve hepsinin arkasından kaderin büyük çarkı işliyordu. Her şeyin hattâ bu şehrin en güzel ifadesi olan su seslerinin bile hulyama boş kadehler uzattığı böyle bir günde başka nasıl düşünebilirdim?

Bir an bu çok sevdiğim şehirde kendi hâtıralarımı aramak hulyasına düştüm. "Acaba Hüdavendigâr Camii'ne gitsem, onun akşam rengi loşluğu içinde beş yıl önce bu camii beraberce gezdiğimiz güzel çocuğun tebessümünü bulabilir miyim" diye kendime soruyordum. Bu ince tebessüm, bu eski mâbedin içinde bir akşamüstü taze bir gül gibi parıldamıştı ve ben onu seyrederken etrafındaki havanın, birdenbire bir yıldız doğmuş gibi altın akislerle perde perde aydınlandığını, bir fikre çok benzeyen bir musiki ile dolduğunu hissetmiştim. Bu gülüş, bütün o taşlarda dinlenen ve geçmiş zamanı tahayyül eden "ölüm"e güneşten, aydınlıktan, çok sevdikten sonra açık gözlerle bırakılıp gidilen her şeyden toplanmış bir ithaftı. Emindim ki orada, o sessiz taşlara sinmiş ruhlar kendilerini bu gülüşle bir an, yeni açmış bir gül fidanı gibi taze, ıtırlı ve mesut buldular. Bununla beraber şimdi oraya gitsem, bu gülüşten hiçbir şey bulamayacağım ve ben öldüğüm zaman da bu hâtıranın biricik şahidi kaybolacak.

Bu düşünceyle harap ve her şeye küskün yürürken birdenbire önüme çıkan tanıdık bir arabacı beni âdeta zorla arabasına aldı. Ayaklarımın ucunda bir süs olarak konmuş küçük dar aynada biçare yalnızlığımı seyrede seyrede bir müddet daha dolaştım. Artık etrafıma bakmıyordum; kendimi içimde uğursuz bir musiki gibi yükseldiğini hissettiğim düşüncelere bırakmıştım: "Ne diye bunun böyle olmasından mustaribim?" diyordum. "Niçin mutlaka hayatta bir devam istemeli ve neden bir ihtiras sahibi olmalı? Bütün bunların lüzumu ne? Bütün pınarlardan içmiş olsam bile ne çıkar? Lezzetle bitirdiğimiz her kadehin dibinde hep aynı ifrit, kül rengi hadekalarında hiçbir aydınlığın gülmediği kayıtsız, sabit gözlerle sarhoşluğumuzda gülecek olduktan sonra... Ömrümüzü idare eden kudretler arzularımıza ne kadar uygun olurlarsa olsunlar, bizi ondan kurtaramazlar. Bütün hilkat, geniş ve eşsiz kudretinde canı sıkılan bir tanrının kendi kendini eğlendirmek için icat ettiği bir oyundur. Hayat nimetlerinin değişikliği içinde bize, yaratıcı işaretten kalan en büyük miras bu can sıkıntısıdır. Diyarlar fethedelim, mucizesine erilmez eserler verelim, her ânımıza bir ebediyet derinliği veren ihsasların birinden öbürüne atlayalım, aradaki en kısa fasıllarda onun zalim alayı ile karşılaşırız. Hiç ummadığımız zamanda o gelir, karşımıza oturur, gözlerini gözlerimize diker... Kaç defa ondan en uzak bulunduğumu sandığım bir anda bulanık, ıslak nefesini alnımda duydum. Okşadığım tende, kokladığım gülde, içtiğim içkide hep o zehir vardı. En hazlı, en mesut uykudan uyanır uyanmaz bu acayip ifriti siyah meşinden bir mahlûk gibi kollarımın arasında bulmadım mı? Kim bilir belki de bizim için zamanın hakikî ritmini o yapıyor. Dakikalarımızı kendi arzusuyla uzatıp kısaltan ve bizi, küçük uyanışlara benzeyen itişlerle ölümün uçurum ağzına atan odur. En sonunda şeytanî kahkahasını atarak üstümüze zamanın sürgüsünü çeker, fırının kapağını kapatır..."

Belki bu karanlık düşünceler oturduğum kır kahvesinde de devam edecekti. Fakat ihtiyar kahvecinin çok zarif bir hareketi onları olduğu yerde kesti. Bir eliyle bana oturacağım iskemleyi düzelten adam, öbürüyle kırmızı ve muhteşem bir gülü önümdeki şadırvanın küçük kurnasına fırlatıvermişti. Gözlerimin önünde saat, manzara, hepsi bir anda bir bahar tazeliğine boyandı. Bu ihtiyar ve biçare adam bu sanatkâr hareketi nereden öğrenmişti? Kendi talihine bırakılmış bu biçare adamda hangi asil terbiye, hangi güzellik ananesi devam ediyordu? Onun bu hediyesiyle ben birdenbire yeniden kıymetlerin dünyasına doğmuştum.

Bulunduğum yerden ova bütün büyüklüğüyle görünüyordu. Bursa ovasının en sevdiğim tarafı, Muş veya Erzurum ovası gibi sonsuz uzamamasıdır. Gözün lezzet alabilmesi için yetecek derecede büyük ve geniş, o kadarla kalıyor. Onun için daha ziyade bir sanat eserine benzer. Her taraf feyz içindeydi. Tabiat, bereketiyle sanki bütün etrafı ezmek istiyormuş da sonra tam zamanında yetişen bir ölçü hissiyle bundan vazgeçmiş gibi. Uzakta dağlar, daima eski şeyleri düşündüren, bizi bir ecdat rüyası gibi saran acayip şekilli kitleleri, dar, gölgeli boğazları, küçük düzlükleriyle muhayyel bir saadet hissini bırakan küçük ve mesut manzaralı köylerini bağrına basmış uzanıyor, ufku çerçeveliyordu. Daha ileride, son planda, koyu eflatunî heyulâlar bu yumuşak çembere kendi sınırlarını katıyorlardı. Bazı yerlerde güneş buğulanmış gibi bir kesafet kazanıyor, yer yer billûr bir âvize gibi çınlayarak kırılıyordu.

Kendi kendime, ovanın ve etraftaki dağların neresine düştüklerini hiç aramadan, Lâmiî'nin meşhur manzumesinde, her yıl kışı kovmak için bahar ordusunu üç koldan yürüttüğü yerlerin adlarını saymaya çalışıyorum: Ab-ı hayat Yaylağı, Molla Alanı, Saru Alan, Kurt Bılanı, Doğlu Baba, Şakım Efendi Pınarı, Kırkpınar, Binyaylak, Karagöl, Hızırbey Yurdu, Kuş Oynağı... Hayır, hepsini hatırlayamayacağım, zaten sıralarını da unutmuşum. Fakat belli ki masal yahut halk rivayeti bahar rüzgârlarını ovaya üç koldan getiriyor.

Vatan dağlarının saate, aydınlığa göre değişen renkleri! Ruhumuzun hakikî bahçesi sizdendir! Ve ben bu üzüntülü günümde size bakarken sükûnetinizden bir şeyin içime kaydığını hissediyordum. Bir arı, etrafımda görülmeyen bir izi kovalayarak uçuyor. Birdenbire Eşrefoğlu'nu hatırlıyorum. Kendisi için değil, ölümünden iki yüz elli yıl sonra Kul Hasan'ın ona verdiği cevap dolayısıyla:

> Arı vardır uçup gezer,
> Teni tenden seçip gezer,
> Canan bizden kaçıp gezer
> Arı biziz, bal bizdedir.

Bu manzumenin bir yerinde Kul Hasan:

> Bahçe biziz gül bizdedir.

diyor. Viyana hezimetinden sonra bu dille konuşabilmek epeyce bir mesele. Fakat beni asıl saran şey Kul Hasan'ın ölümünden iki yüz elli sene sonra Eşrefoğlu ile kavga etmesidir. Demek ki "ölüm"ün saltanatı o kadar mutlak değil. Hacı Bayram'ın damadı olan Eşrefoğlu Bursa'da yatıyor; acaba nerede? Belki yerini göstermişlerdir de benim aklıma gelmiyor. IV. Mehmed'in Şeyh Vani Efendi'ye verdiği Kestel Köyü'ne de gidemedim. Vani Efendi Viyana bozgunundan sonra Bursa'da menfi olarak yaşar. Acaba o kadar tazyik ettiği Mevlevîlere ve bir zaman tekkelerini kapattığı Bektaşilere rastgelir miydi? Feyzullah Efendi Vak'ası'ndan sonra ailesinden, hattâ kedilere varıncaya kadar alınan kanlı intikamda elbet bunun da bir payı vardır. Geç ve lüzumsuz bir zulüm. Fakat bu aydınlıkta, bu güzel ovanın karşısında Vani Efendi'yi düşünmektense havada esrarlı şekiller, remizler çizen kuşlara bakmak daha iyi değil mi? İki güvercin, şadırvanın yalağının kenarında sanki bu kaideyi bir aşk istiaresiyle tamamlamak ister gibi boyun boyuna duruyorlar. Belki onları buraya kahvecinin ben gelir gelmez attığı gül çekti. Suyun hareketiyle o gül sallandıkça onlar da aşk türküleri söyleyecekler. Hiçbir şey düşünmek istemiyorum. Sadece bu anı ve bu aydınlığı Bursa ovası denen büyük ve zümrütten yontulmuş kadehten içmekle kalacağım. "En iyisi budur, diyorum; eşyayı bırakmalı, güzelliğinin saltanatını içimizde kursun."

Yavaş yavaş dinlendikçe manzara ve etrafımı dolduran şeyler benden uzaklaşıyor. Küçük şadırvanda suyun hareketine uyarak gidip gelen taze gül ve dört yanımı birdenbire alan su sesleriyle baş başa kalıyorum. Hissediyorum ki bu su sesi, şehrin üstünde görülmeyen başka bir şehir yapıyor. Çok daha seyyal, çok hayalî, bununla beraber gördüğümüz şeyler kadar mevcut mimarîsi her tarafı kaplamış. Eleğimsağma renklerinde bütün hayatı, daha temiz, daha berrak tekrarlıyor. Belki asıl zaman, mutlak mânasında zaman odur ve ben şimdi onun mücerret âleminde yaşıyorum.

Şimdi iyice anlıyorum ki demin etrafımda dolaşan ve uçuşlarının fantazisine hayran olduğum güvercinler aslında bu şeffaf âleme ait, ondan bizim dünyamıza açılmış rüyalardan başka bir şey değildir. Bu âlemde her şey var. Geçmiş günlerimiz, hasretlerimiz, ıstıraplarımız, sevinçlerimiz, ümitlerimiz, hepsi orada kendi hususiyetlerini yapan renklerle mevcut.

Önümde biraz evvel hayran olduğum manzara, insana bir kaçış veya kurtuluş arzusunu veren uzak köyler, Yeşil'in kapısında nöbet bekleyen taze serviler, küçük gösterişsiz kabirlerinde uyuyan ölüler, hâfızamda her birinin ayrı saati, mevsimi olan bütün o isimler, kendi çocukluğum ve geçmiş günlerim, Hüdavendigâr Camii'nde tekrar bulacağımı bildiğim ve küçük muhacir arabasının aynasında beyhude yere aradığım o tebessüm ve onu ömrünün ve neşesinin baharlarından her an yeni bir ilhamla toplayan kadın, hepsi orada bu su seslerinin ördüğü âlemde, el ele, yan yana, tıpkı hayalimde yaşadıkları gibi yaşıyorlar.

Şimdi Bursa'da asıl zamanın yanı başında, bizim için ondan daha başka ve daha derin olarak mevcut olan ikinci zamanı yapan şeyin ne olduğunu öğrenmiş gibiyim. Bu ses ve onun etrafı kucaklayan her dokunduğu şeyin özünü bir ebediyette tekrarlayan akisleri, bu mevsimlerin ve düşüncelerin ezelî aynası, zamanın üç çizgisini birden veren tılsımlı bir aynasıdır. Sanatın aynası da bundan başka bir şey değildir.

İSTANBUL

I
Çocukluğumda, bir Arabistan şehrinde ihtiyar bir kadın tanımıştık. Sık sık hastalanır, humma başlar başlamaz İstanbul sularını sayıklardı:

– Çırçır, Karakulak, Şifa Suyu, Hünkâr Suyu, Taşdelen, Sırmakeş...

Âdeta bir kurşun peltesi gibi ağırlaşan dilinin altında ve gergin, kuru dudaklarının arasında bu kelimeler ezildikçe fersiz gözleri canlanır, bütün yüzüne bizim duymadığımız bir şeyler dinliyormuş gibi bir dikkat gelir, yanaklarının çukuru sanki bu dikkatle dolardı. Bir gün damadı babama:

– Bu onun ilâcı, tılsımı gibi bir şey... Onları sayıklayınca iyileşiyor, demişti.

Kaç defa komşuluk ziyaretlerimizde, döşeğinin yanı başında, onun sırf bu büyülü adları saymak için, bir mahzenin taş kapağını kaldırır gibi güçlükle en dalgın uykulardan sıyrıldığını görmüştüm. Sıcaktan ve sam yelinden korunmak için pencereleri koyu yeşil dallarla iyiden iyiye örtülmüş odanın, berrak su ile doldurulmuş havuz gibi loşluğuna bu isimler teker teker düştükçe ben kendimi bir büyüde kaybolmuş sanırdım. Bu mücevher parıltılı adlar benim çocukluk muhayyilemde bin çeşit hayal uyandırırdı.

Dört yanımı su sesleriyle, gümüş tas ve billûr kadeh şıkırtılarıyla, güvercin uçuşlarıyla dolu sanırdım. Bazen hayalim daha müşahhas olur, bu sayıklamanın tenime geçirdiği ürperişler arasında, tanıdığım İstanbul sebillerini, siyah, ıslak tulumlarından yağlı bir serinlik vehmi sızan sakaları, üstündeki salkım ağacı yüzünden her bahar bir taze gelin edası kazanan mahallemizin küçük ve fakir süslü çeşmesini görür gibi olurdum. Bazen de yalnız bir defa gittiğimiz Bentler'in yeşillik tufanı gözümün önünde canlanır, o zaman biraz da kendi kendime yaptığım gayretle, bu loş ve yeşil aydınlıklı oda gözümde, içinde hastanın, benim, etrafımızdakilerin acayip balıklar gibi yüzdüğümüz gerçekten bir havuz hâline gelirdi.

Bu kadın sonra ne oldu, bilmiyorum. Fakat içimde bir taraf, ölümünden sonra bir pınar perisi olduğuna hâlâ inanıyor.

Her su başını bir hasret masalı yapan bu meraka senelerden sonra ancak bir mâna verebildim.

İstanbul bu kadın için serin, berrak, şifalı suların şehriydi. Tıpkı babam için, hiçbir yerde eşi bulunmayan büyük camilerin, güzel sesli müezzinlerin ve hafızların şehri olduğu gibi. Bu Müslüman adam, kadere yalnız İstanbul'dan uzakta ölmek endişesiyle isyan ederdi. Böyle bir ahret uykusunda yabancı makamlarla okunan *Kur'an* seslerine varıncaya kadar bir yığın hoşlanmadığı, hattâ haksız bulduğu şey karışırdı.

Bir şehrin hayalimizde aldığı bu cins çehreler, üzerinde düşünülecek şeydir. Bu, insandan insana değiştiği gibi nesilden nesile de değişir. Elbette ki XV. asır başlarında Üsküdar'da, Anadoluhisarı'nda oturan dedelerimiz İstanbul'a sadece fethedilecek bir ülke gibi bakıyorlar ve Sultantepesi'nden, Çamlıca'dan seyrettikleri İstanbul akşamlarında şark kayserlerinin er geç bir ganimet gibi paylaşacakları hazinelerini seyrediyorlardı. Buna mukabil fetihten sonrakiler için İstanbul bütün imparatorluğun ve Müslüman dünyasının gururu idi. Onunla övünüyorlar, güzelliklerini övüyorlar, her gün yeni bir âbide ile süslüyorlardı. O güzelleştikçe, kendilerini sihirli bir aynadan seyreder gibi güzel ve asil buluyorlardı.

Tanzimat İstanbul'a büsbütün başka bir gözle baktı. O, bu şehirde, iki medeniyeti birleştirerek elde edilecek yeni bir terkibin potasını görüyordu.

Bizim nesil için İstanbul, dedelerimiz, hattâ babalarımız için olduğundan çok ayrı bir şeydir. O muhayyilemize sırmalı, altın işlemeli hil'atlere bürünerek gelmiyor, ne de din çerçevesinden onu görüyoruz. Bu kelimeden taşan aydınlık bizim için daha ziyade, kendi ruh hâletlerimize göre seçtiğimiz mazi hâtıralarının, hasretlerin aydınlığıdır.

Fakat bu hasret sade geçmiş zamana ait olan ve bugünkü hayatımızla, mantığımızla zarurî olarak çatışan bir duygu değildir. Bu çok karışık duygunun bir kolu gündelik hayatımıza, saadet hulyalarımıza kadar uzanır.

O kadar ki İstanbul'un bugün bizde yaşayan asıl çehresini bu dâüssıla verir, diyebiliriz. Onu bizde, en basit hususiyetleriyle şehrin kendisi besler.

Asıl İstanbul, yani surlardan beride olan minare ve camilerin şehri, Beyoğlu, Boğaziçi, Üsküdar, Erenköy tarafları, Çekmeceler, Bentler, Adalar, bir şehrin içinde âdeta başka başka coğrafyalar gibi kendi güzellikleriyle bizde ayrı ayrı duygular uyandıran hayalimize başka türlü yaşama şekilleri ilham eden peyzajlardır.

Onun için bir İstanbullunun gündelik hayatında bulunduğu yerden başka tarafı özlemesi çok tabiîdir. Göztepe'de, hışırtılı bir ağaç altında bir yaz sabahını tadarken küçük bir ihsas, teninizde gezinen hiçten bir ürperme veya gözünüze takılan bir hayal, hattâ birdenbire duyduğunuz bir çocuk şarkısı sizi daha dün ayrıldığınız bir Boğaz köyüne, çok uzak ve değişik bir dünya imiş gibi çağırır, rahatınızı bozar. İstanbul'da, işinizin gücünüzün arasında iken birdenbire Nişantaşı'nda olmak istersiniz ve Nişantaşı'nda iken Eyüp ve Üsküdar behemahal görmeniz lâzımgelen yerler olur. Bazen de hepsini birden hatırladığınız ve istediğiniz için sadece bulunduğunuz yerde kalırsınız.

Bu âni özleyiş ve firarların arkasında tabiat güzelliği, sanat eseri, hayat şekilleri ve bir yığın hâtıra çalışır. Her İstanbullu Boğaziçi'nde sabahın başka semtlerinden büsbütün ayrı bir lezzet olduğunu, Çamlıca tepelerinden akşam saatlerinde İstanbul'da ışıkların yanmasını seyretmenin insanın içini başka türlü bir hüzünle doldurduğunu bilir. Mehtaplı gecelerde Boğaz'la Marmara açıkları ne kadar birbirinden ayrı ise, Büyükdere Körfezi'nden yüz kulaç ilerisi, Sarıyer uzakları da öyle ayrıdır. İnsan birkaç kürek darbesiyle şiiri gündelik ekmek yapan çok munis bir hayal dünyasından hiç tanımadığı haşin ve efsanevî bir Argonotlar gecesine girer. Çekmeceler'de günün herhangi bir saati biraz ilerdeki deniz kenarından çok başka şekilde güzeldir.

Geniş denizin yanı başında bu göller, bir Beste ve Kâr'ın yanında, aynı makamdan küçük bir şarkıya ne kadar benzerler; sonra nispet ölçüsü değişir değişmez hüviyet nasıl değişir!

Güneş, eski el aynalarını andıran bu göllerde dehasını sadece peyzaj kabartmasına sarfetmekten hoşlanan bir eski zaman ustasına benzer; her saz, her ot, her kanat çırpınışı, bütün kenarlar ve renkler gibi gümüş bir parıltı içinde erir.

Fakat bu değişiklik daha derinlere gider; saatlerin manzarası gibi insanların çalışma şekli ve tembellikleri, düşünce ve yeisleri de bu yerlerde birbirinden başkadır. Beyoğlu, hamlesi yarı yolda kalmış Paris taklidiyle hayatımızın yoksulluğunu hatırlatırken; İstanbul, Üsküdar semtleri kendisine yetebilen bir değerler dünyasının son miraslarıyla, biz farkında olmadan içimizde bir ruh bütünlüğü kurar, hulyalarımız, isteklerimiz değişir. Boğaziçi'nde, Üsküdar'da, İstanbul'da, Süleymaniye veya Hisar'ların karşısında, Vaniköy İskelesi'nde veya Emirgân kahvesinde sık sık başka insanlar oluruz. Hangi İstanbullu, Beykoz korusunda veya Bebek sırtlarında dolaşırken kendisini dış âlemin o kavurucu zaruretlerine karşı müdafaa edecek zengin ve çalışkan bir uzleti özlememiş, kısa bir ân için olsa bile onun çelik zırhlarını giyinmemiştir?

Bayezıt veya Beylerbeyi Camii'nin duvarlarına yaslanarak düşünülen şeylerle, Tarabya'nın içimizdeki bir tarafa hâlâ yabancı rıhtımında, akşamın bir ten cümbüşünü hatırlatan ışıkları içinde düşünülecek şeyler elbette birbirine benzemez. Birincilerinde her şey içimize doğru kayar ve besleyici bir hüzün hâlinde bizde külçelenir.

İkincisinde bu köklü hasretten mahrum kalırız. Çünkü, bu küçük ve mimarîsinin zevki hakkında oldukça şüpheli olduğumuz camiin etrafında bütün bir eski ve yerli İstanbul'u buluruz. Öyle ki, konuştuğumuz zaman şüphesiz Tarabya'dakinden pek de ayrı, farklı bulmayacağımız buradaki insanlar bize kendi içlerine çekilmiş, bir mazi daüssılasında yaşıyormuş gibi gelirler. Şüphesiz tıpkı oradaki gibi alelâde gazete tefrikalarından duygu hayatını tatmin eden, aynı sinema yıldızlarını seven ve hayran olan ve hayatının fakirliği içinde aynı şekilde canı sıkılan bu genç kız II. Mahmud'un debdebeli binişlerine şahit olduğunu bildiğimiz ve bütün o küçük saraylarda, yalı ve köşklerde yapılan musiki fasıllarından bir şeyler sakladığını zannettiğimiz bu sokaklarda ve meydanlarda yaşadığı için bize daha başka ve zengin bir âlemden geliyor hissini verir, onu daha güzel değilse bile bize daha yakın buluruz.

Ölüm bile bu köşelerde başka çehreler takınır.

Bu değişiklikler hep birden düşünülünce muhayyilemizde tıpkı bir gül gibi yaprak yaprak açılan bir İstanbul doğar. Şüphesiz her büyük şehir az çok böyledir. Fakat İstanbul'un iklim hususîliği, lodos poyraz mücadelesi, değişik toprak vaziyetleri bu semt farklarını başka yerlerde pek az görülecek şekilde derinleştirir.

İşte İstanbul bu devamlı şekilde muhayyilemizi işletme sihriyle bize tesir eder. Doğduğu, yaşadığı şehri iyi kötü bilmek gibi tabiî bir iş, İstanbul'da bir nevi zevk inceliği, bir nevi sanatkârca yaşayış tarzı, hattâ kendi nev'inde sağlam bir kültür olur. Her İstanbullu az çok şairdir, çünkü irade ve zekâsıyla yeni şekiller yaratması bile, büyüye çok benzeyen bir muhayyile oyunu içinde yaşar. Ve bu, tarihten gündelik hayata, aşktan sofraya kadar genişler.

"Teşrinler geldi, lüfer mevsimi başlayacak" yahut "Nisandayız, Boğaz sırtlarında erguvanlar açmıştır" diye düşünmek, yaşadığımız ânı efsaneleştirmeğe yetişir. Eski İstanbullular bu masalın içinde ve sadece onunla yaşarlardı. Takvim onlar için Heziod'un *Tanrılar Kitabı* gibi bir şeydi. Mevsimleri ve günleri, renk ve kokusunu yaşadığı şehrin semtlerinden alan bir yığın hayal hâlinde görürdü.

Yazık ki bu şiir dünyası artık hayatımızda eskisi gibi hâkim değildir. Onu şimdi daha ziyade yabancı daüssılalar idare ediyor. Paris, Holivud, –hattâ dünkü Peşte ve Bükreş– İstanbul'un ışıklarını içimizde her gün biraz daha kıstılar. Ne çıkar İstanbul semtleri bütün vatan gibi orada duruyor; büyük mazi gülü bir gün bizi elbette çağıracak.

II

Her büyük şehir nesilden nesile değişir. Fakat İstanbul başka türlü değişti. Her nesilden bir Parisli, bir Londralı, doğduğu, yaşadığı şehrin otuz kırk yıl önceki hâlini, yadırgadığı bir yığın yeni âdet, eğlence tarzı, mimarî üslûbu yüzünden hüzün duyarak hatırlar.

Baudelaire en güzel şiirlerinden birinde "Eski Paris artık yok, ne yazık, bir şehrin şekli bir fâninin kalbinden daha çabuk değişiyor" diyerek, galiba bütün Fransız şiiri boyunca bir iki şairinden biri olduğu Paris'in değişmesine döğünür.

Birinci Dünya Harbi'nden sonraki Fransız nesrinde hemen on yıl önceki Paris'in hasreti belli başlı bir temadır.

İstanbul böyle değişmedi, 1908 ile 1923 arasındaki on beş yılda o eski hüviyetinden tamamiyle çıktı. Meşrutiyet inkılâbı, üç büyük muharebe, birbiri üstüne bir yığın küçük büyük yangın, malî buhranlar, imparatorluğun tasfiyesi, yüz yıldır eşiğinde başımızı kaşıyarak durduğumuz bir medeniyeti nihayet 1923'te olduğu gibi kabullenmemiz onun eski hüviyetini tamamiyle giderdi.

1908'den önce bütün cenup Akdeniz'in bir İslâm çevresinde zevk, sanat içinde yaşamak isteyen zenginleri İstanbul'a gelirlerdi. Rumeli ve Arabistan vilâyetlerinin zengin çiftlikleri, büyük, verimli toprakları, Çamlıca'nın, Boğaziçi'nin sonraları Kadıköy ve daha ileri taraflarının köşklerini, yalılarını beslerdi. Büyük bahçe ve korularını yeşertirdi. Yangınlar yüzünden otuz kırk senede bir şehrin yeni baştan yapılmasını temin eden şey bu servetti. Bilhassa Tanzimat'tan sonraki devirde bu akın daha artmıştı. Hele nispeten Avrupa usulleri ile istismar edilen Mısır'ın servetinin mühim bir kısmı Abdülmecid, Abdülaziz ve Abdülhamid devirlerinde İstanbul'a akıyordu ve bu yalılar, bu köşkler, şehir içindeki konaklarla beraber, henüz çok yerli bir zevk, hattâ müstebit denebilecek bir örfle çarşıya, asıl şehrin temelini kuran yerli esnafa bağlıydı.

Bugün Saraçhane, Okçular, Sedefçiler, Çadırcılar gibi sadece bir semti gösteren adlar bundan yetmiş seksen yıl önce bile arı kovanı gibi intizamla işleyen, şehrin hayatında, refahında mühim bir yer tutan, titiz el işleriyle gündelik eşyaya bir sanat çeşnisi veren bir yığın küçük sanatın hususî çarşı ve atelyeleriydi. Çoğu kendimize mahsus yaşama şekillerine bütün bir cevap veren bu çarşılar şehrin asıl belkemiği idi. İstanbul'u onlar besliyor ve yine onlar şehrin iç çehresini yapıyorlardı.

Kapitülasyonların ardına kadar açtığı gümrüklere rağmen imparatorluk bu çarşıların sayesinde ayakta duruyordu. Büyük Çarşı ve Bedesten bu faaliyetin toplandığı hazne idi. Avrupa XVII. asırda Galland'ın dilinden *Binbirgece*'yi tatmadan önce bu çarşı ve Bedesten'de onun havasını, hayata sindirilmiş gündeliğe indirilmiş rüyasını yaşıyordu.

Bu çarşılarda, çok değişik kıyafetlerinin aralarındaki mezhep, dil, ırk, hattâ kıt'a ayrılıklarını ilk bakışta kavranacak hâle getirdiği rengârenk bir insan kalabalığı akardı. Bütün eski şark bu sokaklarda idi. Seyrek, çember sakallı, çıkık elmacık kemikli, yüzleri riyazet ve takvâ ile süzülmüş, elleri uzun kollu şal hırkalarında kilitli Türkistanlılar, kim bilir kaç senenin Hac kervanından –tıpkı sürüsünden ayrılmış hasta bir leylek gibi– bu şehrin bir köşesinde kalıvermiş. Ayvansaray'da veya Hırkaişerif'te evlenmiş, çoluk çocuk sahibi olmuş, bizim kıyafetimizi uzviyetlerinin itiyadı hâlâ yadırgayan Çin Müslümanları, siyah kalpaklı, belleri gümüş tokalı kemerlerle sıkılı Kafkaslılar, beyaz harmanilerine bürünmüş endamlarıyla eski hacılara Arafat'ı hatırlatan Yemenliler, nihayet biz yaştakilerin çoğunun hayatına bir ikisinin şefkati ve esirliğinin acıklı masalı behemahal girmiş bir yığın zenci... Çocukların "gündüz feneri" diye uzaktan alay ettikleri, fakat garip bir tezatla evlerde en fazla bağlandıkları kalfalar, harem ağaları, lalalar, hulâsa, kimi Türkçeyi bir hindi edasıyla gırtlaktan yumurtlayan, kimi yarım yamalak öğrendiği her kelimeyi genzinin mengenesinde ezip büzdükten sonra iplik iplik ortaya atan, kimisi memleketinin dilinden başka hiçbir dil bilmeden sadece büyük şehirlerin verdiği o acayip imkânla aramızda geçinip giden, çoğunun hakikî hemşehrisine ancak pazarlarımızda yahut o zamanın zengin kuşçu dükkânlarında tesadüf edilen bir kalabalık.

Eskiden İstanbul'da orta sınıf evlere varıncaya kadar hemen her yerde tesadüf edilen zenciyi şimdi garp hayatının bir icabı gibi büyük otel kapılarında, cazlarda görüyoruz; hayatımıza yabancı modalarla beraber ve yeni baştan girdiği için üzerimizde çok lüks bir ithalât malı tesiri yapıyor.

Daha garibi her büyükçe evde hanımları ve çocukları eğlendirmek için sık sık oynanan ve oynayanların ırktan gelen o korkunç, insana hurafevî korkular veren, cezbesi tutmasın diye çok defa yarıda bırakılan oyunlarına benzeyen rakslarını şimdi para ile dans hocalarından öğreniyoruz.

Hayır! Eski hayatımıza Afrika bugünden çok başka şekilde ekliydi. Bayezıt sergisi bu kalabalığın senede bir ay en feyizli şekilde birleştiği yerdi. Sarığın, kalpağın, fesin her çeşidi, en yenisi Sargon kabartmalarıyla yaşıt bir yığın kıyafet ve her dilde şakıyan bütün bir şark Babil'i burada, birbirine karışan bin türlü bahar kokusunun kurduğu âdeta metafizik bir Şark ve Asya havası içinde birbirine kenetlenmiş çalkalanırdı.

Bu alaca kalabalığı sadece "pittoresque" bir unsur diye kabul etmemelidir. O, şehrin iktisadî imkânlarına dayanıyordu. Arkasında dünya ticaretinin büyük bir parçası vardı. Bütün Akdeniz, Karadeniz kabara kabara İstanbul'a geliyordu. Hattâ 1900 yılına doğru bile İstanbul dünyanın birinci sınıf limanlarından biri olarak tanınırdı. Bütün Boğaz, Marmara açıklarına kadar her cinsten ve her bayraktan gemi ile dolu idi. Devrin bütün seyyahları İstanbul limanından bahsederken Londra'yı hatırlarlar, onunla ölçerlerdi. Lamartine 1833'te, İngiliz seyyahı Delahey[*] 1850'de bu benzetişte ısrar ederler.

Bütün bunlar, arkalarındaki hususî medeniyetle birlikte çekilince, İstanbul gerektiği gibi düzenlenmesi zaman isteyen bir istihsal hayatıyla geçinmeye başladı. Kısacası, büyük müstehliklerin şehri, küçük müstahsilin şehri oldu. Yarınki İstanbul bu istihsalin şartlarına, şekillerine bağlıdır. Yurttaki gelişmelerin, kendi toprak ve imkân zenginliğinin, coğrafya vaziyetinin bu şehre yepyeni bir hayat, hür çalışma zevkini almış insanların hayatını vereceği muhakkaktır. Bugünün İstanbul'u oldukça uzun süren bir geçiş devresinden sonra bu hayata adımını atmış sayılabilir. Ama istediğimiz gibi geniş, verimli çağını idrak ettiği zamanda da eskiyi tamamıyla unutmuş olmayacağız. Çünkü o bizim ruh maceralarımızdan biridir.

III

Eski İstanbul bir terkipti. Bu terkip küçük büyük, mânalı mânasız,

---

[*] Dallaway olmalı (Yayıncının notu).

eski yeni, yerli yabancı, güzel çirkin –hattâ bugün için bayağı– bir yığın unsurun birbiriyle kaynaşmasından doğmuştu. Bu terkibin arkasında Müslümanlık ve imparatorluk müessesesi, bu iki mihveri de kendi zaruretlerinin çarkında döndüren bir iktisadî şartlar bütünü vardı. Bu terkip iki asırdan beri büyük mânasında, hemen her sahada müstahsil olmaktan çıkmış bir içtimaî manzumenin malıydı. Bu itibarla gerçekte fakir, fakat zevkle değilse bile inanılarak yaşandığı için halis ve ayrı, büyük bir mazi mirasının son parçalarını dağıtarak geçindiği için dışarıdan gösterişli, bütün bir görenekler zincirine dayandığı için de zengindi. Hususî bir yaşayış şekli, bütün hayata istikamet veren ve her dokunduğunu rahmanîleştiren dinî bir kisve bu terkibin mucizesini yapıyordu. Gümrükten geçen her şey Müslümanlaşıyordu. Kazaskerin sırtında İngiliz sofu, hanımının sırtında Lyon kumaşından çarşaf, üst tarafına asılmış Yesarîzâde yazması yüzünden Fransız üslûbu konsol, Bohemya işi lamba hep Müslümandı. İngiltere'den dün gelmiş rokoko saat, melez döşenmiş aynalı, saksılı, Louis XV. üslûplu otoman ve markizetli yahut patiska minderli odaya girer girmez çok Müslüman bir zamanı saymağa başladığı için derhal Müslümanlaşır, kuvvetli ilâhiyat tahsili yüzünden az zamanda ulema kisvesini taşımağa hak kazanan bir mühtedi yahut hiç olmazsa Keçecizade İzzet Molla'nın meclisinde *Kur'an* ve *Hadîs* bilgisiyle asıl Müslümanları susturan Hançerli Bey gibi bir şey olurdu. Zaten bu yerliliğin birçok unsurları dışarda imâl edilmeye başlanmıştı.

Çocukluğumda, İstanbul'un hemen her evinde, saat başlarında, "Entarisi ala benziyor"u, yahut "Üsküdar'dan geçer iken"i çalan masa saatleri vardı. Bunlar o devrin işporta mallarıydı. Sonra üstü al bayraklı, "Hatıra-i İstanbul"lu, veya "hürriyet, adalet, müsavat" yazılı kahve fincanları peydahlanmıştı. Evet, bizim küçüklüğümüzün şarkı biraz da dışarıda, yerli simsarların işaretiyle toptan yapılırdı. Bizim çocukluğumuzdan çok evvel de bu böyle idi. Fakat böyle de olsa, içine girdiği terkip o kadar enfüsî bir âlemdi ki, farkedilmezdi. Büyük orkestranın içinde münferit sazlar kendiliklerinden kaybolurdu. Çünkü asıl yayı çeken ve âhengi gösteren şeyler bizimdi. Bunlar şehrin kendisi, bizim olan mimarlık, bizim olan musiki ve hayat, nihayet hepsinin üzerinde dalgalanan hepsini kendi içine alan, kendimize mahsus duygulanmaları, hüzünleri, neşeleriyle, hayalleriyle sadece bizim olan zaman ile takvimdi.

Eski İstanbul mahallelerinde dolaşıp da bu zamanı duymamak, onun tılsımlı kuyusuna düşmemek imkânsızdı. Bu elle dokunulacak kadar kesif, ruhanî renklere bürünmüş, her karşılaştığını bir rahmaniliğin sınırlarına kadar götüren, en basit şeylere bir içlenme, bir "mağfiret" edâsı veren, dua ve tevekkül yüklü, dünya ile ahiretin arasında aralık bir kapı gibi duran garip bir zamandı. Eski İstanbullu, yüzünü bu zamanın aynasında çok uzak, âdeta erişilmez ötelerden gelmiş bir şey, bütün bir ahret kokusuyla tütsülü bir gölge gibi seyrederdi. Yanı başlarındaki küçük cami ve medrese mezarlıklarındaki ölüleriyle yan yana yaşayan, sevinçlerini, hüzünlerini onlarla paylaşan eski İstanbul mahalleleri, bu zamanın içinde, gövdesine ağır boğumlu sarmaşık halkaları kenetlenmiş yaşlı bir ağaç gibi, güçlükle nefes alarak yaşarlardı. Bu mahallelerde gün, beş ezanın beş tonuzundan geçerek ilerleyen, sırasına göre renkli, heybetli, zaman zaman eğlenceli bir alaya benzerdi. Onun, hiçbir törenin kaydetmediği, buna rağmen hiç değişmeyen bir sürü merasimi, âdâbı vardı.

Satıcı sesleri bunlardan biriydi. Eski İstanbul mahallelerinde bu sesler bütün bir günü baştan başa idare eder, saatlerin rengini verirdi. Tıpkı ucuz bir aynada saçlarını düzelten güzel bir kadın gibi İstanbul mahalleleri bu seslere eğilir, onların yer yer genişleyişinde günün değişmez merhalelerini kabule hazırlanırdı.

Kuvvetli yaz öğlesini bile içeriye damla damla sızdıran kafeslerin arkasında birdenbire sesten bir ağaç dallanır, budaklanır, satılan şeyle hiç alâkası olmayan nağmeden meyvalar, üzeri işlemeli yağlıklarla örtülmüş aynalara, tozlu camının altında kâğıdın renkli ebrusu, tezhibiyle karışan yazı levhalarına, mutfakta iyi kalaylanmış bakır kapların dizili durduğu raflara, merdiven başlarında geceye hazırlanmış lambalara salkım salkım asılır, sonra uzak sokaklara yaprak yaprak dağılırdı. Bazen iki üç satıcı birden karşılaşır, küçük bir ses ormanı teşekkül ederdi.

Artık ne lamba ve lamba şişesi satan ihtiyar, ne simitçi, ne de sürahi, bardak, tabak satanlar kalmadı. Simitçi geceleri fener taşımıyor, hele mâni düzmesini hiç bilmiyor; macuncunun yerini karamelâ satan çocukların kirli çekirge sürüsü aldı. Yalnız yoğurtçu, bazı eski köşk bahçelerini tek başına bekleyen ihtiyar çınarlar ve çamlar gibi duruyor. Fakat bilmem, çocukluğumuzda olduğu gibi, sesi gene bir mevsim fikriyle beraber yürüyor mu? Eski İstanbullu için Silivri yoğurdu kışın sonu idi. Değneğe sarılmış kiraz ile yazın, salepçi ve bozacının adımlarıyla kışın başlaması gibi. Bu ses, sokak aralarında, peşinde sürüklediği taze çimen kokusu, kuzu meleyişi hayaliyle mayalanır mayalanmaz şehir hayatında o zamanlar büyük bir yeri olan uçurtma mevsimi başlardı.

Bu satıcıların içinde benim en çok hoşlandığım lambacı idi. Her gün, ikindiden sonra, sırtında çok havaleli bir sepetle geçerdi. Garip bir seslenişi vardı. "Lamba" kelimesini ilk hecesinin üzerine basarak bir balon gibi ağzında şişirdikten sonra, "ci" ekini kendini bir hamlede ortadan silmek ister gibi yutar, şişeleri, "i"nin üzerine iyice basarak parlatır ve "ler"i sanki dünyanın bütün camdan eşyasını ağzında toz hâline getirmiş gibi uzun uzun dört yana üflerdi. Bu camcı, mahallemizin aydınlık satan adamıydı. Yaz gecelerinde etrafında pervaneler uçuşan, kış gecelerinde altında masal dinlediğim, kitap okuduğum lambaları; merdiven başında, sofalarda, taşlıklarda evin bütün yalnızlığını bekleyen, el ayak kesilir kesilmez tahta gıcırtılarını dinleyen idare lambalarını ondan alırdık.

Bu sesler, fakir, eğlencesi kıt semt gecelerinin belli başlı zevklerinden, renklerinden biri idi. Gerçi getirdikleri değişiklik sadece zamanı bölen iptidaî bir nağme fasılasından ibaretti. Fakat korku ve vehimle yüklü gecenin sessizliğini süslerdi.

Geceleyin geçen bir satıcı sesi bugünün çocuğuna hangi ürpermeyi verebilir? Üst kattaki gramofonla yan taraftaki radyo arasında bir uğultu değirmenine dönen bugünün kafası için bir satıcı sesinin değeri ancak satılan şeyle ölçülebilir. Kaldı ki, o ürpermeyi duymak için eski İstanbul gecelerine dönmek yangının, her türlü emniyetsizliğin, evindeki şehirliyi bir dağ yolcusu uyanıklığı içinde yaşattığı zamanı bulmak lâzımdır.

Tanbûri Cemil'in *Ninni*'sini bir musikî şaheseri saymak epeyce güçtür. Fakat o plağı bulursanız iyi dinleyin. İktisadî denkliliği bozulmuş, mihrabı çökmeğe yüz tutmuş, gururunu yapan geleneklerin duvarı çatlamış bir topluluğun iç benliğini en canlı yerinden verir. Tanbur, sanatın hududuna girmeyen bir taklitle de olsa bütün havayı nakleder. Şüphesiz eski İstanbul sadece bu hüzün, bu hislilik değildi, sanıldığından çok fazla eğleniyordu. Belki de bu ninnî, Hüseyin Rahmi'nin hayatımızın her safhasını alaya alan romanları gibi biraz da eğlenmek için yapılmıştı. Bununla beraber, bu fakirler cemiyetinde, saadeti bir ruh muvazenesinde arayan saf ve ahenkli insanların hayatında, her şeyin peşine bu gölge iyiden iyice takılmaya başlamıştı. Doğrusu istenirse bu hüzün biraz da kendiliğinden gelen bir şeydi. Tıpkı boş bir tiyatro sahnesinde seyredilen bir akşam saati gibi hayatın bazı unsurlarından doğuyordu. Petrol lambası, hava gazı ile yarı aydınlanan sokak, dilenci sesleri, bekçi sopası, yangın korkusu, acı vapur düdükleri, fazla dindar hayatın verdiği o garip psikozlar âdeta matematik şekilde onu hazırlayıp besliyordu. Fakat ne de olsa vardı ve etrafımızdaki havayı elle dokunulacak şekilde kesifleştiriyordu. Onu kaybettiğimiz zaman kendimizi çıplak bulmamız, sarsılmamız da hayatımızda büyük bir yeri olduğunu gösterir.

Ahmed Rasim'in 1913 yılı *Nevsal-i Millî*'sinde çıkan "Sokaklarda Geceler" adlı küçük yazısını hatırlar mısınız? İstanbul gecelerinin bütün büyüsü, yerli hayatın biçareliği ile beraber bu yazıdadır.

Artık kaybolan yahut kalıntı hayatını yaşayan eski İstanbul mahallesi orada sanki kendi uykusunda sayıklar.

Pek az adam onun gibi yaşadığı şehrin üstüne eğilmiş ve bir ses makinesi gibi her duyduğunu kaydetmiştir.

Ahmed Rasim'le bir defa karşılaştım. Heybeliada'da deniz kıyısında bir meyhanede sabah rakısını içiyordu. Senelerden beri içimde birikmiş duyguları söylemek istedim. Kızarmış ve bulanık gözlerle bana baktı. Ve büsbütün başka şeylerden bahsetti. Yalnız bir ara beni dinler gibi oldu ve hemen arkasından: "Bestenigârımı sever misiniz?" diye sordu. Biraz şaşırmakla beraber "Hem de çok..." dedim. Bilmem şaşırmağa hakkım var mıydı? Ben muharriri aramıştım karşıma musikîşinas çıkmıştı. Müverrih de çıkabilirdi. *Bestenigâr*'ın hikâyesi eski hayatımızın bütün bir tarafıdır. Ahmed Rasim Abdülhamid devrinin meşhur merkez kumandanı Sadullah Paşa'nın Çemberlitaş'ta şimdi Evkaf Müdürlüğü olan konağında cariyelere gençliğinde musikî dersi veriyordu. Bu cariyeler arasında şairin çok beğendiği, güzelliği kadar istidadına da hayran olduğu Nigâr isminde çok güzel bir genç kız veremden ölür. İşte:

Ben böyle gönüller yakıcı bestenigârım

diye başlayan bu manzume, bestesi ile beraber bu genç kıza mersiyedir. Dedenin hissî hayatımızda bir dönüm yeri olan, kızının ölümü için yazdığı çok meşhur mersiye bestesinden sonra başlayan modada bu küçük beste en güzellerinden biridir.

Eski İstanbul'da kaybolan şey sade bu nağme değildir. Mahallenin kendisi de kayboldu. Eski mahalleyi Neşet Halil'den okuyunuz. Bütün İstanbul semtlerinin sırrını acı bir hasretle yeni hayat aşkının birbirine kenetlendiği bu güzel ve derin yazılarda bulursunuz. Bugün mahalle kalmadı. Yalnız şehrin şurasına burasına dağılmış eski, fakir mahalleliler var. Birbirlerinin hatırını sormak, bir kahvelerini içmek, geçmiş zamanı beraberce anmak için zaman zaman gömüldükleri köşeden çıkan, bin türlü zahmete katlanarak semt semt dolaşan ihtiyar mahalleliler... Bence İstanbul'un asıl şairleri onlar; adım başında, titrek ayaklarıyla geçmiş zamanlarının peşinde dolaşan, onu üslûpsuz apartman köşelerinde, iki yanı henüz boş asfalt üzerinde, eski ahbap çocuklarının çehresinde beyhude yere arayan ve bulamadıkları için şaşkın şaşkın dört yana bakınan bu kervan artığı biçarelerdir. Bugünün mahallesi artık eskiden olduğu gibi her uzvu birbirine bağlı yaşayan topluluk değildir; sadece belediye teşkilâtının bir cüzü olarak mevcuttur. Zaten mahallenin yerini yavaş yavaş alt kattaki üsttekinden habersiz, ölümüne, dirimine kayıtsız, küçük bir Babil gibi, her penceresinden ayrı bir radyo merkezinin nağmesi taşan apartman aldı.

Şehirde yeni çıkan türküleri çocukların macunculardan öğrendiği, asmalı, tozlu sokaklarında, kıymetler dünyasının her gün bir parçası kaybolan bir insanlığın tehlike sezmiş bir sürü insiyakıyla birbirine sokulup yaşadıkları eski İstanbul mahalleleri artık sadece bir hâtıradır. İşin garibi, onlarla beraber toplu yaşamayı, toplu eğlenmeyi de kaybettik.

Eski İstanbul'da, hattâ benim çocukluğumda bile zengin, fakir her sınıf beraberce eğlenirdi. Mehtap sefaları, Kâğıthane âlemleri, Çamlıca gezintileri, Boğaz mesireleri şehrin âdeta beraberce yaşamasını temin ederdi. Bu, eğlencesi kıt Ortaçağ'dan kalma bir itiyattı. Bununla beraber son zamana kadar müşterek zevkin yardımıyla sürüp gelmişti. Bir yandan iktisadî şartların değişmesi, öbür yandan bu zevkin kalmaması, dışarıdan gelen bir yığın yeni modanın ve hasretin her gün bizi birbirimizden biraz daha ayırması, eskiye karşı duyulan haklı haksız bir yığın tepki, İstanbul'u bütün halkının beraberce eğlendiği bir şehir olmaktan çıkardı. Mehtap âlemlerini yapacak eski servetler kalmadı, Kâğıthane'yi çoktan bayağı bulmağa başlamıştık. Çamlıca'nın yerini Büyükada aldı ve pazar günlerine ait piknikler de, şehre ve eğlenme tarzına herkesin malı olan pek az şey ilâve ediyor. Sinemanın zevkimizi dışarıdan idare ettiği devirde yaşıyoruz. Karanlıkta toplanıyoruz. Honolulu'da, mehtaplı gecede güzel çamaşırcı kızına fevkalâde zeki, cüretle ve fedakâr demir kralının oğlunun söylediği gitaralı şarkıları, ertesi sabah Boğaz kıyılarında mağaza çıraklarının ıslığından dinleyeceğimiz gülünç ulumaları dinliyor, kadının tuvaletine, erkeğin perendelerine, hulâsa bir yığın ahmaklığa hayran oluyoruz.

Şurası muhakkak ki yeni, verimli bir iş hayatı şehre hususî çehresini iade edinceye kadar hayatımızda yaratıcı olacağımız güne kadar, İstanbul halkı tek başına eğlenecektir.

IV

Bugün hayatımızın bir tarafı tiyatro gardroplarına benziyor. Hamlet'in siyah elbisesini, Ophelia'nın süslerini, Kral Lear'in sakalını tek başına görmekten daha hazin pek az şey vardır. Böylesi bir tecrübeye ancak bütünlüğü sayesinde bu terkibin yokluğunu aratmayan büyük eserler dayanabilir.

Bu ziyafet artıklarından belki en hazinine geçen bayram rastladım. Fatih'ten Beyoğlu'na acele bir iş için geçiyordum. Yeni açılan caddede, Bozdoğan kemeri'nin altında otomobil birden durakladı. Meğer bir bayram arabasına rastlamışız. İlk önce tanıyamadım. Son derecede zayıf, bütün anatomisi meydanda, böyle olduğu için belki de bana bitmez tükenmez denecek kadar uzun görünen bir atın güçlükle çektiği tahta bir yük arabasında, kırmızı, yeşil, pembe, turuncu, gökmavisi entariler giymiş sekiz on kız çocuğu acayip bir tango havası tutturmuşlar, kınalı ellerini çırparak bayram yapıyorlardı. Sümbülî havada daha çiy görünen alaca kıyafetleri, arabalarının cilâsız tahtası, atlarının bitmez tükenmez bir uzunlukta bir lokomotif karikatürüne benzeyen ve bütün adaleleri meydanda çalışan yapısıyla kıvamsız şarkıları, isteksiz neşeleriyle daha ziyade bir hortlak hikâyesinden çıkmışa benziyordu. İçime, biraz dikkatle bakarsam dağılıp toz olacak kadar eski, ölü bir şeyle karşılaştım zannı çöktü. Yol boyunca bu arabalardan birkaçına daha rastladım. Fakat tecrübenin tekrarlanması beni onlara bir türlü alıştıramadı. Hattâ bayramın cemiyetimiz içinde gerçek bir yeri kalmamış olması da beni avutamadı.

Eski İstanbul bayramları çok başka türlü idi. Bayram sabahı güneş bile başka türlü, âdeta ruhanî doğardı. Çünkü eski hayatımızda takvim semavî bir şeydi. Şehir, daha birkaç gün önceden bayrama hazırlanırdı. Eğer gelen şeker bayramı ise bu, sadece bayram yerlerinin hazırlanmasından ibaret kalır, Ramazanın hususî hayatı, şenlikleri birdenbire bayrama çevrilirdi. Dolaplarıyla, atlı karıncalarıyla, gümüş kırbaçlı çerkes eğerli pırıl pırıl atlarıyla, bin türlü sürprizleriyle bayram yerleri şehre gündelik hayatından çok başka, çok renkli bir görünüş verirdi. Çocuk bu günlerin tek hâkimiydi. Bu gördüğüm bayramla eski bayramların hiç alâkası yoktu.

Son atlı karıncayı Kadırga meydanında birkaç yıl evvel görmüştüm. Çocukluğumuzun bu eski dostları ne kadar yıpranmış, nasıl biçare şeyler olmuştu! Atın kulakları düşmüş, iki ayağı kırılmıştı. Zürafa bütün zarifliğini kaybetmiş, uzun boynu âdeta ip gibi incelmişti. Hepsi de zaman mahzeninde bir nevi cüzzama tutulmuş gibi zavallı ve halsizdiler. Uzaktan bana:

– "Ya, işte böyleyiz, bir rüyadan artakalmanın sonu budur..."

der gibi bakıyorlardı. Gözlerimi etraflarındaki kalabalığa çevirdim: Onlar da bir rüyadan artakalmış parçalara benziyorlardı.

Hayır, İstanbul'a yeni hayat, yeni bayram, yeni eğlence şekli, yeni zaman lâzım. İstanbul artık bundan böyle ekmeğini çalışarak kazanan bir şehirdir. Her şeyi ona göre düzenlenmelidir.

V

İstanbul'un mazisi insana yalnız bu cinsten içlenmeler vermez. Dadaloğlu:

> Ölen ölür kalan sağlar bizimdir

diyor. Bir medeniyetten öbürüne geçerken, yahut düpedüz yaşarken kaybolan şeylerin yanı başında zamana hükmeden gerçek saltanatlar da vardır. Bir kültürün asıl şerefli tarafı da onlar vasıtasıyla ruhlara değişmez renklerini giydirmesidir. İstanbul'da tâ fetih günlerinden beri başlayan bir mimarî nesillerle beraber yaşıyor. Asıl Türk İstanbul'u bu mimarîde aramalıdır.

Kendisini bir tek mimarî üslûbuna bu kadar teslim etmiş şehir pek azdır. Bu yönden İstanbul'u, Roma, Atina, Isfahan, Gırnata ve Brugge gibi şehirlere benzetenler haklıdır. Hattâ İstanbul'un onlardan biraz üstün tarafı da vardır. Çünkü, İstanbul sadece âbide ve âbidemsi eserlerin bol olduğu şehir değildir. Şehrin tabiatı bu eserlerin görünmesine ayrıca yardım eder. İstanbul her süsün, her kumaşın kendisine yaraştığı, ayrı ayrı hususiyetlerini açtığı o cömert yaratılışlı güzellere benzer. Yedi tepe, iki, hatta Haliç'le üç deniz, bir yığın perspektiv imkânı ve nihayet daima lodosla poyraz arasında kalmasından gelen bir yığın ışık oyunu bu eserleri her an birbirinden çok başka, çok değişik şekillerde karşımıza çıkartır.

Yukarıda ayrı ayrı İstanbul'lardan bahsettim. Mimarî ile perspektiv imkânları da birbirinden ayrı bir yığın İstanbul yapar. Topkapı'daki Ahmediye Camii'nin caddeye yakın kapısından veya bu caddenin herhangi bir boş arsasından, bir yığın yangın yerinin üstünden atlayarak gördüğümüz âbideler şehriyle, Yedikule kahvelerinden baktığımız zaman deniz kenarındaki sur parçalarıyla büyük camilerin birbirine karıştığı mehabetli manzara arasında ne kadar fark vardır. Marmara'dan gelen yolcuyu tâ uzaktan avlayan beyaz kubbeler ve minareler memleketi, Yeşilköy üstlerinden baktığımız zaman süzgün ve sümbülî bir serap olur. Süleymaniye'nin dış avlusundan görülen ve insana camiin bir parçası, çok ustaca düzenlenmiş, geniş planlı, ağaçlı, büyük suları olan bir üçüncü avlusu duygusunu bırakan Boğaz, vapurla geçerken gördüğümüz başka bir tepeden seyrettiğimiz Boğaz'dan çok farklıdır.

Böylece, Çamlıca ile Üsküdar tepeleri, Küçük Çamlıca'nın geniş rüzgârlı balkonu, Eyüp sırtları gözümüzün önüne gündelik ekmeğimiz olan bir manzarayı başka kıyafetlerde yayarlar; İstanbul, Yahya Kemal'in:

Baktım, konuşurken daha bir kerre güzeldin

mısraıyle övdüğü güzele benzer.

Doğrusu da budur. İstanbul, ya hiç sevilmez; yahut çok sevilmiş bir kadın gibi sevilir; yani her hâline, her hususiyetine ayrı bir dikkatle çıldırarak.

Bu güzelliklerde peyzajın kendisinden sonra, yahut onunla beraber en büyük pay, şüphesiz mimarînindir. Bu üst üste hayal mevsimleri hep onun beyaz çiçeği etrafında, bu sessiz orkestranın nağmelerini biraz daha derinleştirmek, daha renkli, daha içten yapmak için açarlar. Lodos poyrazla, akşam sabahla, mevsimler birbirleriyle âdeta bunun için yarış ederler.

O, aydınlığın daima zengin rüyası, saatlerin sazıdır. Eski ustalarımızın asıl başarısı tabiatla bu işbirliğini sağlamalarındadır. Pek az mimarîde taş mekanik rolünü, şekiller sabit hüviyetlerini İstanbul camileri kadar unutur, pek az mimarî kendisini ışığın cilvelerine İstanbul mimarîsinde olduğu kadar hazla, onun tarafından her an yeni baştan yaratılmak için teslim eder.

Bir katedralin heykel kalabalığını mimarî tesirle karıştıranlar, istedikleri kadar başka sanatları övsünler; benim hayranlığım, çıplak bir insan vücudu gibi yalnız kendisi olmakla kalan âbidelerin yapıcılarına, ruhlarındaki ilâhî nispet sezişiyle duayı zekânın bir tebessümü hâline getiren, duygusuz maddeyi güneşin adına söylenmiş bir kaside yapan mimarlarımıza, çoğunun adını unuttuğumuz ve hayatımızda hüküm süren gömlek değiştirme telâşı içinde eserlerine bir kere olsun dönüp bakmadığımız, hattâ sabırla, îmanla, karış karış işledikleri şehrin hangi köşesinde, hangi devrilmiş servinin altında yattıklarını bilmediğimiz o derviş feragatli ustalara gider.

Onlar İstanbul'u iyi bir elmas yontucusunun eline geçmiş bir mücevher gibi işlediler. Niçin övünmeyelim? Dışından ve içinden camilerimiz kadar güzel mimarî eseri azdır.

Şüphesiz bu bir günde olmadı. Bu incinin böyle sade kendi ışık külçesi olarak teşekkül edebilmesi için ilkin Selçuk sedefinin yüzyıllarca bir yığın mazi mirası ve yerli anane üzerine kapanması, sonra İznik'le Bursa'nın imbiklerinden geçmesi, kabuklarını yavaş yavaş atması; Nilüfer imaretinde, Yıldırım'da, Yeşil'de, Edirne'deki Üç Şerefeli'de sağlamlığını denemesi lâzım geldi.

İmparatorluk mimarîsi imparatorluğun kendisine benzer: Kayserlerin tahtına yerleşmek için karargâh payıtahtlarda, yeni fethedilmiş şehirlerde bir yığın mirası, geleneği ayıkladı, birçok incelikleri denedi, sonunda Fatih'in pazısı büyük şehrin kapılarını kendisine açtığı zaman, kudretinden emin Ayasofya'nın yanı başına geçip oturdu.

Gerçek Bizans saltanatı Fatih ile Bayezıt külliyelerinin, İstanbul'un iki tepesine bir fecirden ardı ardına boşanmış güvercin sürüleri gibi beyaz ve yumuşak kondukları zaman yıkılır. Üçüncü tepeyi onlardan hemen biraz sonra gelen Sultanselim'in çok usta ve rahat plastiği fetheder.

Bayezıt Camii, İstanbul'un toprağına atılmış bir çekirdek gibidir. Bütün ilerideki gelişmeler, çiçek açmalar, bütün feyizli mevsimler onda vardır.

Gelenek, camiin bittiği sıralarda, II. Bayezıt'ın fakir bir kadından aldığı bir çift güvercini buraya hediye ettiğini söyler. Bu rivayet benim hoşuma gidiyor.

Evliya Çelebi, Bayezıt Camii için tükenmez hazinedir. Camiin kıble yerini tayin edemeyen mimar, Sultan Bayezıt'a, mihrabı ne tarafa koyalım, diye sorar. O da "Şu ayağıma bas!" der. Mimar basınca Kâbe'yi görür.

Camide ilk cuma namazını kıldıran da, akşam, ikindi namazlarının sünnetini bir kere olsun bırakmamış olan Sultan Bayezıt'tır.

Yine ona göre camiin nâzırı "Şeyhülislâmlar olmak haysiyetiyle ders-i âmi şeyhülislâmlardır. Haftada bir kere ders takrir ederler." Evliya'nın zamanında camiin dışı baştan aşağı ağaçlıkmış.

Bayezıt Camii, karşısındaki imaret, meydanın öbür ucundaki

medrese ve hamamıyla bütün bir külliye idi. II. Bayezıt bu külliyeyi eski Bizans Heraklius camiasının tam bulunduğu yerde yapmakla şehrin manzarasını değiştirmişti.

Kanunî'nin tahta çıktığı senelerde ise İstanbul Camii, han, hamam, medrese, büyük saray, evliya türbeleri ve çeşmeleriyle tam bir Türk şehriydi.

Yalnız bize ait olan bu manzaranın şimdi deha ile tamamlanması, bu gelişmeyi bir infilâk hâline getirmesi lâzımdı.

İşte Sinan bunu yapar. Yaratıcı, nizam verici hamleleriyle İstanbul ufkunu, mermeri, kalkeri, porfiri, kubbeyi, kemeri, istalaktiti, asırlık şekilleri birbirine karıştırır; nisbetleri değiştirir, tenazurları kırar, sanki dehasıyla kendisinden öncekilerin tecrübelerini, buluşlarını bir sonsuzluğa taşımak istiyormuş gibi, her şeyi genişletir, büyütür, sayıları çoğaltır, her motiften ayrı ayrı şekiller ve terkipler çıkartır.

Her mimarî üslûbu bellibaşlı birkaç mesele etrafında toplanır. Sinan geldiği zaman imparatorluk mimarlığının başlıca iki meselesi vardı. Bunlardan biri yapıya şeklini, hüviyetini veren kubbe idi. Öteki de yan cephelerin düz duvar biteviyeliği idi. Sinan, ikisiyle de âdeta oynar. Kubbeyi içerden mâbedin üstüne, mesnetleriyle alâkası görünmeyecek şekilde asar. Dışardan ise yarım kubbe, küçük gerdanlık kubbeler ile, oyunlarla onu bütün büyük nisbetlerine rağmen âdeta tabiî bir teşekkül hâline koyar.

Yan cephe meselesini ise daha Şehzade Camii'nde halleder. Onun kemer, sütun, galeri ve pencerelerle yaptığı terkipler variyasyonu gerçekten şaşılacak şeydir. Zaten büyük ile zarifi, organik ile süsü bu kadar birbirinde bulan deha azdır. Ritmi nasıl kırar, nasıl yeniden ona döner?

Fakat asıl şaşırtıcı tarafı yaratıcılığındaki genişliktir. Herkes Şehzade'nin kubbelerine hayran iken, o kendisini Süleymaniye'nin aydınlık boşluğuna bırakır ve kartal kanatlarının tek bir süzülüşü ile İstanbul'un bir tarafını Boğaz'ın yarısına kadar doldurur. Oradan velveleli bir uçuşla eski payıtahta, Edirne'ye geçer, Selimiye'nin mücevher çağlayanlarını kurar. Arada çifte Mihrimahları, Rüstem Paşa'ları, Piyale'leri, Kılıç Ali'leri; Sokullu camileriyle, medreseleriyle, su kemerleriyle, türbeleri, çeşmeleriyle, sarayları ve köşkleriyle, küçük mescitleriyle, İstanbul'u baştan başa fethetmişti. Kim bilir, bıraksalardı, imparatorluğun kendisi kadar geniş ve zengin sanatı belki de bütün İstanbul'u yedi tepesinde yedi kubbeyle tek bir bina hâlinde işler, bu kubbeleri vadilerin üstünden aşan ve sırrı yalnız kendisinde olan kemer galerilerle birbirine bağlar; aralarından büyük ağaçların yeşilliğini bir mükâfat gibi fışkırtır; tatlı meyillere medreselerini, şifahanelerini oturtur; taştan ebediyet rüyasını kademe kademe üç kıyıya kadar indirirdi.

Bunu yapamadıysa bile, hemen benzerini yaptı. Bu rüyayı bir yıldız dizisi gibi kırdı ve benimsediği şehirden başlayarak geniş imparatorluğun dört bucağına dağıttı.

Çekiç seslerinin gazâ tekbirleri ve zafer nâralarıyla, kılıç, nal şakırtılarıyla yarıştığı muzaffer, mesut devir! Koca imparatorluğun her tarafında beyaz taş yontuluyor, büyük kazanlarda kubbeler için kurşun eritiliyor, yarı simyager, yarı evliya kılıklı ustaların, başında bekledikleri çini fırınlarında nar çiçeklerinin, karanfillerin, badem, erik çiçeklerinin bir daha solmayacak baharları; tevhitlerin inancı, fetih âyetlerinin müjdesiyle beraber ağır ağır pişiyor; küçük, izbe dükkânlarda, yassı tunç tokmakların altında medreselerin, şifahanelerin, kervansarayların, hanların, büyük sarayların, sebil ve çeşmelerin saçakları, kitabelerin, yaldız süsleri için altın, dövüle dövüle kelebek kanatları kadar ince, menevişli yapraklar hâline getiriliyordu. Süleymaniye'nin avlusunda, henüz bitmiş cami için, hattatın elinden yeni çıkmış bir âyeti taşa geçirmeye çalışan işçi, başını kaldırıp baktığı zaman Üsküdar'da yeni başlanan bir cami için Marmara'dan, Akdeniz adalarından iri mermer kütleleri taşıyan yelkenlilerin büyük martılar gibi iskeleye yaklaştığını görüyor; Kastamonu ormanlarından yeni getirilmiş keresteleri taşıyan hamalların gürültüsü kendisine kadar yükselen taze çam ve ardıç kokuları arasında kulaklarında uğulduyordu.

Çok defa düşünürüm: Bâkî ile Sinan acaba dost oldular mı? Süleymaniye'nin yapıldığı yıllarda Bâkî yirmi beşle otuz arasında genç bir molla idi. Bir yıl kadar da Süleymaniye binalarının inşasına nezaret etmişti. Kim bilir, belki de Türkçeyi o kadar kudretle bükmesini burada, nizamını yakından bilmediği bu sanatın göz önünde, çıldırtıcı bir sağlamlıkla yükselişini göre göre öğrenmiştir. 1572'de, hocası ve hâmisi Kadızade ile Halep'ten döndüğü zaman elbetteki ilk cuma namazını, bir vakitler temelleri arasında dolaştığı bu camide kılmış, onun bitmiş kemerlerine, sütunlarına, şaşırtıcı mihrabına, Evliya Çelebi'nin kendisine has buluşu ile genişliğini, mermer döşemelerinin beyazlığını, "harem-i beyaz", "ak yayla" diye anlatmağa çalıştığı ve billûra benzettiği avlusuna, zafer kasidesi kapılarına uzun uzun bakmıştı. Belki de bütün imparatorluğun gururu olan mimara koşmuş, ellerine sarılmış:

– İlâhî Sinan! Ey susan taşın ve konuşan hacimlerin şairi; ey maddenin uykusuna kendi nabzının âhengini hepimizin îmanıyla beraber geçiren! Aydınlığı en bilgili terkiplerde eritilmiş madenler gibi yumuşatıp ondan zaferlerimize hil'atler biçen! Sen bu şehre bütün dünyanın kıskanacağı bir cami yapmakla kalmadın; insan düşüncesinin erişilmesi güç hadlerinden birini tespit ettin." demiştir. Hayır, elbette ki Bâkî böyle şişkin, böyle taklit dille konuşmazdı; ona daha basit, çok basit ve çok güzel, bir duaya benzer şeyler söylemiştir.

Kanunî Boğaz'da veya Haliç'te sık sık yaptığı gezintilere Bâkî'yi beraber götürürmüş. Efendisi için o muhteşem mersiyeyi yazarken, belki de bu gezintilerden dönüşlerinde, Hisar'ların kilidini aştıktan biraz sonra, yahut Sütlüce'den uzaklaşır uzaklaşmaz karşılarına çıkan ve bir daha ufuktan ayrılmayan Süleymaniye'yi düşünmüş, onun uçmağa hazır, gergin kütlesini bir örnek gibi almıştı. Şiirimizde gerçekten mimarî konstrüksiyon bu manzume ile başlar.

Üsküdar'da, güzelliğini Yahya Kemal'den tanıdığımız Eski Valde

Camii' Sinan'ın son eserlerindendir. Yahut hiç olmazsa plan ve ilk inşaat onundur. Bu cami ve etrafı, hayrata yapılan ve manzarayı bir tarafından kapayan ilâvelere rağmen hâlâ Türk İstanbul'un en güzel köşelerinden biridir. Bu camide semt ile çok iyi anlaşan bir kendi içine çekiliş vardır. Cami, II. Selim'in çok sevdiği karısına bir hediyesidir. Fakat saltanat âdâbı karısının adını söylemeğe mâni olduğu için, ondan "Ferzend-i ercümend oğlum Murad tâle bekauhu validesi seyyidetülmuhaddarat ilâ ahirihi damet ismetühâ cânibinden Üsküdar'da bina olunacak" diye bahseder. Bu hicabı beğenmemek kabil değil. II. Selim, "Kıdvetül-emâcid ve'l-ekârim Sinan zîde mecduhu" diye onu över, Bâkî, Sokullu, Sinan, Piyale Paşa, Kılıç Ali Paşa, Hüsrev Paşa: İşte bu fâni dünyada babasından II. Selim'e kalan miraslar.

Sinan bir ananeyi tek başına tüketen, kendinden sonra gelenlere pek az bir şey bırakan sanatkârlardandır. Yunan heykelinde Fidias, Rönesans'ta Michel Ange ve Palladio, birkaç neslin birbiri ardınca sarfedeceği gayretlerle ve arada sanat hamlelerinin gerçekten kendileri olabilmek, bütün kazançları lâyıkıyla benimseyebilmek için muhtaç oldukları o zaman fasılasıyla elde edilmesi gereken şeyleri nasıl tek başlarına tüketmişlerse, o da mimarîmizin büyük imkânlarını kendi ömründe öyle harcar. Onun içindir ki çırakları arasında en mesutları Hindistan'a çağrılanlar oldu. Ancak onlar yeni bir iklimde ve bizimkinden ayrı geleneklerin arasında kudretlerinin tam ölçüsünü verdiler. Hattâ bu yer değiştirme sayesinde Sinan'dan önceki mimarlığımızı daha rahat hatırladıkları da söylenebilir.

İstanbul'da kalanların işi daha güçtü. Her nisbeti ayrı ayrı deneyen ve en müşkül terkipleri ezberlenmiş bir şey gibi icat eden, aradığını kendinde bulan bu devden sonra şahsî olabilmek için ya geleneği kırıp yeni yollar aramak yahut da çok sabırla çalışmak lâzımdı. Millî hayatın kıvamını bulduğu, hudutlara varıncaya kadar her şeyin yerli yerine oturduğu XVII. asırda birincisine, hele cami gibi dinî eserlerde imkân yoktu. Tek kubbeli camii biz Hıristiyanlığın katedral üslûbu gibi bulmuştuk. Kolay kolay vazgeçilemezdi. O devirde Türkiye kendi kendine yetiyordu. Bütün Şarkın gözü, millî hayatın en küçük pas lekesi değmemiş aynası olan ve zevkinde tamamiyle millî olan İstanbul'da idi. Bütün modalar, zarafetler, ferdî ve içtimaî hayatta her türlü yaratıcı hamle etrafa oradan gidiyordu. O kadar her cüzü birbirini tutan hayatımız vardı; bu hayatın arkasında öyle bir şuurlu ruh yaşıyordu ki bu terkipte en küçük bir çatlağa hiç kimse razı olamazdı. Dışardan gelecek bir tesire sade Garp için değil, Şark için de kapalıydık. İskolastik tahsile, dinî tesirlere rağmen Arap zevki imparatorluğa girememişti. Kaldı ki edebiyatımıza üç asır örnek olan İran bile bizden ayrı ve uzak telakki edilmeğe başlanmıştı. İmparatorluk İklim-i Rûm idi. Millî olmadığı yerde mahalli kalmak biricik düsturu idi. Bununla övünürdü. Bu itibarla mimarlarımız gelenekten ayrılmazlardı. Zaten yaptıkları şeyin güzelliğini, asilliğini biliyorlardı. Onun için daha gerilere zaman zaman dönmek şartıyla Sinan'ın bıraktıkları içinde dolaştılar. Hem merkez kubbe ile yan kubbelerin teşkil ettiği bütün, son sözünü söylememişti. Bu tanburda, icat veya hüner, aranacak ve bulunacak bir yığın nağme vardı. XVII. asır mimarları ve daha ince bir zevkle onları devam ettiren XVIII. asrın ilk yarımı bu nağmelerden hiçbirini kaçırmaz.

Sinan'dan sonra Türk mimarlığının meşalesini eline alan Sadefkâr Mehmed Usta'nın bazı nisbet değişikliklerine bakarak ondan tamamiyle ayrıldığını iddia edemeyiz. Çünkü Sultanahmet'in hususiyetini veren dört yarım kubbe üstünde yükselen orta kubbe fikri, Şehzade Camii ile Sinan'ındır. Her eserinde yeni şekiller aramaktan hoşlanan ve bazen bulduklarını âdeta kaydetmekle iktifa eden Sinan, bir daha ona dönmemişti. Sadefkâr Mehmed, ustasının buluşunu çok değiştirmiştir. Bu değişikliklerin başında dışardan binaya kademe kademe yontulmuş bir dağ manzarası veren küçük yarım kubbeler manzumesi vardır.

Şehzade'de görülen ayna duvarlarının çoğu burada ehramı ritmik bir şekilde tamamlayan kasnaklar olur. Bu itibarla Sadefkâr Mehmed mimarlığımızın en büyük virtüozudur, denilebilir.

Camiin içinde de aynı şey vardır. İstediği genişliği elde edebilmek için mimar âdeta binayı içten boşaltır!

Sultanahmet'in içi bütün bir mavi bahar rüyasıdır. Pek az mimarî, ışığı bu kadar lezzetle dokur.

Şüphesiz mimarîden fazla çininin tesiri, fakat ne olsa yine mimarînin idaresi altında. Suya biçim veren o sun'î çağlayanlar gibi, ışığa o hükmediyor, onun imbiklerinden süzülüyor, onun duvar ve kemerlerine çarpa çarpa kıvamını buluyor. Camiye girer girmez bir menşura hapsedilmiş gibi bir rüya havası başlıyor.

Renkli cam sanatının başka yerlerde bizden daha iyi daha mükemmel eserleri verdiğini, büyük resimle el ele yürüdüğünü hiç düşünmüyorum. Çocukluğumun biricik sarhoşluğu olan bu bal ve akik sarısı ışığı, onun yanındaki aydınlık yeşili, bütün o kırmızı lâleleri yerinde bulmam bana yeter. Onların rengi zihnimde eski hafızların sesiyle teganni ediyor. Başımı onlardan çevirdiğim zaman yıldız hâreli bir mavilik başlıyor. Sultanahmet'ten bahsederken çinilerin güzelliğini överler. Ben onlara ayrı ayrı dikkat edilmesi taraftarı değilim. Bütünün mekanik tarafı, süsün iptidaîliği ile beraber derhal meydana çıkıyor. Bu çinilerin, nev'inin en güzeli olduğu muhakkaktır. Fakat çininin kendisi, mimarî gibi üstün sanatın yanı başında övülecek şey değildir. Eski yazıları çiniye daima tercih etmişimdir. Bana daha ferdî, daha değişik ve daha yapı edalı gelirler. Bence Sultanahmet'te, meselâ bir yaz öğlesinde Kozyatağı'nda veya Eyüp Sultan üstlerinde, bostan dolaplarının, kır böceklerinin sesleri arasında yeşil renkten ve aydınlıktan yarı sarhoş dinlenir gibi, yahut Boğaz körfezlerinde mehtap seyreder gibi gezinmeli. Bu mavi aydınlığın etrafımızda kurduğu sırça sarayı, fazla bir dikkatle kırmamalı.

Evet bu çiniler çok güzeldir. Bu nar çiçeği kırmızıları, bu menevişli beyazlar, bu çimen yeşilleri gerçekten bulunmaz şeylerdir. Ne olurdu, ayrı ayrı panolar hâlinde yapılmasalardı da bir duvar bir tek desen devamı olsaydı. Bir panodan öbürüne geçerken hiçbir boşluk bulunmaması gözü yoruyor. Sonra birinin kırdığı ritmi öbürü tekrar ele alamıyor; onun için insanda aynı renkten, fakat başka kumaşlardan dikilmiş bir elbise tesiri yapıyor. Bu itibarla Yeşil'in düz giyinişini tercih ediyorum. Ama onda da Sultanahmet'in ışık sebili yok. Gerçekte Sultanahmet Camii'nin içi tıpkı çocukluğumda düşündüğüm gibi bir cennet bahçesidir.

Evliya Çelebi'ye göre camiin temel imamı, padişahın imamı olan, kendisine de hocalık eden Evliya Efendi, temel şeyhi Üsküdarlı Celvetî Şeyhi Aziz Mahmud Hüdayî Efendi, temel kadısı Karasümbülî Ali Efendi, mutemedi Kalender Paşa, temel nazırı Kemankeş Ali Paşa'dır.

Bizzat Sultan Ahmed temelden çıkan toprağı eteğine doldurup taşımıştır.

Evliya, camiin yıktırılan başvezir sarayının yerine yapıldığını ve kubbeye üç sene sonra başlandığını söyler ve camii delinmemiş büyük bir inciye benzetir. Camide asılı eşyayı (âvize kelimesi o zaman lûgattaki mânasında kullanılıyordu) anlatırken de bunların yüz Mısır hazinesi değdiğini söyler ve bilhassa Habeş veziri Cafer Paşa'nın hediye ettiği altı zümrüt kandili zikreder. Bunlar altı köşeli âvizelerle, altın zincirlerle asılıymışlar ve her biri ellişer okka ağırlığında imiş. Evliya, bu kandiller için "hurda daneleri (küçük zümrüt parçaları) bir Rum haracı değer" der. Fakat asıl güzel tarafı Evliya'nın bu camii yaptıran Sultan Ahmed'i "Çelebi ve sahib-i tab" bir padişah olarak anlatışıdır. Hakikaten bu XVII. asır sanat zevki olan bir asırdır. Evliya'nın bu camiye saray kuyumcu başısı olan kendi babası tarafından yapılan kapı için yazdığı şeyler de çok mühimdir.

"Pirinç, maadin, tahtalar üzerine hurda nakşı bukalemun kalemkârî zerker nakışları ile içine gömülü gümüş halka, gümüş kilit ve menteşeler ile müzeyyen bir bâb-ı bî-nazirdir. Bazı kimseler bu kapı Estergon'daki Kızılelma Kilisesi'nden gelmiştir derler, amma galattur. Ol kapu hatırı için Nemçe küffarı Estergon'u 1013 tarihinde alıp mezkûr kapıyı yerinden çıkararak hâlâ Beç

(Viyana) kalesi içre İstefani deyrine (Saint-Etienne Katedrali) Bâb-ı Meryem ittihaz etmişlerdir. Ama bu Sultan Ahmed Han camiinin mezkûr harem kapısı merhum ve mağfurunleh pederimiz Derviş Mehmed Zıllî serzergeran (kuyumcubaşı) iken inşa olunup merhumun ismi bâlâsındaki iki kitabeler içre tahrir olunan hatlarda künyesi ile masturdur."

Ne yazık ki içinden sükûnet ve huzurun ve murakabenin ta kendisi olan zamanı bize bir ney faslı gibi sunan bu şaheser bittiği tarihten (I. Mustafa zamanı) 1826'ya kadar ardı arası kesilmeyen ihtilâllere şahit oldu. Kinle, ihtirasla kudurmuş kitleler yedi başlı ejderhalar gibi kapısını dövdüler, avlusunun revakları altında kanlı müşavereler yaptılar. Minberlerinde en kanlı fetvalar okundu. Osmanlı tarihinin 1826 tenkiline kadar bütün mide, bünye fesadı ona doğru aktı.

Yeni Cami'nin kubbe sistemi, Sultanahmet'e yakındır. Fakat onun güzelliğini planından ziyade teferruatındaki mükemmellikte, şehrin bir sahilinde henüz karaya yaklaşmış masal gemisi duruşunda aramalıdır. Bütün XVII. asır Türkiye'si, burada yazının, tezhibin, ciltçilik sanatının mimariyi âdeta giydirdiği âhenk mucizesinde aranmalıdır. Şüphesiz burada da Sinan vardır; hattâ yan cephe hemen hemen Süleymaniye'yi tekrarlar fakat daha oynak, daha duygulu, hayatla birtakım münasebetler arıyor gibi. Yine onun mirası içinde olduğumuzu bilmekle beraber, başka bir iklime girdiğimiz ilk bakışta görülür. Bu musikiyi, bu dinamik raksı XVI. asır veremezdi. İnsan bu cepheyi seyrederken büyük muasırları, meselâ Itrî, Hâfız Post veya Seyyid Nuh'tan birer beste dinliyor hissine düşer. Bu pencereler ve kapı, bu kemerler bize Neşatî'den veya Nâilî'den birer gazel gibi gelirler.

Yeni Cami'nin bütün bir romanı vardır. Zaten XVII. asırda her şeyin bir geçmişi, bir psikolojik macerası, tesadüflere bağlı bir tarihi vardır. Zayıflayan cemiyette müesseseler de fertler gibi bir nevi istiklâl kazanır. Yeni Camii'ni, vezir değişmesi, yangın ve birçok ârıza asrıyla bir arada birleştirir. Sultanahmet Camii'nden evvel başlandığı halde IV. Mehmed devrinde biter.

III. Ahmed'in, annesi Hatice Gülnûş Emetullah Sultan için yaptırdığı Üsküdar'da çarşı içindeki cami, deniz tarafından gelirken görülen kısmı bir tarafa bırakılırsa bulunduğu yerden şehre bir şey ilâve etmez, onu sevmek için yakından, olduğu yerde, yapıldığı sarsıntılı devrin hususî güzelliği ile, dalında bir gül gibi parıldar görmek lâzımdır. III. Ahmed devrinin en güzel eseri odur. Ne Sultanahmet Çeşmesi, ne Lâle Devri'ni, devamı olan I. Mahmud zamanına bağlayan Tophane ve Azapkapı çeşmeleri hattâ o kadar zarif olan, o kadar bizim İstanbul'umuzu veren İbrahim Paşa imaretleri onunla yarışamazlar. Felâketlerinde bile o kadar zengin XVII. asrı o kapatır. –Çünkü Hekimoğlu Ali Paşa Camii birçok tecrübenin üstünden Sinan'a bir dönüştür.– Valide-i Cedid'in ısıtmaktan ziyade eşyayı süsleyen, dokunduğu her şeyi altın gurbet renkleriyle giydirip mahzun bir saltanat yapan bir akşam güneşi gibi zarif ve zengin bir hissîliği vardır. Bu hissîlik bilhassa, –bazı kabuklu meyvalar gibi– çok iyi döşenmiş, içinde ve dış avlusundan girer girmez insanı yakalayan dağılmış gül bahçesi havasında elle tutulacak kadar açıktır.

Ben bu camiin akşam saatlerini severim. Bu saatlerde bu zarif bina bir sükût musikisi olur; çarşının uğultusundan onun havasına geçer geçmez başka bir dünya başlar.

Bu sonbahar yine gittim. Cami tenha idi. Birkaç lambanın binayı doldurmayan, fakat gölgeleri iyice besleyen ışığı altında, bütün yaldızlar ve mermerler, yabancı remizler, uzak dünyalardan sadece korku getiren esrarlı işaretler gibi parlıyorlardı. Daha evvel Selimiye'de çalışmış iki gözü kör bir müezzin bu gölgeler ve esrarlı remizler diyarında hiçbir çizgisi kımıldamayan yüzüyle, benim farkına varmadığım birtakım hakikatleri yoklaya yoklaya dolaşıyordu. Hayat, şüphesiz sadece gözlerimizde değildir. Fakat, belki aydınlığın adaleler üzerindeki tesirinden mahrum olduğu için, belki insan yüzü kendi ışığıyla aydınlanmadığı için, körlerde ağzın hareketlerine varıncaya kadar her şey değişiyor, ancak cansız maddelerde görülen bir gerginlik, hiçbir sesin kıramadığı bir nevi sessizlik siniyor.

O akşam, bu görmediği için sessiz bir muamma olan ve benimle bir ışığın perdenin arkasından konuşan adamın kendi adımlarının peşinde gezinmesi, etrafındaki sırrı büsbütün arttırıyordu. İşte böyle boşluğa suallerini sora sora bana iç avlunun kapısını açtı.

Fakat çıktığım aydınlık artık demin geldiğim aydınlık değildi. Mekândan ziyade zamana ait, onunla konuşan ellerle açıldığı için çok ayrı bir dünyaya çıkmış gibi oldum. Belki de sırf bu yüzden camiin hakikî muasırları âdeta etrafımda idiler.

Valide-i Cedid'in mimarı kimdir? Bilmiyoruz. Bir gün adını öğrenirsek elbette ki Nedim'in, o zarif Ali İzzet Paşa'nın, Tâib'in, Tab'î Mustafa Efendi'nin ve Ebubekir Ağa'nın yanında onu da saymaya alışacağız. Fakat o akşam saatinde bu muasırlardan en fazla düşündüğüm Beyati Aksak Semai'siyle Tab'î Mustafa Efendi oldu.

Valide-i Cedid'e bir aşk nezri hâlini veren lezzetlerin hepsi bu küçük parçada vardır. Belki de Tab'î Mustafa Efendi'nin ve bu bestenin muasırı olduğunu bildiğim için bu camii o kadar seviyorum. Çünkü bu küçük parça musikimizin devrini aşan birkaç şaheserinden biridir.

Bu camiin yanında, çarşı içindeki Hatice Emetullah Sultan'ın türbesinde insan devir denen şeyi çok iyi anlıyor. Ne XV. ne de XVI. asırlarda böyle bir türbe yapılamazdı. Bu hissîlik, ölüme sindirilen bu kadınlık ancak geleneklerin çözülmeye başladığı bir zamanda olabilirdi. Uzaktan büyük bir kuş kafesini andıran şekli de ancak XVII. asır sonunda yavaş yavaş başlayan ve İbrahim Paşa zamanında tam kıvamını bulan o çocukça naturalizmden doğabilirdi.

Hakikatte IV. Mehmed'e, ikisi de ardı ardına hükümdar olan iki erkek çocuk veren, seferlerinde bile beraber götürdüğü –III.

Ahmed, Leh seferi esnasında ve yolda doğmuştu– kafes hayatında Afife kadınla beraber yalnızlığı paylaşan Hatice Emetullah Sultan, mimarînin ve zevkin bir fantazisi ile bugün mezardan ziyade, etrafındaki yumuşak çimeni ve mevsim çiçekleri ile bir gelin yatağında, eşsiz bir zifaf odasında yatıyor.

VI

İstanbul, büyük mimarî eserlerinin olduğu kadar küçük köşelerin, sürpriz peyzajların da şehridir. Hattâ iç İstanbul'u onlarda aramalıdır. Büyük eserler ona uzaktan görülen yüzünü verirler; ikinciler ise onu çizgi çizgi işleyerek portrenin içini dolduran, büyük tecridin kurduğu çerçeveyi bin türlü psikolojik hâl ile, yaşanmış hayat izleriyle tamamlayan eserlerdir. Şüphesiz bunlarda da asıl öz gene mimarlığındır. Fakat bu mimarlık Bayezıt, Süleymaniye, Ayasofya, Sultanahmet, Sultanselim yahut Yeni Cami gibi etrafındaki her şeye kendi nizamını kabul ettiren bir saltanat değildi: Bunlar şehrin mahremiyetinde âdeta eriyip ona karışmış hissini veren küçük camiler, medreseler, büyüklerin yanında en mütevazı nisbetlerine indirilmiş çeşmelerdir; ve zaten kendileriyle değil içlerine girdikleri terkipler güzeldirler. Birdenbire hiç beklemediğimiz bir yerde mermer bir çeşme aynası veya kapı çerçevesi, iyi yontulmuş taştan beyaz bir duvar size gülümser. İki servi, bir akasya veya asma, küçük ve üslûpsuz bir türbe, yahut küçük bir bahçe sanacağınız bir mezarlık orada tatlı bir köşe yapar. İlk bakışta tanzimi büyük bir gayrete muhtaç olmayan bir tiyatro veya opera dekoruna benzeteceğiniz bu köşe, biraz derinleştirilse, şehrin tarihinden bir parçadır. Türbede fetih günü şehit düşen bir veli yatar. Camii III. Mehmed zamanının bir defterdarı yaptırmıştır, çeşme I. Abdülhamid sarayının kadınlarından birinin hayratıdır. Yanı başındaki mezarlıkta, herkesin malı olan bir Hüvelbâki'nin altında büyük bir hattat veya musiki ustası gömülüdür.

Bu küçük köşeler kadar çekici ve zevkli şey pek azdır. Bunlar bir yığın inanç, gelenek, sevki tabiî hâline gelmiş zevk ve birçok tesadüf ve hattâ asırların ihmaliyle olmuş terkiplerdir. Gülü, serviyi, yahut çınarı yetiştiren her mevsim erguvanı kızartan, salkımların kandillerini asan, tabiatın cömertliğinden başka hiçbir israf ve debdebeleri yoktur. Onlar zaman içinde damla damla teşekkül etmiştir.

İstanbul'un Üsküdar ve Boğaziçi'nin hemen her tarafında bu cins köşelere sık sık rastlanır. Bazıları ayaklarının ucuna takılmış deniz parçasıyla bulundukları yokuştan uçmağa hemen hazır görünürler. Bir kısmı fetih yıllarından bir parça gibi asil ve eskilik havasında yaşarlar. Hepsinde ağaç, su, taş, insanla geniş ilhamlı bir ruh gibi konuşur. Bizim asıl peyzajlarımız bu köşelerdir. İstanbul halkı onları yaşarken yapmıştır. Kâinata ruhlarındaki birlik çerçevesinden bakan insanların eseridir. Pek az yerde sanat ve mimarî gündelik hayata bu kadar yakından karışır. İşte, İstanbul mahallelerinin asıl çekirdeğini bu peyzajlar yapar.

Bunların içinde birbiri peşinden geldikleri için kendilerine mahsus zamanlarıyla hakikî bir âbide hâlini alanlar vardır. Bazen bu ısrar şehrin bir ucunu baştan başa kapsar. Eski damat vezirlerin oturdukları Ayvansaray ve bilhassa Eyüp taraflarında asıl güzelliklerini yapan saraylar kaybolduktan sonra bu küçük eserler kalmıştır.

Bütün bu mezarlar, türbeler, çeşmeler, parmaklıkları, kitabeleri, mezar taşlarının yontuluşları ile sanatı, cins malzemeyi bir mevsim gibi cömertçe ortaya atarlar. Küçük Mustafa Paşa, Haseki, Cerrahpaşa tarafları, Topkapı, Silivrikapı; bütün sur boyunca Haliç'i Marmara'ya kademe kademe bağlayan bu cins eserlerle doludur.

Üsküdar'da Şeyh Yokuşu'ndan bir akşam saatinde inen adam, yalnız Ayazma Camii'ni uzak ışıkta görmekle başka bir zaman çerçevesine girebilir. Sultantepe'deki Abdülbâki Camii bu cazip köşelerdendir. Kitabesinden ve eski iki mezarından başka anılacak hiçbir şeyi olmayan bu küçük cami, sadece o tepede bulunduğu Karacaahmet'e kadar bütün manzara kendisine bağlandığı için güzeldir. Serviler caddesinin çok eski İstanbul sokağından geçerek bu camiin küçük bahçesine çıkan insanın kendisi bir keşifle dolmuş bulmaması kabil değildir. Kimdir bu Abdülbâkî Efendi? Semt halkı onu, Aziz Mahmud Hüdayi Efendi'nin damadı olarak tanıyorlar. Fakat hiçbir yerde izini bulmak mümkün değil. Ne çıkar, ibadetine seçtiği yer ve adı duruyor. Benim gibi geçmiş şeyleri sevenler ara sıra oraya gidecekler ve bahçesinde açan yediveren gülünü koklayacaklar, komşusu büyük ceviz ağacının altında oynayan kızların tatlı şamatasını dinleyecekler.

Eski medeniyetimiz dinî bir medeniyetti. Beğendiği, benimsediği adama ölümünden sonra verilecek bir tek rütbesi vardı: Evliyalık. Halkın sevgisini kazanmış adam mübarek tanınır, ölünce veli olurdu. Onun içindir ki İstanbul evliya ile doludur. Bunların başında fetih ordusunun şehitleri gelir. Onların mazhariyeti hak ve millet uğruna kazanılan rütbeden de üstündü. Çünkü bu ordu, genç hükümdarından en son neferine kadar mübarek bir ordu idi, tuğlarını İstanbul surlarının karşısına dikmeden asırlar evvel övülmüştü. Hepsi veli idiler. Biz şimdi fetih tarihini garplılardan okuyor, Fatih'in hayatındaki aksaklıkları tenkit ediyor; ilim, sosyoloji filân yapıyoruz. Eskiler işi büsbütün başka türlü görüyorlar, İstanbul'u fetheden millî hamleye ilâhî bir mahiyet veriyorlar, bu işte hiçbir izafiliğe yanaşmıyorlardı. Hemen her yerde, çoğu surların etrafında olmak üzere, fetih şehitlerinin mezarları vardır. Bunlar Türk İstanbul'un tapu senetleridir. İstanbul'da bizim hayatımız bu şehit türbelerinin etrafındaki hürmetle başladı. Bizans'ın asırlarca işlenmiş, bin türlü külfet, merasim ve âdâpla dolu, altına ve sırmaya garkolunmuş derin ilâhîli ruhaniliği dedelerimiz bu şehit türbelerinin başında yaktıkları ilk mumla yendiler. Bu suretle semt semt halkça kutlu yerler ortaya çıktı. Sonra mimarî geldi, bu kutluluğu küçük bir mescitle, biraz yaldız ve yeşil renkle giydirdi.

Fetih şehitlerinden sonra şehrin cemiyetlerin hayatına kuvvetle karışan, devrine temiz ahlâkın nefisle devamlı bir mücahede –ki ermişler dilinde buna Cihad-ı Azam denirdi– ve murakabeden doğan hikmetin, sevginin izlerini geçiren, hulâsa kendi tecrübesini başkaları için faydalı bir şey yapan büyük adam veli olurdu. Kanunî'nin süt kardeşi Yahya Efendi, ondan biraz evvelkilerden, Sümbül Sinan, onun halifesi Merkez Efendi, XVII. asrın başında bütün İstanbul'a hükmeden Celveti tarikatinin kurucusu Aziz Mahmud Hüdayi Efendi gibi.

Yahya Efendi, Kanunî'nin hususî hayatına karışacak kadar cesur ve kendini saydırmış bir adamdı. Devrinin bütün ilim adamları gibi azil, tayin ve terakkilerle geçen hayatında, padişaha darılmak ve senelerce saraya uğramamak gibi şeyler de vardır. Yahya Efendi, Beşiktaş ile Ortaköy arasında, çok saffetli bir şiirde övdüğü bahçesinde yatar.

Zaten bu velilerin çoğu hayatlarında ev, dergâh, bahçe olarak mezarlarını hazırlarlar. Yaşadıkları ve ibadet ettikleri yerler, onlar için bir çeşit koza gibidir. Onların mezarlık hâline gelmesi, daha sonra ruhaniyetlerinden feyz almak isteyenlerin de onlara komşu olmayı tercih etmelerindendir. İlâhî mağfiret Yahya Efendi dergâhında âdeta güzel bir insan yüzü takınır. Ölüm burada, hemen iki üç basamak merdiven ve bir iki setle çıkılıveren bir bahçede hayatla o kadar kardeştir ki bir nevi erme yolu, yahut aşk bahçesi sanılabilir. Yahya Efendi dergâhını kendisine mahsus zamanı olan ilhamlı yerlerin başında saymalıdır.

Bahçe zevki bu devrin büyük merakıdır. Devrinde çok meşhur bir beyit yüzünden ve biraz da hayatının tesadüfleriyle Deli Birader adı verilen şair Gazâlî de Beşiktaş'ta bir cami, bir hamam ve bir bahçe yaptırmıştı. Bu bahçe ve ağaç meraklıları içinde en zarifi, İstanbul'un iklimini en iyi duyan ve seveni, Kanunî'nin veziri Siyavuş Paşa'dır. Çatalca civarında yaptırdığı köşkün etrafını bir erguvan korusu ile çevrilmişti.

Sümbül Sinan, II. Bayezıt'ın veziri Koca Mustafa Paşa'nın camiini zaptetmiştir.

Daha iyisi, bu semti İstanbul peyzajının şairinden dinleyelim:

Ahiret öyle yakın seyredilen manzarada,
O kadar komşu ki dünyaya duvar yok arada
Geçer insan bir adım atsa birinden birine,
Kavuşur karşıda kaybettiği bir sevdiğine.
....
Ne ledünni gecedir! Tâ ağaran vakte kadar,
Bir mücevher gibi Sümbül Sinan'ın ruhu yanar.

Fakat bu camiin bahçesi küçük bir Panthéon'dur:

Sarmaşıklar, yazılar, taşlar, ağaçlar karışık,
Hâfız Osman gibi hattatla gömülmüş bir ışık,
Bu mezarlıkta siyah toprağı aydınlatıyor,
Belli, kabrinde o, bir nura sarılmış yatıyor.

Bu camiin bahçesine girenler, onun havasında dolaşanlar bu Koca Mustafa Paşa'nın II. Bayezıt'ın berberi olduğunu ve kapıcıbaşısı iken suret-i hususiyede gönderildiği İtalya'da Cem Sultan'ı zehirlemeye muvaffak olduğu için vezirliğe erdiğini ve belki de Gedik Ahmed Paşa gibi büyük bir gazinin öldürülmesinde rol oynadığını bilmem hatırlar mı? Fakat kiliseden değiştirilmiş cami, o küçük kabristan, Sümbül Sinan'ın kendisi, yanı başında etrafı Yesarî yazısıyla çevrilmiş, yıldırım vurmuş çınar orada İstanbul'un en güzel manzaralarından birini yapar.

Şüphesiz yarın bu peyzaj da değişecek. Şimdi çorap atelyesi filan gibi şeyler olan o eski harap konaklar ortadan kalkacak, yerlerini modern atelyeler alacak, iş şartları değişmiş, dünyaya başka gözle bakan insanlar Sümbül Sinan'ın etrafında yaşamaya başlayacaklar; fakat Yahya Kemal'in merhamet ve sevgi şiiri asırların yığdığı bu havayı bize muhafaza edecek.

Sümbül Sinan'ın halifesi Merkez Efendi, surların dışında kendi yaptırdığı camiin ve kendi bulduğu bir ayazmanın yanında yatar. Yazık ki çocukluğumun hâtıraları arasında kuytu ve haşyetli rahmaniyetine güçlükle yaklaşılan bir kürsü gibi parıldayan bu Müslüman 'asklepion'u artık kaybolmuştur. Ziyareti o kadar karanlık yapan ağaçlar kesilmiş, avludaki dergâh hücreleri yıkılmış, kuyu kapatılmış, hulâsa sırrın kendisini yapan unsurlar ortadan kalkmıştır. Mimarîsiz, düz bir kışla odasında yatan birkaç ölü ile ayazmanın derindeki havuzuna bakan silik yaldızlı kafesi ancak görülen çile odası duruyor.

Merkez Efendi bu kafesin arkasında, bu yeraltı havuzunun gümüş parıltılarla yer yer bulanan ve bir kurbağa gözü gibi aydınlık menevişlerle dolu defne yeşilini ve belki de benim çocukluğumda, öğrettikleri şekilde yiyecek şeyler attığım balıkların gidiş gelişini seyrede seyrede büyük hikmet murakabelerine dalar, hatimlerini indirir, uzun ve ıssız kış gecelerini bitmez tükenmez duaların zinciriyle sabaha ve güneşe doğru çekerdi.

Üstüne eğildikleri *Kur'an* sayfalarının aydınlığını benimseyen ve ferdî çizgilerini böylece onda erittikleri yüzleri, bize artık bir insan yerine iyi tezhip edilmiş bir Fatiha gibi ilhamlı ve rahmanî görünen bu insanlar, eski medeniyetimizin belki en güzel ve en iyi taraflarıydı.

Onların sayesinde devirlerin sert hayatı yumuşuyordu. Zaten devirlerinin asık yüzünde bir şefkat tebessümüne benzerlerdi. Bazen abese kadar giden Müslüman merhametinin ve müsamahasının en güzel misaliydiler.

Merkez Efendi'ye zamanın yaptığı azizliği I. Ahmed devrinin belki hükümdar kadar nüfuzlu olan manevî saltanatı Aziz Mahmud Hüdayi Efendi'ye II. Mahmud'dan başlayan derin hürmeti yapar. Üsküdar'da Doğancılar'ın biraz altındaki Aziz Mahmud Hüdayi külliyesi Tanzimat mimarîsinin zevksizliğine en büyük misaldir. Kış bahçesi kılıklı camekânlarıyla, karşısındaki kadîm eserler müzesi taklidi bina ile Bursalı Üftade'nin müridi, Aziz Mahmud Efendi'nin ne münasebeti vardır? Bu binalar ikinci imparatorluk devrinin o meşhur arması gibi her ruh ve mânaya yabancı kalıplardır. Ben Aziz Mahmud Hüdayi Efendi'yi, Sultanahmet Camii'nin temelleri arasında tahayyül ediyorum. Zaman zaman benim için oradan çıkar ve hiçbir hikmetin tesellî edemeyeceği bir hüzünle o çok sevdiğim beytini tekrarlar:

> Günler gelip geçmekteler,
> Kuşlar gibi uçmaktalar.

Evet, günler gelip geçtiler. Fakat zamana sevgi ve inançlarının izini geçirenler hâlâ aramızdalar; adları ve hayatları bize manevî ufuk oluyor. Artık Sümbül Sinan'dan dünya işlerimiz için medet ummuyoruz; fakat onu ve benzerlerini, hayat karşısındaki durumlarıyla seviyor ve övüyoruz.

Zaten devirlerinde bile bu ermişlerin mânası biraz da millet hayatımızı tebcil değil miydi? Kendisinin ebedî olduğuna inanan bir topluluk, bu mukaddes ölülerle ahret ülkesini fethediyor, geniş imparatorluğunu onlarla ebediyette parça parça kuruyordu. Unutmayalım ki Bursa ve İstanbul, eskiler için Mekke ve Medine kadar mübarek şehirlerdi.

VII

Resmî hayatın da kabul ettiği ve yükselttiği, padişahlardan hürmet gören, kendilerine hususî tekkeler yaptırılan büyük salâtin camilerinde vaazlar veren bu velilerin yanı başında bir de cezbeleriyle cemiyet hayatını alt üst eden, ikide bir Sünnî ulemanın aleyhlerinde verdiği fetvalarla, bazen kalabalık mürit kafileleriyle beraber idam edilen az çok ayırıcı tarikatların şeyhleri olan veliler vardır. Dinin her şey olduğu bu gecikmiş Ortaçağ'da bütün aksülameller onun bünyesinde oluyordu. Çoğu Müslümanlığı yeni kabul eden ve halkının büyük bir kısmı hâlâ muhtelif dinlerde olan Rumeli vilâyetlerinde, daima dinler ve tarikatlar anası olan ve Babâî hareketinden sonra Alevî temayülleri bir daha söndürülemeyen Anadolu'nun bu cezbeli hareketlerinin tesiri derhal görülüyordu. Asıl garibi bazen padişahlardan başlayarak –Fatih'in hurufiliğe olan temayülü gibi– büyük devlet adamlarının da bu tarikatlere besledikleri sevgiydi. İslâmlığın tek ve esaslı şart olarak yalnız Allah'ın birliğini kabul etmesi, bir yığın karışık itikadın ve tefsirin bünyesine girmesini kolaylaştırıyordu. Şüphesiz burada iktisadî şartların, hayattaki emniyetsizliğin de tesiri vardı. Alelâde fertler gibi her büyük devlet adamı da bir tarikata mensuptu ve orduda, divanda, halk arasında bunlar kendi başlarına bir confrerie yapıyordu. Bu confrerie hayata bir çeşit muvazene bile getiriyordu. Fakat ahlâkıyla, ibadetiyle, ölçülü mistisizmi ile böyle kendini kabul ettiren şeyhin halifesi veya oğlu birdenbire cezbeyi arttırıyor, o zaman işler sarpa sarıyordu. En tehlikelisi bu tesirleri, efradının çoğu devşirme, binaenaleyh yeni Müslüman olan ordu içine girmesiydi. O zaman zarurî olarak şiddetli tedbirler başlıyordu.

Fakat bugün öldürülene ertesi günü türbe yapılıyor, öldürüldüğü yere daha o gece mum yakılıyordu. Daha ziyade Bayramiye tarikatının Melâmîye kolundan gelen bu cins şeyhlerin arasında en meşhuru Aksaraylı Pir Ali'nin oğlu olan, güzelliği dolayısıyla Oğlan Şeyh denen İsmail Mâşukî idi. Büyük bir cezbe sahibi olan İsmail Mâşukî, At Meydanı'nda (şimdiki Defterhane'nin hemen yanında) başı kesilerek öldürülmüş ve cesedi denize atılmıştı. Buraya sonradan bir merkat yapıldı. Dalgaların Rumelihisarı'na götürdüğü iddia edilen ceset de Küçük Bebek'le Rumelihisarı arasına gömüldü.

XVII. asırda Melâmîlik İstanbul'un içinde almış yürümüştü. Yahya Kemal'in:

> Uzlette bir muhavere geçmişde gayret hâfi,
> Gaybi'ye söylemiş bunu İdris-i Muhtefî

beytinde o kadar güzel şekilde birleştirdiği şair Gaybî ile şöhreti bütün İstanbul'u tuttuğu ve devrini gerçekten telâşa verdiği halde kendisini Sultan Selim'in konağında dindar, sakin ve çok zengin bir tüccar hayatında gizleyen İdris-i Muhtefî, gavs oluklarına bütün müridlerin inandığı bir Melâmî şeyhlerindendir. Atâyî'nin isim zikrederek anlattığı bir fıkraya, daha iyisi şehadete göre bu İdris-i Muhtefî hadsiz hesapsız bir servet sahibi imiş. Öyle ki ölümünden sonra terekesini yazmaya giden, bir hafta uğraştıktan sonra bütün bu serveti teker teker yazamayacağını anlayınca cinsine göre tesbit etmiş.

Mesnevî şârihi Sarı Abdullah Efendi, Nedim'in ilk büyük ve güzel kasidesini yazdığı Şehit Ali Paşa –Mora'nın ikinci fâtihi– hep Melâmî gavsı idiler.

VIII

Eski İstanbul'da mimarînin saltanatına rekabet eden başka güzellik varsa, o da ağaçlardı. Fakat buna rekabet denebilir mi? Doğrusu istenirse, ağaç, mimarîmizin ve bütün hayatımızın en lutufkâr yardımcısıdır. Beyaz mermerle, yontulmuş taşla uyuştuğu kadar, harap çatı ile, süsleri bakımsızlıktan kaybolmuş, yalağı kırılmış çeşme ile de uyuşmasını bilir. O güneşin adına söylenmiş bir kasideye benzer.

İstanbul'a gelen seyyahların hepsi ağaçlarımızın güzelliğinden bahseder. Lamartine'in Théophile Gautier'nin İstanbul'u, Lady Craven'in İstanbulları ağaçla, yeşillikle doludur. *Şark'ta Seyahat*'i okurken insana çok defa Lamartine'in bir bahçeden bahsettiği duygusu gelir. Eski gravürlerde, estamplarda görüldüğü gibi bazen bütün bir mahalle tek bir ağacı açmak, yahut bir korunun yeşili arasında kırmızı çatının hendesî şeklin farkını koymak için yapılmış zannını verirdi.

Büyük mimarlarımız ise, daima eserlerinin yanı başında, birkaç çınar veya serviyi eksik etmezlerdi; gür yaprağın tezadı onların en güzel terkiplerinden biriydi. Bazıları daha ileriye gider; cami veya medrese avlusunun hendesî cenneti ortasında çınarın, servinin yetişmesi, gülün açması, sarmaşığın halkalanması için yer ayırırdı. Zaten eski Türk bahçesinde, üslûp –bahçe olarak– bu idi. Mimarlık ile ağacın bu işbirliğinin şimdi İstanbul'da en iyi, galiba biricik örneği, eski saray köşklerinin arasına sıkışmış olanlar bir yana, Süleymaniye müzesinin avlusudur.

Küçük, büyük her çeşmeyi iri gövdeli bir çınar yahut servi beklerdi. İşlenmiş mermerin üstüne aydınlığın nimeti onun fırınında pişmiş taze bir ekmek gibi düştüğü gün, mimarî kendisini bulmuş sanılır. Mimarın veya hayrat sahibinin diktiği ağacın büyüdüğünü görüp görmemesinin ehemmiyeti yoktu. Dikilmiş olduğunu bilmesi yeterdi. Bilirdi ki toprağa emanet edilmiş bir ağaç, mahalleye, semte, hattâ cemiyete ve bütün bir imana emanet edilmiş bir değerdir.

Bazen bu çeşmenin haznesi küçük bir set olur, namazgâh teşekkül ederdi. Balıklı'ya giden yolda küçük mezarlığıyla bunlardan biri vardır. Fakat benim en sevdiğim Küçük Çamlıca'da altında

Avcı Mehmed devrinin bir çeşmesi akan settir. Bu ilhamlı taraçanın Marmara'ya bakan tarafında güneşin altında benekli bir hayvan sırtı gibi kabaran Çifte Kartal sokağı vardır. Bu adı nereden vermişler? Acaba IV. Mehmed'in av merakının bir yadigârı mı? Yoksa aynı hastalığa tutulmuş bir başkasından mı geliyor? Yahut sadece tesadüfün bir cilvesiyle mi bu çeşme ile sokak birleşiyorlar? Şurası var ki, IV. Mehmed Çamlıca'yı seviyordu ve bu namazgâhın civarında köşk, hattâ bir de cami yaptırmıştı. Hal'inden evvelki sıkışık günlerde bu tarafta avlanmıştı.

Ağaç sade mimarlık zevkimize ve şehirciliğimize girmez. Eski şiirin mücerret dünyası bir halı desenine benzeyen servi, çınar, kavaklarla doludur. Fakat asıl büyü masallarda geçer. Çocukluğumda dinlediğim bir masalın şehzadesi, kulaktan aşık olduğu peri kızına, altında akan bir çeşme ve yanı başında Bâkî'nin boyunu posunu o kadar hayranlıkla övdüğü cinsten bir servi bulunan, yukarıda anlattığımız cinsten bir namazgâhta kavuşur. Öğrettikleri gibi çeşmeden abdest alır, ağacın dibinde namaz kılar ve dua ederken, üç defa üst üste: "Mersina, uzat saçının bir telini, al Mustafa'yı yanına..." diye bir ses işitir. Servinin derinliklerinden üç defa: "Alamam, dayıcığım, insan oğludur, çiğ süt emmiştir." cevabı gelir. Fakat dördüncüsünde serviden bir saç teli uzanır. Masalın sonunda Mersina çiğ sütle beslendiği için unutkan olan aşığına kendisini hatırlatmak için, üzerinde aynı çeşme ile servinin tasvirini –tabiî gözyaşlarıyla– dokuduğu bir seccade gönderir, o da başını bu seccadeye kor koymaz aynı sesi işiterek Mersina'yı hatırlar ve ona döner.

İki ağaç Türk muhayyilesinde ve hayatında izini bırakmıştır: servi ve çınar. Şehrin bilhassa dışarıdan görünen umumî manzarasını daha ziyade Karacaahmet, Edirnekapısı, eski Ayazpaşa ve Tepebaşı gibi servilikler yapardı. Boğaziçi'ndeki o çok uhrevî köşelerle, bazı peyzajlar da çınarların etrafında toplanırdı. Eyüp servilikleri bütün Haliç manzarasına üslûbunu verirdi. İstanbul peyzajındaki asîl hüznü biz bu iki ağaçla, çam ve fıstık çamlarına borçluyuz. Hissî terbiyemizde onların büyük payı vardır.

En çok sevdiğim ağaç çınardır. Geniş, pençe pençe yaprakları, munis dev gövdeleriyle onlar bana Peçevî'nin anlattığı o sefer meşveretlerinde söz alan, kumandanlara yol gösteren, akıl öğreten serhat gazilerini hatırlatır.

Gerçeği de bu ki her çınarda bir dede edası vardır. Onlar toprağımızın hakikî gururudur; belki dedelerimiz o heybetli vakarı, o dağ sükûnetini onlardan öğrendiler. Onun için Yahya Kemal'in Itrî'yi eski çınarların mektebinden yetiştirmesini çok iyi anlıyorum.

> O dehâ öyle toplamış ki bizi
> Yedi yüzyıl süren hikâyemizi
> Dinlemiş ihtiyar çınarlardan...

İstanbul gittikçe ağaçsız kalıyor. Bu hâl, aramızdan şu veya bu âdetin, geleneğin kaybolmasına benzemez. Gelenekler arkasından başkaları geldiği için veya kendilerine ihtiyaç kalmadığı için giderler. Fakat asırlık bir ağacın gitmesi başka şeydir. Yerine bir başkası dikilse bile o manzarayı alabilmesi için zaman ister. Alsa da evvelkisi, babalarımızın altında oturdukları zaman kutladığı ağaç olamaz...

Bir ağacın ölümü, büyük bir mimarî eserinin kaybı gibi bir şeydir. Ne çare ki biz bir asırdan beri, hattâ biraz daha fazla, ikisine de alıştık. Gözümüzün önünde şaheserler birbiri ardınca suya düşmüş kaya tuzu gibi eriyor, kül, toprak yığını oluyor, İstanbul'un her semtinde sütunları devrilmiş, çatısı harap, içi süprüntü dolu medreseler, şirin, küçük semt camileri, yıkık çeşmeler var. Ufak bir himmetle günün emrine verilecek halde olan bu eserler her gün biraz daha bozuluyor. Âdeta bir salgının, artık kaldırmaya yaşayanların gücü yetmeyen ölüleri gibi oldukları yerde uzanmış yatıyorlar. Gerçek yapıcılığın, mevcudu muhafaza ile başladığını öğrendiğimiz gün mesut olacağız.

Ne olurdu, çocukluğumda tanıdığım o her şeyi bilen, bir kere öğrendiğini bir daha unutmayan meraklı ihtiyarlara benseydim! Burada İstanbul'un ağaçlarından sadece şikâyetle bahsetmez, onları tanıtır, Bentler'den, hattâ Belgrat Ormanı'ndan Çamlıca'ya İçerenköyü'nden Çekmeceler'e kadar bütün bahçeleri, koruları, bir uzleti tek başına bekleyen ulu ağaçları, Çamlıca köşklerinin debdebesinden son kalan ve çok yüksekten açılmış şemsiyeleriyle yaz gecelerimizi dolduran o geniş nefesli gazellere benzeyen fıstık ağaçlarını, yumuşak kokulu ıhlamurları, sararmış endamları İstanbul sonbaharlarına sarı kehribardan aynalar biçen kavakları, sade isimleriyle İstanbul semtlerine şahsiyet ve hâtıra veren sakız ağaçlarını, küçük taş basamaklı sur kahvelerinin süsü asmaları teker teker sayardım.

IX

İstanbul'un asıl iç manzarasını şehnişinleri, cumba ve çıkmalarıyla, saçak ve sayvanlarıyla, bir kadife gibi yumuşak çizgileri ve süsleriyle çok renkli olan bu sivil mimarî yapardı.

Yazık ki bu mimarîden pek az şey kaldı. Fetihten sonra ilk yerleşmelerin zarurî acelesi ile yeni mahalleler ahşap yapılmıştı. II. Bayezıt'ın ilk saltanat yılındaki büyük zelzelenin ve onu takip edenlerin verdiği korku, iktisadî buhranlar, bu tarzın sonuna kadar devamına sebep oldu. –İstanbul daima fakiri bol bir memleketti.– Gariptir ki biz İstanbul'u tahta binalarla doldurduğumuz ve bunu şehre yerleşmek sandığımız devirden bir iki asır evvel Garp şehirleri işi kârgir binaya dökmüşlerdi. Buna rağmen ilk vezir ve sultan sarayları, zengin konakları taştandı. Fakat yapmasını çok iyi bilen ve seven şark muhafaza etmesini bilmez. Sultanahmet Camii'nin yapılması için beş vezir sarayı birden yıkılır. Şüphesiz ki bu cami ile hakikî bir şaheser kazandık. Fakat Kanunî devri gibi en parlak devrimizde yapılan bu sarayların ne olduğunu bilmiyoruz. İbrahim Paşa Sarayı'nın bize kadar gelen kısımlarından bu binaların ne kadar muhteşem eserler olduğunu tahmin edebiliriz. Bu gibi meselelerde verdiği malûmat, mübalağasına rağmen, çağdaşlarınınki ile karşılaştırılınca doğru söylediği anlaşılan Evliya Çelebi kendi zamanında İstanbul'da otuz dokuz vezir konağı sayar. Ve bunlardan on birinin Sinan yapısı olduğunu söyler. Bu sultan sarayları, konaklar, zengin evleri

Divanyolu'ndan Sultanahmet ve Akbıyık'a ve bugünkü Sirkeci'ye, Kumkapı ve Kadırga'ya, Süleymaniye ve Şehzadebaşı'na, oradan Fatih ve Edirnekapı'ya, Aksaray kolunda Koca Mustafa Paşa ve Yedikule'ye kadar iniyordu. Ayvansaray ve Eyüp tarafları da böyle konak ve bilhassa yalılarla dolu idi. Bugünkü Atatürk Bulvarı'nın Unkapanı'ndan Zeyrek'e kadar uzanan tarafında gördüğümüz setler, bu sultan ve vezir konaklarının arsa ve bahçeleridir.

O zaman saray adı verilen bu konaklarda sahibinin zenginliğine göre altmış, yetmiş, bazen yüz cariye ve köle ve bir o kadar kapı halkı besleniyordu. Defterdarlar, reisülküttaplar, kazaskerler, kadılar da zengin halkla beraber aynı şekilde ve o büyüklükte evlerde yaşıyorlardı. Bunların bazılarının daha XVI. asırdan itibaren Haliç'in iki yakasında, Kadırga'da ve XVII. asırda Boğaz sahillerinde yalıları, Boğaz tepelerinde ve Kadıköy taraflarında bugünkü Moda'ya Fenerbahçe'ye kadar uzanan yerlerde bağ ve bahçeler içinde köşkleri vardı. Atâyi, yukarıda adı geçen İdris-i Muhtefi'nin Sultanselim'deki konağının bir mahalle kadar büyük olduğunu ve içinde bir mahallelik insan yaşadığını söyler. Fındıklılı Mehmed Ağa, IV. Mehmed'in hal'inden sonra çıkan ve Siyavuş Paşa'nın katliyle neticelenen ocaklı azgınlığını anlatırken bu vak'ada iyice zedelenen bu sarayın güzelliğini, sedef kakmalı ve işlemeli kapı ve dolap kapılarının işçiliğini öve öve bitiremez.

Bütün bu saray ve konaklar, beş altı yıl aralıklarla çıkan, bazısı da ocak isyanlarının sebep oldukları yangınlarda yanar. Yangından kurtulanlar da malzemenin kendisi yüzünden harap olur. Yeniçerilerin arasında kul kırma tabiri yayıldığı devirlerde ise –bilhassa II. Osman ve Abaza Vak'ası'ndan sonra, bütün XVII. asır boyunca ocaklıda bu kuşkulanma vardır– o zamanlar şehirde itfaiye vazifesini de gören ocak bazen yangınlara tamamiyle lâkayt kalıyor, şehrin yanmasını rahatça seyrediyordu. Zaten çok defa çapul yüzünden yangın unutuluyordu. Bazen de ocaklı, yangın çıkarıyordu. 1826 tenkilini takip eden bir iki yangın böyle idi. 1650 tarihindeki isyanda Samsoncu Ömer şehrin yakılmasını ocak elebaşılarına açıkça teklif etmişti. Bu yangınlar yüzünden şehir hemen otuz senede bir yeni baştan yapılıyordu. Fakat, halı, kumaş, kürk, sanat eşyası, yazma kitap, mücevher her yangında bütün bir servet kendiliğinden kayboluyordu. Bütün bunlara rağmen ne kârgir binanın zarureti kabul edilir ne de sokakların araları açılır.

Hattâ ele fırsat geçmişken dahi şehrin boğuntudan kurtarılması düşünülemez. Raşid, III. Ahmed'in zamanındaki bir sultan düğününde çeyiz arasında bulunan nukul dedikleri gümüşten ağacın, Edirnekapı'daki saraya götürülmesi için yıktırılan evlerin sonra padişahın merhamet ve adaletinden dolayı aynı şekilde yaptırıldığını büyük bir ehemmiyet vererek söyler.

Kaldı ki, işlerin bozulduğu XVII. asırdan itibaren bilhassa devlet adamları arasında büyük bina yaptıranlar hoş görülmüyordu. Taştan binaya ise şark hasedi "şeddadî bina" adını vermişti.

Ölen veya öldürülen devlet adamlarının mallarına el koyma usulü yüzünden servet bir türlü toplanmıyordu. Devletin sıkıntılı zamanlarında bu cins büyük binalar zarurî olarak ihmal ediliyordu. Bütün bu sebeplerle asırlarca hayatımıza şekil veren, zevkimizi idare eden insanları kendi çerçeveleri içinde görmemizin imkânı yoktur. Ne Bâkî'nin, ne Nefî'nin oturduğu evi biliyoruz. Nedim'in:

> Münasibdir sana ey serv-i nâzım hüccetin al gel,
> Beşiktaş'a yakın bir hâne-i viranımız vardır.

diye yarı şaka, sevgilisine hediye etmek istediği evi, Nâilî'nin:

> Kadem kadem gece teşrifi Nâilî o mehin
> Cihan cihan elem-i intizara değmez mi?

beytini tatlı üzüntüsüyle yine, sevgilisini beklediği ev veya konağı bugüne kadar gelselerdi, elbette bu şairleri başka türlü tanırdık. Sinan, Itrî, Sadefkâr Mehmed Usta, Seyyid Nuh, Hâfız Post, bugün şehrin içinde sadece birer isim, yahut kalmışsa mezarlarıyla mevcutturlar.

Her şehir üç, dört yüz senede bir değişir. Eğer medeniyet dönümleri için ortaya atılan nazariye doğru ise bu değişiklik beş asır içinde tam bir devir yapar ve eskiden pek az şey kalır. Bu itibarla bütün hâtıraların tam muhafazası imkânsızdır. Fakat biz en yakın zamanları da aynı şekilde kaybettik. III. Selim'in silahtarlarına yazdırdığı *Sahilname*'lerdeki yalılar, ne de II. Mahmud'un Anadolu kıyısında yaptığı binişlerde uğradığı Üsküdar semtlerindeki yalı ve konaklar kaldı.

Bu XIX. asır Üsküdar'ı bu yalı ve konaklarla elbette "Hayal Şehir"in:

Az sürer gerçi fakir Üsküdar'ın saltanatı

mısraında anlatılan Üsküdar değildi. Yeni bir zevkle yapılmış ve döşenmiş, eskilerden çok başka şekilde kibar hayatlarını, bütün bir hatıralar silsilesinden bildiğimiz Tanzimat yılları, köşkleri ve konakları da aynı şekilde gitti. Sahip Molla'nın gençliğinde ziyarete gittiği Reşid Paşa'yı bir sabah sarı şellakî entari, sarı Şam hırkası, parmağında da sarı yakut yüzükle gördüğü ve yıllardan sonra Boğaz vapuru ile önünden geçerken, oturduğu odayı etrafındakilere gösterdiği ilk yalı, borçlanıp hazineye elli bin altına sattığı ikinci yalısı, Fuad Paşa'nın, Âli Paşa'nın yalıları, ne de Midhat Paşa'nın arsası bütün bir mahalle olan Şehzadebaşı'ndaki konağı kaldı. Şirvânizâde Rüştü Paşa Konağı, Ağa yokuşunda, Ekşi Karadut'ta imiş. Devrinde bir yığın para dedikodusuna sebep olan oğlunu ziyarete giden Ebüzziya, İngiliz usulü döşemelerini ve kütüphanesini uzun uzadıya *Genç Osmanlılar*'da anlatır. V. Murad, Abdülaziz'in son yıllarında bir hastalık yüzünden hava tebdili için, Üsküdar'daki Mermerli Yalı'da misafir kalmış ve oradan Midhat Paşa'ya, Ebüzziya'nın hikâyesini anlattığı mektubu yazmıştı. Abdülhak Hâmid'in hâtıralarında bahsettiği Küçük Bebek'teki ailesine ait olan üç yalı, II. Mahmud'un son hastalığında uzun müddet kaldığı Bağlarbaşı ile Çamlıca arasındaki büyük saray, Fazıl Mustafa Paşa'nın yine Çamlıca'daki köşkü, Abdülhak Molla'nın, Sami Paşa'nın köşkleri, bir imparatorluğun yıkılışı pahasına Boğaz'ı süsleyen Mısırlı malikâneleri hep yangında, ona benzer kazalarla, bazen de parasızlık ve ihmal yüzünden kayboldular. Öyle ki bugün dışarıdan görünen manzarasıyla hasta bir istakoza benzeyen Meşruta Yalı ile Kanlıca'da bulunan ve Lâle Devri'ne kadar çıktığı söylenen Kadri Cenanî Bey Yalısı ve Emirgân'daki Mirgün yalısının parçası, Akbıyık'ta şimdi polis karakolu olan Hamamî İsmail Dede'nin evinin harem kısmı, Sütlüce'nin üstünde Şeyh Galib'in evi olduğu söylenen büyük ve harap konak gibi birkaç eser istisna edilirse eski devirlere ait hemen hemen pek az şey bulabiliriz.

Bununla beraber İstanbul'da hâlâ geçmiş zamanı ve hayat veren birkaç köşeye insanıyla beraber rastlanır. Bir gün adı II. Mahmud devrine karışan bir şeyhin hayatına dair bir şeyler ararken Abdülhamid-i Evvel'in maktul veziri Halil Hâmid Paşa'nın torunlarından Hayrullah Bey isminde bir zatta bu adamın bazı hâtıraları bulunduğunu söylediler ve evvelce Şâzeli tekkesi olan Hırkaişerif'teki evinin adresini verdiler. Ev oldukça haraptı, fakat üslûp bir asır evvelini muhafaza ediyordu. İçindeki havanın daha evvellere çıktığını kapıdan girince anladım. Eski âyin yeri olan asma katın trabzanlı sofası o kadar eski ve her şey âdeta öyle yerli yerinde idi ki insanın her merdiven gıcırtısında büyük ve üst üste gelen dalgaların uğultusunu andıran eski zikirleri hatırlamaması kabil değildi. Üst katın sofasında ise bir hayli kuş kafesi vardı. Hayrullah Bey'le çabuk dost olduk. Alnındaki urla, beyaz, geniş sakalıyla Michel Ange'ın Musa'sından değişerek gelmiş hissini veriyordu. Hayatımda bu kadar temiz ve saf insan görmedim. Bir gün bana sabahları zikir ve semâ ederken kuşlarının da beraberce zikir ve tehlil ettiklerini söyledi. Hattâ ricam üzerine bunu bana gösterdi de. O karşımda döner dönmez bir lahzada geniş sofa sanki bir gül fırtınasına tutuldu. O gün gördüğüm şey eski hayatımızla en mesut tesadüflerimden biri oldu. Hayrullah Bey'in bende eski üslûpla seci'li ve kendisinden aldığım şeyh mektuplarının neşe ve hafif alayı ile yazılmış son derecede safdil bir mektubu vardır. Ne zaman kâğıtlarımın arasında rastlasam semâîn ve zikirlerin ritmini tutan bir kuş seslerini duyar gibi oluyorum.

X

Ne gariptir ki hayatımızı o kadar çıplak bırakan yangın Tanzimat'tan sonra İstanbul'da şehirli arasında bayağı bir çeşit zevk yarattı. Kırmızı ceketli, yarı çıplak, ellerindeki kargı kadar ince köşklüler koşarak bağırdıkları o korkunç "Yangın var!" sesi duyulur duyulmaz bu işin amatörü olan insanlar, tanınmış beyler ve paşalar yangın seyrine çıkarlardı. İçlerinde arabasını koşturarak gidenler, yanlarına üşümemek için mevsimine göre sırtlarındaki kürkten başka battaniye götürenler, kaminota denen ispirto lambaları ile kendilerine seyir esnasında kahve hazırlatanlar bile vardı. Benim çocukluğumda Şehzadebaşı'nda epeyce itibarlı bir paşa böyle atı ve arabasıyla yangına gidenlerdendi. Yalnız paşa, kahve değil çay meraklısı olduğu için arabasında semaver bulunurmuş.

> Eyledim icâd bin yangın bir âteşpâreden

mısraının sahibi Naci, kitaplarının *Ateşpâre, Şerare* gibi isimlerine ve şiirlerinde yangın, ateş kelimesine verdiği yere bakılırsa, belki de bu amatörlerdendi. *Zehra* ve *Kara Bibik* sahibi Nâbizâde Nâzım'ın Fikret'ten evvel aruzun büyük virtiözü olan İsmail Safa Bey'in Abdülhamid devrinde bu amatörlerin en fazla tanınanları arasında oldukları söylenir. İsmail Safa Bey'in, Recaizâde Ekrem Bey'in yakınlarda yıkılan İstinye'deki yalısında misafir olduğu bir gece yarısı böyle yangına gitmek için ev sahibini epeyce zorladığını bana birkaç kişi birden nakletti. Ne yazık ki onun bu zevkinden Türkçe'de yalnız:

> Karşımda yangın olsa ısıtsam vücudumu

mısraından başka bir şey kalmadı. Zaten Namık Kemal'in *Cezmî*'sindeki, şahsî müşahadenin hissesi bilinmeyen tasvir istisna edilirse bütün edebiyatımızda yangın yok gibidir. Bazı ecnebi seyyahlar da yangın meraklısı idiler. Hattâ III. Selim zamanlarında İstanbul'a gelen Dallaway bunu açıkça itiraf ederken pek az şeyin bu kadar güzel olduğunu söyler.

Biri kendi mahallemde olmak üzere ben de birkaç yangın gördüm. İşin içindeki trajik tarafı düşünmeden konuşmak imkânı varsa başta Neron olmak üzere bütün bu acayip zevkin amatörlerini pek de haksız bulmadım diyebilirim. Sonuncusu en hazini oldu. Bir gece Cihangir sırtlarından eski Sabiha Sultan yalısı ve Meclis-i Mebusan olan Güzel Sanatlar Akademisi'nin yandığını gördüm. Bir saatten fazla süren ve bir yığın infilâkla etrafını kıvılcım yağmuruna boğan bu acayip mahşerde havaya doğru bir lahzada yükselen ve devrilen alev ve duman sütunları arasında II. Mahmud devrinin en güzel binalarından biri, bir yığın hâtıra, çalışma eseri ve koleksiyonla bilhassa bir daha elimize geçeceğini hiç sanmadığım ve her gün dakikalarca karşısında hayran hayran durup seyrettiğim emsalsiz derecede güzel bir Velasquez ve bir Goya kopyasıyla beraber kül oldular. Bu iki kopyaya ve bilhassa yalının geniş yayvan sofasına hâlâ yanarım. Böyle yananlar arasında bir de o kadar çok şey vaat eden Midhat'ın en güzel eserlerinden biri olan Ingres'in Pınar kopyası vardı. Yangının devamı boyunca hep, kendi gençlik günlerimin böyle yanışını seyretmiş olmanın şaşkınlığı içindeydim.

Tulumbacı dediğimiz ve şimdi bize bir daha dönmeyecek şeylerin büyüsü ve rengi ile beraber geldiği için biraz da yokluğunu yadırgadığımız, yalnız İstanbul'a mahsus o çok acayip ve süzme külhanbeyi tipini de bu korkunç âfet doğurmuştu. Eski İstanbul nasıl bir tarafı ile yeniçeri ise Tanzimat'tan sonraki İstanbul'un bütün bir tarafı da az çok külhanbey idi. Bazı küçük esnafın, sokak satıcılarının mânilerini ve destanlarını o kadar ince ve zarif yapan, onların ağzına kendine mahsus bir konuşma ve yaşama üslûbu veren, yatağana mukabil saldırmalı ve bıçaklı, sırasına göre uysal, vefalı, kendi aralarında çok disiplinli ve haddinden fazla zalim, namuslu kadına hürmetkâr, bir kere büyük tanıdığının karşısında daima boynu bükük, alabildiğine heccav ve komik, bayağı, teşkilât sahibi bu külhanbeylerinden başta Ebüzziya'nın *Yeni Osmanlılar*'ı bulunmak üzere İstanbul'a dair yazılmış her hâtıra eseri bahseder. Bugün Amerikan filmlerinde seyrettiğimiz gangsterlerin bir başka şekli ve şüphesiz çok daha yumuşağı, hattâ medenisi ve zararsızı olan bu külhanbeylerin hayatını mensup oldukları nüfuzlu insanlar ve ufak tefek şahsî teşebbüsleri temin ediyorlardı. Bir kısmı esnaflık ve satıcılık yapardı. Çoğu balıkçı ve kahveci, hattâ meyhaneciydi. Dediğim gibi bir kısım esnafa üslûplarını ve konuşma tarzlarını kabul ettirdikleri için külhanbey olmayanlar da böyle sanılırdı. Tulumbacı koğuşları için bu sınıfın daha kibar ve daha süzülmüşü diyemezsek bile aralarına katılan zengin mirasyediler, hattâ paşa çocukları yüzünden daha karışığı idi. Bunların içinde devlet dairelerinde memur olanlar bile vardı. Tulumbacılık bir bakıma sporsuz İstanbul'un tek sporuydu. Daima harekete hazır civa gibi insanlardı ve bilhassa birbirlerine karşı son derece vefalıydılar. Rahmetli Osman Cemal Kaygılı'nın *Semâî Kahveleri* adlı kitabında 1308 senelerinin meşhur meydan şairleri ve âşıklarından olan Çiroz Ali'nin ölümüne dair anlattığı hikâye, bu tipi bize bütün hususiyetleriyle verebilir.

Çiroz Ali verem imiş. Hastalık ağırlaşınca Bakırköy'deki dayısının evine tebdilihavaya gönderilmiş. Bittabii bütün tulumbacı koğuşları bu meşhur arkadaşın sıhhatiyle meşgulmüş. Öleceği günün gecesi Defterdarburnu tulumbacı koğuşu reisi İsmail Kâhya, bir şey olursa haber versin diye Bakırköy'e bir adam gönderir. Çiroz Ali sabaha karşı ölür. Haberci de bir kira beygirine atlayarak Defterdarburnu'na gelir ve Kâhya İsmail'e "Sizlere ömür!" der. O zaman Defterdarburnu'ndan iki yüze yakın tulumbacı Bakırköy'e hareket eder ve orada da bir o kadar meslektaşları ile birleşirler. Aralarında Hıristiyan ve Yahudileri de bulunan tulumbacılar cenazeyi, bir saat on dakika gibi imkânsız bir zamanda açık ayak denen koşu şekliyle Bakırköy'den Eyüp Camii'ne indirirler. Bu hikâyeyi okuduğum günden beri Çiroz Ali'nin bütün şehri şaşırtan bir süratle arkadaş omuzlarında uçan tabutu, benim için Bayezıt yangın kulesinde her gece İstanbul'a uğradığı felâketleri haber veren o renkli fenerler ve köşklü sesleri gibi bir çeşit sembol oldu. Gerçekte, tulumbacı, mitolojinin ateşten doğan ve ateşte yaşayan semenderine benzeyen bir mahlûktu.

XI

Eski seyyahların tavan ve duvarlarının, kepenk ve sayvanlarının nakşını övdükleri, bazısının geniş pencerelerine şehrin en güzel manzaraları asılmış havuzlu, fıskiyeli, peykeli duvarlarına kehribar ağızlı çubuklar dizilmiş eski Türk kahvesi, İstanbul'un büyük hususiyetlerinden biriydi. Semtine göre orta sınıf halkla esnaf ve yeniçerilerin, deniz kenarındakilere kayıkçı ve balıkçıların devam ettiği bu kahvelerde meddahlar hikâyeler anlatırlar, saz şairleri şiir müsabakası yaparlar ve ramazan gecelerinde de bazılarında Karagöz oynatılırdı. Daha XVI. asır sonunda semt kahvelerine çok yüksek rütbeli memurların dışında münevver halkın da toplandığını biliyoruz. Birçok halk masalında kahve mühim bir yer tutar.

Gerçekte bu kahveler, 1826'da çok sıkı şekilde kontrol edilen ve bir ara kapatılan berber dükkânlarıyla beraber şehir halkının mühim toplantı yeriydi. İş adamları bu kahvelerde birleşiyor, safdil ve meraklı şehirliler uzak memleketlerden dönen yolcuların garip sergüzeştlerle dolu hikâyelerini, seferden yeni dönmüş yeniçeri ve sipahilerin Kanije ve Uyvar muharebelerinin bizzat şahit oldukları safhalarını burada dinliyorlar, çetin anlarda efkârıumumiye denen şey bu kahvelerde hazırlanıyordu. Evliya Çelebi, Bursa kahvelerinde rakkas ve musikîşinaslardan bahsettiğine göre, yeniçerilerin kalabalık olduğu yerlerdeki kahvelerde bu gibi eğlenceler elbette eksik değildi.

Bazı kahveler de doğrudan doğruya esrar ve afyon kullananlara mahsustu. Bir kısmında da muayyen, hattâ şimdi bizi şaşırtacak birtakım meslek erbabı toplanırdı. Bir halk fıkrası 1826'dan sonra şeyhülislâmlık dairesi olan Ağakapısı'nın –Süleymaniye'nin arkasındaydı– etrafındaki kahvelerde ufak bir para mukabilinde hizmete hazır olan yalancı şahitlerin toplandığı ve bu gözleri sürmeli, sarıkları ve üst başları temiz, son derece haysiyetli vatandaşların ilk bakışta tanınabilmeleri için büyük tiryaki fincanlarının altına iplik yapıştırıldığını söyler.

Nerval şark seyahatinin en güzel ve iç âlemini en iyi anlatan parçalarından biri olan Belkıs ve Süleyman hikâyesini (kitaptaki adı, "Süleyman'la Saba Kraliçesi") Bayezıt Camii'nin arkasında, tarifine bakılırsa daha ziyade Bakırcılar'da veya daha aşağılarda bir kahvede dinlediğini yazar. Anlattığı hikâye bizdeki Süleyman ve Belkıs hikâyesinden çok başkadır ve doğrudan doğruya "Cabale" geleneğine bağlıdır, fakat dinleyiciler için yaptığı tasvir doğrudur. Yine Nerval ve bilhassa Gautier, Tophane kahvesinden bahseder. Deniz kenarında bulunan bu Tophane kahvesinin şimdiki Tepebaşı'nda ve belki de Altıncı Dairenin karşısında bulunan kahve gibi ecnebiler tarafından yapılmış birçok gravürleri vardır.

Bazen bu eski İstanbul kahvelerinde Nerval yahut Gautier ile şimdi o kadar sevdiğimiz Seyranî'nin birbirlerine tabiî tanımadan rastlamış olmaları ihtimalini düşünürüm ve talihin cilvesine şaşarım. Seyranî, Abdülmecid Han'ın ilk saltanat yıllarında İstanbul'da idi. Bu şairde Nerval'in sevebileceği bir yığın taraf vardır.

Tanzimat'tan sonra insanla beraber kahve zevki de değişti. Viyana ve Paris usulü, duvarları aynalarla süslü, sandalye ve masalı kahveler açıldı ve bugün o kadar zevkle dinlediğimiz "Kâtibim" türküsünde kolalı gömleği ve setresiyle alay edilen İstanbul beyleri bu kahvelerde toplanmaya başladılar. Aziz devrinde birdenbire yayılan gazete zevki yüzünden bu kahvelerin bir kısmı kıraathane adını aldılar. Beyoğlu'ndan Galata ve Divanyolu'na, Bayezıt'a kadar bu kıraathaneler vardı. Abdülhamid devrinde Divanyolu'nda Arif'in kıraathanesi bir zaman büyük şöhret kazanmıştı. Onun karşısında Bekir isminde bir zat, bir kıraathane açmıştı. O devirden kalma bir kıt'a bu iki patronun arasında meslek rekabeti yüzünden çıkan bir kavgayı nakleder.

> Dün gice iki kırâathâneci
> Birbiriyle eylemişler arbede
> Vak'ayı seyreyleyenler dediler
> Arif'i yıktı Bekir bir darbede

Parmakkapı'daki büyük kahvede Meddah Aşkî dinleniyor, Hayalî Salim'in oynattığı Karagözler seyrediliyordu. Bu Hayalî Salim son büyük Karagözcülerdendir. Hattâ bir aralık Karagöz oyununa tıpkı tiyatro perdesi gibi bir perde ilâve ederek oyunu yenileştirmeye çalışmıştı.

Bütün bu kahvelere samur kürkler giyinmiş kibar sınıf halk gelirmiş. Zaten daha Tanzimat başlangıcında Bayezıt tarafları Karagöz ve ortaoyunun merkezi olmuştur. Nerval 1840'da Bayezıt'ta Bab-ı Seraskeri'nin yakınında seyrettiği bir Karagöz oyununun senaryosunu bize verir. Gautier ise 1852'de bir gecede iki Karagöz oyunu birden görür. Bu kıraathanelerde daha sonra yine ramazan ve cuma geceleri için musiki fasılları konmuştu. Böylece İstanbul, Cumhuriyet'e kadar olan devirde elinden geldiği kadar Beyoğlu'na rekabet ediyordu.

Viyana'da ilk geçirdiğim gecenin sabahında kahvaltı için biraz da adının sihrine kapılarak Mozart kahvesine girdiğim zaman garson tıpkı gençliğimde İstanbul kıraathanelerinde olduğu gibi bir yığın gazeteyi önüme koyunca epeyce şaşırmıştım. Viyana, bizim kendisinden aldığımız bir modada hâlâ ısrar ediyordu. Yeni açılan kahveler eski kahveleri, hiç olmazsa onların saz şiiri zevkini birdenbire kaldırmadı. Sadece masa ve iskemlenin girişiyle manzarasını değiştirdi. Bu kahveler öbürlerinin yanı başında Semâî Kahveleri adıyla uzun zaman devam etti.

Çayhaneler üçüncü bir sınıf teşkil ediyorlardı. Ve bilhassa Şehzadebaşı'nda idiler. Buralarda çayı hususî bir zevk hâline getiren tiryakiler toplanıyordu. Bunlar bugün İtalya'da ve İspanya'da gördüğümüz küçük kahvelere çok benzerdi. Burada toplanan İstanbul beyleri bilhassa ramazan akşamları gezintiye çıkan semt hanımlarını tıpkı şimdi Madrit veya Sevilla kahvelerinin taraçalarında olduğu gibi, fakat cam arkasından seyrederlerdi.

Filhakika Tanzimat'tan sonra İstanbul semtini canlandıran modalardan biri de şehirlinin İtalyancadan alarak piyasa dediği bu akşam gezintileriydi. Bu gezintiler evvelâ Beyoğlu'nda, bilhassa III. Selim ve II. Mahmud devirlerinde başlar.

Şimdiki Tepebaşı'nın bulunduğu yerden —o zamanki hududu

Asmalımescit'ti– tersanenin üstüne doğru sarkan küçük mezarlıkla, Ayazpaşa taraflarını kaplayan büyük mezarlığın etrafındaki yollarda ecnebiler atlı arabalı, yaya kadınların da katıldığı akşam gezintileri yapıyorlardı. Üçüncü bir gezinti yeri de o zaman Büyükdere Yolu denen –bilhassa seyahatnamelerde ve gravür albümlerinde– Taksim'den Şişli'ye doğru giden ve bir kolu Kurtuluş'a uzanan –Kurtuluş'un adı Frenk seyahatnamelerinde San Dimitri'dir– büyük yoldu. Abdülmecid'in ilk saltanat senelerinde bazı Müslümanlar da bu gezintilere karışmaya başlamıştı. Kaldı ki Hıristiyan halk gibi Müslüman halk da bilhassa kadınlar, bu gezinti yollarının biraz ötesinde şehrin bahçeleri gibi telakki edilen bu mezarlıklara sık sık gidiyorlardı. Her iki mezarlığın etrafında kahveler vardı. Nerval'in *Şark Seyahati*'nde bahsettiği kahve ve Rumen müziği dinlediği salaş ve eğlence yeri Asmalımescit tarafındaydı –belki de Melling'de veya Allom albümünde gördüğümüz kahvedir–. Yemek yediği ve şarap içtiğini söylediği salaş ise Ayazpaşa'da idi. Théophile Gautier'den Bayezıt ve Şehzadebaşı taraflarında bu gezintilerin Müslüman halk arasında başladığını öğreniyoruz. Gautier, Türk kadınlarından bahsederken zannedildiği kadar hürriyetsiz olmadıklarını, yanlarında harem ağaları bulunmak şartıyla gezmekte serbest olduklarını ve bilhassa zengin şehirli ve yüksek rütbeli memur hanımlarının akşamları Bayezıt taraflarında araba ile gezdiklerini söyler. Namık Kemal'in *İntibah*'ında, Ekrem Beyin *Araba Sevdası*'nda bahsettikleri Çamlıca gezintileri gibi bazı Boğaziçi mesirelerindeki gezintiler de bu devirde başlamıştı. Tanzimat, Türk kadınının da hayat şartını değiştirmişti. İlk Türk romanlarından Beyoğlu dışındaki atla gezintilerin Abdülaziz devri sonunda devam ettiğini biliyoruz. Şüphesiz bu devirde Bayezıt'tan iki yana doğru da bu atlı gezintiler vardı. Fakat bu ilk piyasaların asıl revnakını veren saraydan başlayarak yavaş yavaş moda olan araba idi. Yaya halk bu gezintilere gerek Beyoğlu'nda gerek İstanbul tarafında iştirak ediyordu. Bayezıt Camii'nde ramazanları açılan sergiler kibar halkın toplantı yerleriydi. Bayezıt ile Şehzadebaşı arasında akşam gezintisinin asıl mevsimi ramazandı. İkindi ile iftar arasındaki boş zamanda vaaz dinlemeğe gelen şık hanımlar ve beyler yirmi otuz yıl evvel yeniçerilerin kuş uçurtmadıkları bu yolda şüphesiz Çamlıca'dan ve Boğaz mesirelerinden biraz daha çekingen ve ihtiyatlı dolaşıyorlardı. Hakikatte bu piyasalar 1848 ihtilâlinden evvel Kral Louis-Phillippe'in de iştirak ettiği Boulevard Italienne ve Grand Boulevard'daki arabalı gezintilerin bize kadar gelmiş uzak serpintileri idi.

Ramazan geceleri, itibarını sonraları İstanbul tarafında da tiyatro ile paylaşacak olan Karagöz'ündü. Karagöz o kadar ramazana mahsus bir şeydi ki repertuvarı bile yirmi sekiz –Kadir Gecesi ve ilk gece tabiatıyla çıkıyordu– oyun üzerine idi.

Şehzadebaşı'nın asıl rağbet devri tiyatro zevkinin başlamasından ve bilhassa İstanbul tiyatrolarının Gedikpaşa'dan Şehzadebaşı'na geçmesinden sonradır.

Muallim Naci, Fazlı Necip'e yazdığı tiyatro mektuplarını, o Avrupa hasreti ve muasır hayat imrenişleriyle dolu acemilikleri şimdi yavaş yavaş eskici dükkânı, hırdavatçı, otomobil tamircisi, kolacı gibi şeyler olan ve bütün cadde gibi her gün biraz daha yıpranan manzarası şehrin bugünkü iktisadî vaziyetini en sahih istatistiklerden daha sıhhatle veren bu çaycı dükkânlarında – bilhassa Reşid Efendi'ninkinde– düşünmüş, Recaizâde'nin dil düşüklüklerine ve yukarıdan bakışına biraz da bu çayhaneden hiddet etmişti.

Eski İstanbul'da ulema sınıfı denen şeyin ne olduğunu Fatih avlusunun yukarı tarafındaki meydan kahvesini benim gibi çocukluğunda bir ramazan gecesi görmüş olanlar bilirler. Bütün meydan baştan aşağı sarıkla dolardı. *Lütfi Tarihi*'nde, *Tezâkir-i Cevdet*'te Kırım Muharebesi'nden evvelki günlerde veya Abdülaziz'in son yıllarındaki sarıklı hareketlerini okuduğum zaman hatırıma hep o kahvenin şaşırtıcı kalabalığı gelir.

Mütareke yıllarında Şehzadebaşı çaycıları duruyorlardı. Fakat biz daha ziyade Sultanahmet kahvelerinde ve Nuruosmaniye'deki İkbal'de toplanıyorduk. İkbal'i evvelâ İçtihat matbaası karşısında bir vakitler Güzel Sanatlar Akademisi olan binada bulunan, sonra da Bezm-i Alem Valide Sultan Konağı'na –şimdiki İstanbul Kız Lisesi– taşınan Yüksek Muallim Mektebi'nin felsefe talebeleri, bilhassa Hasan Âli Yücel'le Hikmet keşfetmişlerdi.

Biz devama başladıktan sonra Yahya Kemal de beğendi. Yahya Kemal'in etrafında toplandığımız *Dergâh* mecmuasının idarehanesinin tam mektebin karşısında bulunan eski Tanin matbaasında –daha evvel ve daha sonra Servet-i Fünun– olduğu için merkezliği bizim için bir kat daha artmıştı. Haşim de memur olduğu Düyun-ı Umumiye'ye çok yakın bulduğu bu kahveye bazı saatlerinde veya akşam üzeri uğrardı. İkbal'e ara sıra mecmuanın tertip hatalarından o kadar meyus olan Abdülhak Şinasi Hisar da gelirdi. *Dergâh*'a yazdığı makalelerle mecmuanın millî havasına Bergson'dan gelen çok özlü bir derunîlik katan Mustafa Şekip Tunç, Hasan Âli Yücel, Necmeddin Halil Onan, *Bir Gemi Yelken Açtı* adlı çok güzel bir şiir kitabı yazdıktan sonra birdenbire şiirden vazgeçen Ali Mümtaz Arolat, mecmuayı idare eden o çok tatlı şekilde somurtkan, fakat emsalsiz dost Mustafa Nihat Özön, bu satırları yazarken vakitsiz ölümlerine o kadar hüzün duyduğum Nurullah Ataç, Yunus Kâzım Köni, Zekaî, hepimiz bu kahvede buluşur, bazen yemek saatlerinin dışında bütün günü ve gecenin büyük bir kısmını burada geçirirdik. Mükrimin Halil'le başka mecmualarda ve bilhassa *Aydede*'de çalışan fakat gönlü bizde olan Osman Cemal Kaygılı da zaman zaman İkbal'e veya Sultanahmet kahvelerine yahut Türbe'deki Yeni Şark kahvesine gelirlerdi.

Kaç nesil ve kaç terbiye burada birleşirdi. Birkaç cephenin hâtırasını vücutlarında, hattâ yüzlerinde taşıyan çoğu malûl ihtiyat zabitleri, ordudan yaralı ve sakat ayrılmış muvazzaf zabitler, henüz Anadolu'ya geçememiş yüksek rütbeli askerler, yarı mutasavvıf, yarı pédéraste, son derecede kibar kimi satranç, kimi dama meraklısı ve hemen hepsi müflis birkaç Abdülhamid devri kazaskeri, kim bilir hangi devrin ikinci, üçüncü derecede, halîm çehreli ve mütereddit ricali, aşırı milliyetçi ve Ferid Paşa casusu burada, Baudelaire'in, Verlaine'in, Yahya Kemal'in, Haşim'in, Nedim ve Şeyh Galib'in hayranı genç Dergâhçılarla beraberdiler. Bizim masamız kapıdan girince sol taraftaydı. Fakat Yahya Kemal'in konuşması ve kahkahalarımız kızışınca halka genişler, bütün bir yanı alırdık. Bilardo ıstakalarının gürültüsü, tavla şakırtıları, garson çığlıkları arasında, Anadolu'da olup bitenlerin verdiği hava içinde şiirden bahseder, projeler kurar, gazetelerden geç vakit dönen arkadaşlarımızdan İnönü ve Sakarya muharebelerinin en son havadislerini alırdık.

Sultanahmet'te tam köşedeki ilk kahveyi bulan yine bizden evvelki felsefe talebeleriydi. Adını Hasan Âli Yücel, Akademi koymuştu. Bu kahve ve yanındakiler de İkbal gibi hâlâ duruyor. Fakat müşterisi değişmiş, etrafı fakirleşmiş, bugününde eski Akademi'yi tahayyüle imkân yoktur. Umumî hapishaneye ve Adliye'ye yakınlığı dolayısıyla Millî Mücadele senelerinin, mühim dâvaları bu kahvelerde her yerden fazla konuşulurdu. Ressam Zeki Faik'i, Elif Naci'yi bu kahvede tanıdım. Bir ramazan gecesi Rıza Tevfik bu kahvede çoğu talebesi olan bir kalabalık önünde zeybek oynamış, satıcı ve bilhassa Yahudi taklitleri yapmıştır.

Rıza Tevfik, sözü kesilmemek şartıyla bir oturuşta farkında olmadan bütün marifetlerini gösterenlerdendi. Hakikatten güzel konuşurdu. Fakat söz uzadıkça mecrası değişir ve şaşırtıcı tezatlar başlardı. Yahya Kemal'in, onun meşhur Londra seyahati dönüşünde bu hâlini anlatan pek latif bir hikâyesi vardır. Bir gün koltuğu altında büyükçe bir paket taşıyan "Ses" şairi Rıza Tevfik'e rastlar. "Ne o Kemal?" diye sorunca Yahya Kemal mahcup: "Eski elbiselerimi çevirtmeye vermiştim. Terziden onları aldım" cevabını verir. Rıza Tevfik, içini çekerek "Ne mesut insansın Kemal," der. "hiç olmazsa eski elbiselerin var, benim o da yok ya!" Fakat ayak üstündeki konuşma birkaç dakika uzayınca devrin âyân reisi biraz evvelki iç çekişlerini unutur. Londra'dan bahse başlar ve orada yaptırdığı elbiselerin rahatlığını anlatır. "Monşer, İngiliz terzisinden şaşma, onun üstüne yoktur." Bir iki defa gittiğim dersinde onu bu yeni kostümler içinde gördüm.

Hakikaten yakışmıştılar. Bu derslerin birinde Rıza Tevfik bize o günlerde düşünülmesi bile yersiz olan konforlardan bahsetmişti. Rıza Tevfik'in dersleri şahsî buluşlarıyla çok çekiciydi. Şark şiiri, felsefesinin yanı başında bir sokaktan geçilen çok zengin bir bahçe gibiydi, oraya saptı mı büsbütün cezbelenirdi.

Rıza Tevfik'i hoşmeşrepliği ve birkaç şiiri için çok severdim. Fakat bir gün beraberce Köprü'den geçerken Millî hareket üzerinde bir münakaşadan sonra soğudum. Söz epeyce uzamıştı. Tam Köprü'nün üstünde durarak bana limandaki müttefik zırhlılarını gösterdi ve "Bunlar buradayken hiçbir şey yapamazsınız!" dedi.

Bu kahveye ait hâtıralarımdan biri de millî cepheye ihanet eden hocalar aleyhindeki talebe hareketinde, bilmem nasılsa Yahya Kemal'in aleyhinde bulunan dev gibi bir tıbbiyeli ile Nurallah Ataç'ın yaptığı kavgadır. Nurullah, üzerine yürüyen düşmanına kekeleye kekeleye: "Bana istediğini yaparsın ama, gençliğin bu kadar sevdiği adam hakkında karşımda laf söyleyemezsin!" diye âdeta tepiniyordu.

Türbe'deki Yeni Şark kahvesinde Yahya Kemal'in masasına rahmetli Süleyman Nazif de sık sık gelirdi. O civarda gazetesini çıkaran Rauf Ahmed Hotinli'yi de ilk defa orada tanıdık. Bu kahveye daha ziyade Hilmi Ziya ile beraber giderdik. Süleyman Nazif'i daha evvel Darülfünun'da verdiği Piyer Loti konferansında, bir de Yüksek Muallim'deki konuşmasında tanımıştım. Bir ramazan gecesi, Bayezıt'ta Zeynep Hanım Konağı'na yakın bir kebapçıda Yahya Kemal ile iftar ederken gördüm. Abdülhak Şinasi'nin titizliği için söylediği "Garson lütfen suyu da yıkayınız!" sözü bu kebapçıda geçer. Bayezıt'taki setli kahveler, caminin bahçesindeki Küllük o devirde bizi çekmezdi. Zaten bu sonuncusunun müşterileri o günlerde çok karışıktı. Ve henüz o latif adı almamıştı. Buna mukabil bazı ramazan ve kış mevsiminde cuma geceleri fasıl musikisi yapılan Bayezıt–Aksaray yolunun başında bir zaman bakkaliye olan oldukça güzel bir kahveye sık sık giderdik. Bu kahveyi bize Yahya Kemal tanıtmıştı. Yaz günleri

Çubuklu ve İstanbul'un diğer mesire yerlerinde dinlediğimiz eserlerle burada hasretini çektiğimiz aşinalar gibi karşılaşırdık. Onlar bize, o bahçelerde hanımlarla erkekleri ayıran kafeslerin arkasından veya yolda, vapurda görüp beğendiğimiz ve zaman zaman hatırladığımız şuh ve güzel kadınlardan birer tebessüm ve tatlı bakış gibi gelirdi. Bu fasılları son ustalardan İsmail Hakkı Bey idare ederdi. Beyaz çember sakalı ile daha ziyade ahbaplarımızdan fazla vakarı zıddıma giden bir Şuray-ı Devlet âzasına benzettiğim İsmail Hakkı Bey'in elindeki tefe —eski musikiyi kudum ve tef idare eder— vurarak şarkı ve besteleri okuması pek hoşuma giderdi. Sesi dik ve gürdü, selikası İstanbullu'ydu.

Divanyolu'ndaki Şark mahfelinin hemen altında açılan Yıldız kahvesi de gündüzleri uğradığımız yerlerdendi. Geceleri rakımızı içmek için karşımızdaki Şule'ye geçivermek gibi bir kolaylığı da vardı. Mamafih biz o zamanlar daha ziyade Sirkeci'de postane binasına çok yakın İsmail Efendi adında bir zatın işlettiği bir tezgâh meyhanesini severdik. Buraya tanınmış muharrirleriyle, mürettipleriyle bütün Babıâlî gelirdi. Bazen de Yunus Kâzım ve Kutsi ile ben karşıya geçip Taksim Bahçesi civarında Liban adlı bir lokantaya giderdik. Bununla beraber bu Beyoğlu çıkışlarımızda daha ziyade yeni açılan Rus lokantaları bizi çekerdi.

Nedense bu Beyaz Rus muhacirlerinin İstanbul hayatındaki tesirinden hiç bahsedilmedi. Halbuki Tanzimat'ın başında Fransız ve bilhassa İtalyan tesiri ne ise —Fransız tesiri Büyük İhtilâl'in neticesi olan akında başlar— bu Beyaz Rusların tesiri de odur. Kadın kıyafetinden, lokanta ve bardan plajlara kadar birçok modayı onlar getirdiler.

Bu Rus muhacirleri Beyoğlu'nu iyice zaptettikten sonra yavaş yavaş İstanbul semtine ve bizim çıktığımız kahvelere kadar yayıldı. Kürklü, çizmeli, saçları çok düz taranmış, hafif tombul yanaklı, beyaz yüzleri bol düzgünlü, bol mücevherli, bir yığın kontes ve prenses, parasını güçlükle ödediğimiz kahve ve çaylarımızı, lokantalarda rakı ve yemeklerimizi getirmeye, vestiyerlerde yırtık ve eski pardesü ve paltolarımızı göğsüne kadar sakallı sabık generaller veya miralaylar tutmaya başladılar. Çar yaveri, eski miralay veya asilzade delikanlılar karşımızda çevik Kafkas oyunları oynadılar. Hiçbir zaman İstanbul bu kadar bahtsız sınıflar muvazenesini alt üst edecek derecede paralı ve eğlenceli olmamıştı. Hemen her köşeden Balalayka sesleri geliyordu. 1920'den sonra Fransız ve Avrupa tiyatro ve balelerinde başka bir mevsim denecek kadar değişikliğe sebep olan Çar'ın bale takımı kısa bir zaman için İstanbul'da idi ve parası olan İstanbullu devrin en modern balesini görebilirdi. Rimski Korsakof'un Şehrazad'ı günlerce Beyoğlu'nda oynadı.

Millî zaferden sonra İkbal ve Sultanahmet kahveleri âdeta bırakıldı. Daha ziyade Bayezıt taraflarında toplanmaya başladık, fakat yavaş yavaş sinema zevki ve Beyoğlu İstanbulluyu çekiyordu.

Bu göçten Şehzadebaşı'nı uzun müddet tek başına Naşit ayakta tuttu. O da ölünce İstanbul hayatının bu tarafı kapandı. Radyonun yayılması, musiki takımlarını kahvelerden kovdu. Üniversitelilerin ve okur-yazarların toplandığı Bayezıt kahveleri ve Küllük, Bayezıt'ı bir müddet daha yaşattı.

XII

Beyoğlu'ndaki gece hayatı, Abdülmecid devrinde bir iki ürkek hareket ve teşebbüsle başlar ve yavaş yavaş tiyatrodan kafeşantana, otele ve Avrupalı lokantaya, birahanelere doğru genişler.

Gérard de Nerval'in, hattâ Théophile Gautier'nin, Misemer'in bahsettikleri Beyoğlu gece hayatı daha ziyade ecnebi ve yerli azınlıkların hayatıydı. İstanbul'a ilk defa 1833'de gelen Lamartine ise ekseri hatırlı seyyahlar gibi şehirde ecnebi kolonisi, Tarabya'da sefarethaneler tarafından misafir edilmişti.

Geniş selâmlığın dostları, misafirleri, ziyaretçileri, dalkavukları, ricacıları arasında çubuk ve kahvelerini içerek, saz yaptırarak, şiirden, politikadan bahsederek yaşamaya alışmış II. Mahmud devrinden kalan ricalin yanı başında, iyi kötü tahsillerini Avrupa'da yapmış veyahut oralarda memuriyet ve staj senelerinde alafrangaya alışmış nesiller yetiştikçe bu hayat benimsenir. Ve Beyoğlu, şehrin hayatına yapıcı ve yıkıcı çehreleriyle girer. Tiyatrosu ile birdenbire parlayan semt, Abdülaziz devrinde büyük otellerin, mağazaların, zenginler için kibar Avrupa terzilerinin, fakirler için hazır elbise mağazalarının ve her sınıf halk için Paris ve Avrupa ithalâtı bir yığın eğlencenin, alafranga konserlerin, şöhretsiz muganniye ve rakkaselerin göz alıcı köşesi olur. Yeni teşkil edilen Altıncı Daire-i Belediye, etrafında toplanan eğlence hayatının değişik hâdiseleriyle gazete dedikodularının baş mevzuu olur. O kadar Türk olan *Mesnevî* şârihi Ankaralı İsmail Efendi'den Galib Dede'ye kadar bize ait en güzel hâtıraları toplayan Galata Mevlevihanesi ile yapıldığı Mecid devrinden pek az şey saklayan Nişantaşı ve hâlâ Güzelce Kasım Paşa zamanını yaşayan Kasımpaşa semtlerinin arasında birdenbire fışkıran bu yeni muhit asıl İstanbullu'yu da çekmeye başladı. Vakıa İstanbul'da yerli yaşayış yine devam etmekte idi. Çaylak Tevfik Beyin ve o kadar hâtıranın tesbit ettiği o alçak sedirlerle veya kırmızı kadife örtülü, etrafı püsküllü saçaklı koltuk ve kanepelerle döşeli salon ve odalarda, çubuk ve kahve içilerek, nükteler yapılarak, mısralar söylenerek geceler geçiriliyor, iş ve politakadan bahsediliyor, konak veya evlerde düğünler, sünnet düğünleri yapılıyor, hokkabazlar oynatılıyor, saz tertip ediliyor, ramazanlarda cemaatle teravih namazları kılınıyor, tekkelerde ayinler yapılıyordu. Fakat bu dışarıya kapalı geceleri, artık bozuk kaldırımlarda lastik tekerlekleri çarpa çarpa yürüyen büyük, mükellef faytonların geçişi sabaha doğru bozuyordu. Bunlar aile servetini Beyoğlu eğlencelerinde dağıtan mirasyediler, başka geleneklerle yetişmiş ortaklarının hayat tarzlarına alışmaya başlayan genç tüccarlar, İstanbul'un dar hayatından sıkılanlardı. İçtimaî mevkileri, servet dereceleri ne olursa olsun şehir onları sıkı sıkıya takip ederdi. Her mahallenin ayıpladığı böyle birkaç mirasyedi vardı. Kumar kayıplarından çeşitli metreslerine kadar herkes onların üzerinde dururdu. Bazen içlerinden birisi hepsini unutturur, o senenin kahramanı olur, şurada burada dağıttığı avuç dolusu altınların cüzdan dolusu eshamın hikâyesi günün birinde ya da intiharın, yahut da ani bir kazanın son vermesine kadar dillerde dolaşır, genç mekteplilerin ve evlenmemiş kızların rüyalarını bozardı. Bazen de ikisi de olmaz ve genç mirasyedi dalkavuklarıyla, metresleriyle baba servetini tükettikten sonra semtin tulumbacı ocağına yazılır, yahut da "avatıf-ı şahaneden" bir memuriyetle İstanbul'dan uzaklaşırdı. Onların hikâyesi eski İstanbul'un gündelik romanıydı. Yakın bir iflâsın korkusu içinde bütün şehir bu israfların üzerinde düşünür, herkes onu kendi anlayışına göre tahlil ve tefsir ederdi.

Abdülaziz devrinden itibaren İstanbul hayatında hiçbir istikrar kalmamıştı. Saraydan başlayarak göze görünen her İstanbullu arsasına kırk elli ev birden sığan konakların sahibi vezirler, ramazan gecelerinde selâmlığında davetsiz yüz misafir birden sofraya oturan eski ocakların hepsi, biraz borçlu ve biraz cemiyete ve kendisine karşı suçlu yaşıyordu. Transitini ve istihsalini kaybetmiş İstanbul, dünya piyasasını avucuna geçirmiş Paris'i taklit ettikçe istikbalini tehlikeye atıyordu. Ve Bender fabrikalarının lastik tekerlekli arabaları her dönüşünde asırlar görmüş imparatorluk mukadder âkibetine biraz daha yaklaşıyordu.

XIII

Boğaz bana daima zevkimizin, duygumuzun büyük düğümlerinden biri gibi gelmiştir. Öyle ki, onun bizde külçelenmiş mânasını çözdüğümüz zaman büyük hakikatlerimizden birini bulacağız sanmışımdır. Bu bir hayal olabilir. Birçok güzellikler insana kâinatın eşi veya eşiti oldukları vehmini verirler. Onlarla karşılaştığımız zaman bizde büyük, kendi kendine yetebilecek bir hakikat karşısında imişiz hissi uyanır. Bazı tarikatlerin güzel insan yüzünde, güzel insan vücudunda Tanrı'yı aramalarının sırrı bu değil midir?

Güzelin en büyük hususiyeti her an yeni gibi görünmesinde, her an bizi kendisine ve kendisinde uyanmaya zorlamasındadır.

Sanat için, insan için az çok doğru olan bir şey, niçin birkaç asrın yaşama üslûbuna, zevkine, sevme, duyma tarzlarına şahit olmuş, onları kendi imkânlarıyla beslemiş, hattâ idare etmiş bir manzara için düşünülmesin?

Kaldı ki, Boğaz'ın kendisi de sanatkârane, hattâ müzikaldir. Amiel "manzara bir ruh hâlidir" der. Fakat bazı manzaralar vardır ki bizi Amiel'in iddia ettiği kadar serbest bırakmaz. Hulya ve düşüncelerimize kendiliğinden bir istikamet verirler. Bu esrarlı dehliz öyle teşekkül etmiştir ki, bir tarafında yaşanan şey, öbür tarafında bir hâtıra gibi tadılır. Çünkü güneş, Boğaziçi'nde doğup batmaz. Tıpkı hoparlörle dışarıdan dinlenen bir opera gibi, bütün hareket adesenizin dışında kalır: Siz yalnız musikiyi duyarsınız. Her iki kıyı birbirine saatlerin aynasını tutar.

Beylerlerbeyi'nde, Emirgân'da, Kandilli veya İstinye'de günün her saati birbirinden ayrı şeylerdir. Beykoz, Çubuklu, ağaçlarının serin gölgesinde henüz son rüyalarını üstlerinden atmaya çalışırken Yeniköy veya Büyükdere gözlerinin tâ içine batan güneşle erkenden uyanırlar. Kuzguncuk'ta sular, sahil boyunca, arasına tek tük sümbül karışmış bir menekşe tarlası gibi mahmur külçelenirken, ince bir sis tabakasının büyük zambaklar gibi kestiği İstanbul minareleri kendi hayallerinden daha beyaz bir aydınlıkta erirler.

Bilhassa akşamlar böyledir. Rumeli kıyısında akşam, daima uzakta, daima eşyaya sinmiş bir hâl olarak tadılır. Meğer ki karşı kıyıdaki yalıların çamlarını kanlı bir hasretle tutuşturmasın; önünüzde kıpırdayan denizde yer yer alev parçalarını, sanki bir tarafta bir gül bahçesi yıkılmış, her türlü renkli taştan bir bahar çökmüş gibi yüzdürmesin. Fakat ben daha ziyade onu ağaçların tepelerinde peydahlanan yumuşak ve yaldızlı aydınlıkta; birden karşı sahil boyunca uzanan o dar, çok beyaz, âdeta gümüşten çizgide seyretmekten hoşlanırım. Bu beyaz zırhın üzerinde görüldüğü için karşı kıyı hiç tanımadığınız bir yer gibi sizi birdenbire çeker. Gömüldüğü altın sarısı aydınlıkta yıkanan o hayal dünyayı, sabahleyin bol güneşte Rumeli tarafını nasıl özlerseniz, biraz evvel ayrıldığınız Beykoz, Paşabahçe veya Çubuklu olduğunu bile bile, öyle özlersiniz. Sonra bütün bu aydınlık, bu renkler kendisini besleyecek madde kalmamış bir yangının akisleri gibi sönerler. Ağaçlar, evler, mukaddes bir ziyaretten artakalmış mahlûklar gibi biçare ve mahzun, geceye girerler. Onun kendisine seçtiği elbiseye bürünürler. Bu bazen bir musikinin sırmadan hil'atı olur, bazen sadece mehtabın sarı gülleridir, bazen yaşayan günün dilde ve damakta dolaşan lezzeti veya dört bir taraftan semt ve mahalle adlarının hayalimize birbiri ardınca sunduğu hâtıralardır. Fakat hangi kılıkta gelirse gelsin, hangi kadehte uzanırsa uzansın daima bir yalnızlık hissi ile beraber yürür.

XVI. asrın ortasına kadar Boğaziçi İstanbul'un hayatına hemen hemen uzaktan karışır. Vakıa her hükümdar şu veya bu köyü tercih ederek bir bahçe veya köşk yaptırır. Büyük vezirler ve devlet adamları bazen siyasî icaplarla, bazen de zevkleri için bazı köylerin imarına çalışırlar. Diğer taraftan Boğaziçi İstanbul'un her tarafı gibi ve hattâ biraz fazla müstahsildir, bu yüzde kendiliğinden teşekküller olur. İstinye ve Bebek, Karadeniz'e gidip gelen gemicilerin toplandıkları yerlerdi; Beykoz dalyanları XVI. asırdan beri mevcuttu. Fakat şehrin eğlence ve zevk hayatı daha ziyade Haliç ve Kâğıthane taraflarında idi. Tophane, Fındıklı, Beşiktaş gibi İstanbul'a çok yakın köyler hariç, Boğaz köyleri İstanbul için –bilhassa o zamanın vasıtalarıyla– ancak komşu semtlerdi.

Fatih, Tokat Bahçesi'ni kurdurmuştu. II. Bayezıt sık sık bazı Boğaz köylerine gitmekten hoşlanırdı. Yavuz, Bebek'te Bebek Köşkü'nü yaptırmıştı. Kanunî, İstinye'yi sever, II. Selim, Beşiktaş Köşkü'nü, III. Murad Fındıklı Sarayı'nı yaptırırlar. Beşiktaş Köşkü'nü sahili doldurarak genişleten I. Ahmed'dir. Dolmabahçe adı bu devirden kaldı. Fakat saray uzun zaman Beşiktaş Sarayı adını kaybetmez. I. Ahmed, sık sık bu saraya gelirdi. Bu devirden itibaren Boğaz, İstanbul zevkine girmiş denebilir. Şiirde yavaş yavaş onun sesi işitilmeğe başlar.

İlk sesleniş, IV. Murad'ın Şeyhülislâm'ı Yahya Efendi'den gelir. Yahya Efendi İstinye'de bülbül dinlemesini seviyordu.

> Ko kafes nağmesini nağme-i peyderpeye gel,
> Râyegân dinleyelim bülbülü İstinye'ye gel.

beyti onundur. Ve Nâilî'nin iki hayali, ney ve bülbül sesini birbirine karıştıran meşhur:

> Nâyin ki çıkar zemzeme sûrâhlarından
> Bülbüller öter sanki gülün şâhlarından

beyti kadar güzeldir. Yahya Efendi IV. Murad'la uyuşabilen nadir insanlardandır. Kibar, zarif, sabırlı, daima otoriter, elinde imkân oldukça müsamahalı ve anlayışlı, birinci sınıf saray adamı olarak daima gözde yaşadı. Devrini avucunun içi gibi bilen insanlardandı. IV. Murad, ocaklının iki defa yerinden ettiği bu suyuna gitmesini bilen şair şeyhülislâmına kavuşmak için 1040 ve 1043 arasında bayağı sabırsızdır.

Yahya Efendi'nin zamanında İstanbul şivesi kendisini bulmuştu. Vâkıa şehirde iki asra yakın bir hayatımız vardı. Fetihten beri yerleşmiş vezir ve ulema hanedanları, zengin tüccar aileleriyle bütün bir gelenek ve terbiye kurulmuştu. Yeniçeri bile İstanbul külhanbeyisi olmaya başlamış, yani hususî bir not kazanmıştı. İmparatorluğun dört tarafından gelen insanlara şehir pota vazifesini görüyor, süzüyor, değiştiriyor ve bilhassa dili ile zaptediyordu. Türkçeyle aruzun o kadar rahatça kaynaştığı, Yahya Kemal'in çok sevdiği:

> Neler çeker bu gönül söylesem şikâyet olur

mısraı onundur.

Naîmâ, Yahya Efendi'ye dair bir yığın fıkra anlatır. En güzel ve devri için mânalı olanlardan biri de şeyhülislâmlığından sonra yakın dostlarına söylediği "Riyakâr insanların bazı iyilikleri bulunduğunu şimdi anladım." sözüdür. "Halk riyayı seviyor, mürâi olmayandan ne korkuyor, ne de utanıyor. Onun için başlangıçta yüz vermediğimiz bazı mürâileri sonunda yüksek vazifelere getirmeye mecbur kaldık!" diyen hakîm şeyhülislâm riyâyı "şerrin gizli menzilidir" diye tarif eder. Molière'den çok ayrı bir davranış! Bu satırları ve benzerlerini okurken insanın

Osmanlı tarihi için gizli din ve gizli ahlâk diyeceği geliyor. Şurası var ki Yahya Efendi'den çok evvel riyâ, cemiyet hayatında asıl rolü olan ithama başlamıştı.

Yahya Efendi'nin İstinye'de yalısı var mıydı? Burasını bir kere bile düşünemedim. Sanatın yalanı daima hakikatlerin hakikatidir; İstinye bizim için ilk defa onun bu beytinde parıldar ve bunun için muhayyilem de onu benimsemiştir.

IV. Murad'ın kendisi de Boğaz'ı seviyordu. Fındıklı Köşkü'nü genişletmişti. Beşiktaş Sarayı'nı da asıl kuran odur. Emirgân'daki büyük yalıyı kendisi yaptırmış ve musahibi Mirgûne oğluna hediye etmişti.

IV. Murad, hâkim notunu yeniçerinin verdiği devrinin tam adamıdır. Ocak, tıpkı benzeri olan bu padişahla birkaç sene göz göze bakışır. Sonunda yenemeyeceğini anlayınca pençelerini gizler ve başını eğer. Ve genç padişah, manyetik kuvvetleri karşısındakini büyüleyen bir yırtıcı gibi İstanbul'da ve bütün imparatorlukta dolaşır, azmış bir temizleme iştihası içinde rastgeldiğini tepeler. Yazık ki bu irade ve bu kadar kan boş yere gider. Ne kendisi, ne etrafındakiler sindirmekten başka esaslı bir tedbir düşünemezler. Bununla beraber Koçi Bey'in *Risale*'si, Kâtip Çelebi'nin *Düsturu'l-amel*'i kendisine verildiği düşünülürse, bir zaman için olsa bile cihazın bozuk yerini aradığı tasavvur edilebilir. Fakat insan tutmasını, hattâ biraz da yetiştirmesini bilen padişahın büyük bir kusuru vardı. Ekip fikrinden mahrumdu. Osmanlı tarihi, Orhan Gazi'den III. Murad'a kadar ekiple gelir. Bu devirden sonra ekip fikri kaybolur. Halkın o kadar beğendiği ve benimsediği IV. Murad, bu yüzden sadece Kuyucu Murad Paşa'nın kan tutmuş bir çırağı olmakla kalır.

Fakat müesseselerin ve seviye meselesinin bütün imparatorlukta o kadar ağır bastığı bu XVII. asırda fertleri itham etmek neye yarar?

IV. Mehmed devrinin kibar, açık sözlü, deryadil, tiryaki, keyif verici maddelere düşkün, müsamahalı ve akıllı Şeyhülislâmı

Bahâi Efendi'de Yahya Efendi'ye benzeyen birçok çizgiyi bulmak mümkündür. Abdülhamid devrinde bir evkaf memuru bir vesile ile Kanlıca Körfezi'nde IV. Mehmed'in Yahya Efendi'ye bir yalı hediye ettiğini hatırlar ve devrinin hayatını müsamahası ile biraz olsun yumuşatan bu şairin ve din adamının adı şehrin hayatına iki asır sonra yeniden karışır. Gariptir ki onun tam zıddı olan o mutaassıp, zalim, hayatı darlaştırmaktan hoşlanan Beyazi Efendi de Kanlıca'nın öbür ucunda oturuyordu. Beyazi Efendi bir Yahudi ile yattığı söylenen bir Müslüman kadının At Meydanı'nda bütün şehrin karşısında recmedilmesi için ısrar eden adamdır. Padişah bile görmeye gider. Fakat her şey olup bittikten sonra şehirde aksülamel başlar, taassup adamları bir daha kolay kolay istediklerini yapamazlar.

IV. Mehmed devrinin başlangıcında iyi veya kötü o kadar rol oynayan Kara Çelebizâde Abdülaziz Efendi, Boğaz'daki yalısında rakibi Bahaî Efendi'ye fazla komşuluk edemedi. Bursa'ya nefyinden sonra onu bir daha İstanbul'a uğratmadılar. O da zamaneden Naîmâ'nın o kadar istifade ettiği tarihini yazarak intikamını aldı. Gariptir ki resmî hayatta bu kadar muvazenesiz yaşayan ve konuşan adam, tarihinde çoğu zamanlar en tarafsız hükümler verir.

Vaniköy adını, Fazıl Ahmed Paşa'nın Erzurum'dan bulup getirdiği ve saraya takdim ettiği Vanî Mehmed Efendi'nin yalısından alır. Asım'ın "Fenn-i intisabla bi-nazir" diye vasıflandırdığı Vanî Efendi cerbezeli, mutaassıp, tefsiri çok iyi bilen bir âlimdi. Fakat fırsatını bulunca padişaha hâmisinin aleyhinde bulunacak kadar haristi. Zaten entrika ve ihanet bu devirde tabiî işler arasındadır.

Bu devirde Boğaz, hiç olmazsa Rumelihisarı ve Kanlıca'ya kadar olan kısmında iyiden iyiye moda idi. Naîmâ *Tarih*'inde, Fındıklılı'da maceralarını okuduğumuz, ihtiraslarına ve entrika kabiliyetlerine şaşırdığımız, yahut hüsnüniyetlerini beğendiğimiz gözü pek vezirlerin, haris, devletin ihtiyacı olan parayı bulmak için daima azapta defterdarların, nazik ve çelebi reisülküttapların, çoğu ocak kapısından ayrılmayan ulemanın ekserisinin Boğaz'da yalıları vardı ve İstanbul baharı başlar başlamaz bu yalılara taşınıyorlar, sisli lodos sabahlarını, ışığın kanlı cümbüşü akşamları karşı sahillerde bir ağaç kümesinin veya biraz fazla çıkıntılı kayaların vücuda getirdikleri kararmış gümüşten yalnızlıkları pencerelerinden çubuklarını ve kahvelerini içerek, afyonlarını yutarak seyrediyorlar, geceleri mehtabın kabarttığı suları bir kere daha görmek için elbette yataklarından fırlıyorlar, fırtınalı gecelerde şimşek ışıklarını, akıntılı sularda eski minyatürlerde gördükleri Çin ejderhaları gibi renkli ve korkunç akışını seyrediyorlardı. Hulâsa bizim bugün Monet'de, Bonnard'da, Marquet'de, Turner'de, Canaletto'da görüp kendi hâtıralarımızdaki anlara yerleştirdiğimiz güzellikler onlar için günlük şeylerdi ve şüphesiz onlarla karşılaşmaktan haz alıyorlardı.

Yazık ki Venedik ve Napoli'den başka hiçbir memlekette rastlanmayan şekilde denizle böyle baş başa yaşamak imkânını veren Boğaziçi'nin açık bir tesirini edebiyatımızda görmek imkânsızdır. Nesrin ve resmin yokluğu, şiirin bir sanat oyunu oluşu, yaşanmışı çok gerilere atar. Onun için Boğaz tesirini sanatkârlarımızda ancak karışık bir dünyanın tesadüfleri içinde seçilen günlük hâtıralar gibi en tanınmayacak terkipler içinde ararsak bulabiliriz.

IV. Mehmed de Boğaz'ı severdi. Şüphesiz daha ziyade bir oyun olan:

> Gönül ne Göksu'ya mail ne Sârıyâr'a gider
> Sipâh-ı gamdan emin olmağa Hisâr'a gider

beyti onundur. Ve belki de çocukluğunu o kadar fırtınalı yapan isyanların birinde, yahut onların hâtırası ile söylenmiştir. *Binbirgece*'ye sonradan ilâve edilmiş bir sahife gibi pırıl pırıl saltanat kayığı Boğaz sularında sık sık süzülürdü. Fakat bu padişah daha ziyade av ve çok gösterişli büyük alayların meraklısı idi. İlk ava, cülûsundan iki sene sonra dokuz yaşında iken çıkar. Köprülü Mehmed Paşa'nın vezirliğine kadar olan zamanda yazları Üsküdar Sarayı'nda geçirmekten hoşlanıyor, ara sıra da Çatalca tarafında avlanıyordu. Köprülü'nün getirdiği nisbî sükûndan sonra –hiçbir büyük mesele kökünden halledilmemiş olmakla beraber, ortalık durulur ve devlet eski kudretini iade etmişe benzer– ve bilhassa Fazıl Ahmed Paşa ve Kara Mustafa Paşa zamanlarında tam hareket hâlindedir. Doğrudan doğruya sefere iştirak etmese bile Edirne Sarayı'nda kalmayı tercih eder. Şurası var ki bu hem vezirlerin, hem de kendisinin işine geliyordu. İstanbul sarayında fazla entrika vardı. Ve bu acayip XVII. asırda padişahlar ne şehirde, ne kendi saraylarında hiç de hür değildiler.

Yedi yaşında dünyanın en büyük imparatorluklarından birinin başına geçen bu adamın talihi kadar garip ve acı talih azdır. Gençliği birbirini kovalayan felâketler ve ıstıraplar içinde geçer. Tahta çıktığından birkaç gün sonra babasını âdeta gözünün önünde öldürürler. Sultan İbrahim'in, elinde *Kur'an*, o mürâi ve budala Sofu Mehmed Paşa'ya, Şeyhülislâm Abdürrahim Efendi'ye yalvara yalvara boğdurulmasının hikâyesini kim bilir sonradan kaç defa etrafından dinledi. Sultan Osman'ın ölümü Ocaklı'nın çılgınlığı, bir çeşit isteri idi. Sultan İbrahim ise devleti idare ile mükellef vüzeranın ve gayriresmî şekilde de olsa bir çeşit naib-i saltanat olan büyük Valide Sultan'ın tedbiriyle boğulmuştu. Hâdise o kadar acıklı, zalim ve skandalın kendisidir ki, vak'ada hazır bulunan Kara Çelebizâde Aziz Efendi dayanamaz ve büyük Valide Sultan ile vezirlere "Sultanım, bari zehirleme yoluna gidilseydi!" demeye mecbur kalır. On bir, on iki yaşlarında iken şefkatin ta kendisi olması lâzım gelen bu büyükanne onu da zehirlemeye kalkar. Ve sonunda Turhan Valide takımının elinde kendi yattığı yerden bir iki koridor veya sofa ile ayrılan odasında bir gece yarısı boğulur. Kim bilir belki de bu mukabil suikast için onun da rızasını almışlardı. Ondan sonra Ocaklı'nın, ortalığı karıştırmak isteyenlerin kardeşlerini öldürmek tasavvurundan bahseden ithamları ve tahttan indirme tehditleri başlar. Hiçbir devirde bu padişahın çocukluk devri kadar Osmanlı İmparatorluğu herkes tarafından, yahut da hiç kimse tarafından idare edilmemiştir. Bir çok defalar vezir tayini bile divana, ulemaya ve Ocağın kendisine bırakılır. Devrin başında ve sonunda, biri 1650'de, öbürü Avusturya Muharebesi'nin en korkunç zamanında, 1688'de iki isyan doğrudan doğruya halkın yardımı ile bastırılır. Efkârıumumiye biraz hazır olsa, bir fikir kıvılcımı bulunsa, bunun ötesi şüphesiz meşrutiyet veya ona gidecek bir uyanmaydı. Fakat o zaman şehir yoktu. Ulema, divan, askerî takım ve çarşı ve bunların etrafında toplananlar vardı.

Bunlarla beraber bir iki te'dip hareketine şehrin iştiraki, hükümdarların Edirne Sarayı'nı İstanbul'a tercih etmeleri ve şehirlinin bu meselede Feyzullah Efendi Vak'ası'na kadar giden asabiyeti payitaht psikolojisinin doğması addedilebilir.

IV. Mehmed ne bir çocuk gibi terbiye edilir, ne de bir hükümdar muamelesi görür. Tacı altında ezilen bu zavallı çocuğu ulema, vezirler, her rastgeldiği azarlar ve şımartır. Hakikatte salâhiyetli bir niyabet meclisinin bulunamaması, imparatorlukta olup biten her şeyin hiçbir şeye aklı ermeyecek yaşta bir çocuğun omuzuna kendiliğinden çökmesi, onun kaderinin en kötü tarafıdır.

Gözdesi Afife Kadın'ın:

Benim şevketli hünkârım heman deryâya benzersin.

diye övdüğü IV. Mehmed bu ağırlık altında büyür. Hâdiselerin hiçbirinden ders almaz. Saltanatı sanki büyük ve azaplı uyanışlarla dolu çok debdebeli bir kaçıştır.

Şurası var ki, Köprülüler'e verdiği sözü tutar. Fakat Köprülüler de ekip adamı değildir. İnsan yetiştirmekten ziyade rakiplerini ortadan kaldırmayı düşünürler. Bununla beraber Viyana Muhasarası'na kadar devam eden devirlerinde imparatorluk dışarıdan hakikatten büyük ve azametlidir.

Fazıl Mustafa Paşa'nın açtığı 1673 seferinde ordunun çıkışını Edirne'de seyreden Galland, IV. Mehmed'in nasıl bir debdebe içinde yaşadığını bize anlatır.

"Padişahın camiye gidiş ve dönüşlerinde, kurban ve şeker bayramlarında, sefir hazretlerinin huzura kabulünde, donanmanın Kandiye fethinden sonraki muzaffer dönüşünde Osmanlı İmparatorluğu'nun ihtişamından bazı örnekler görmüştüm. Fakat hiçbiri padişahın sefere çıkmak üzere Edirne'yi terkettiği gün gördüğüm o emsalsiz debdebe ve ihtişamın güzelliğiyle boy ölçüşemez. Okumuş olduğum romanlardan hatırımda kalan savaş dönüşlerine, zafer alaylarına, turnuvalara[1], karuzel'lere, maskarad'lara dair yapılan tasvirlerin hiçbiri o gün gördüğüm gerçek ihtişamla mukayese edilemez." diye söze başlayan Galland, bu ihtişamın ancak resimle verilebileceğini söyledikten sonra, padişahın av maiyetini şöyle anlatır:

"Öndeki otuz kadar atlı bileğinin üzerinde bir şahin taşıyordu. Bunların arkasında sağrılarında padişahın bazen tavşan avında kullandığı bir nevi terbiyeli kaplan (pars, filan gibi bir hayvan olmalı) taşıyan yedi atlı geliyordu. Bu kaplanların sırtında birer işlemeli şal vardı. Vahşî ve yırtıcı bakışlarıyla tezat teşkil eden sakin duruşları, seyredenlerde hayretle karışık bir korku uyandırıyordu. Bunların ardından elli kadar tazıyı götüren yeniçeriler geliyordu. Bu tazılar şüphesiz dünyanın en güzel tazılarıydı. Ve güzelliklerini sırtlarındaki çok zengin sırma ve simle işlenmiş örtüler, boyunlarındaki süslü tasmalar bir kat daha artırıyordu. Bunların ardından sarkık dudakları, çenelerini örten beş altı iri kobay geliyordu. İri gövdeleri ve derilerini güzelleştiren alacalı beneklerin daha iyi görünmesi için bunlar örtüsüzdü. Arkalarında, her biri bir adamın yedeğinde, sırtları beyaz, kırmızı ve siyah renklerle tıpkı kaplan gibi zebralı ve benekli on iki zagar geliyordu. Yeryüzünde rastlanabilecek en güzel cinsten olduklarını zannettiğim bu köpeklerin böyle en sona bırakılışı şüphesiz güzelliklerinin daha iyi tadılması içindi. Bu av kafilesinden sonra yedeklerinde birer at bulunan yirmi atlı çavuş tek sıra hâlinde gidiyordu. Padişaha mahsus olan bu

---

1 Turnuva bir çeşit Ortaçağ cirididir, karuzel bu ciridin XVII. asırda aldığı şekildir. Maskarad ise kıyafet değiştirerek yapılan bir Rönesans eğlencesidir.

atların azametinden işlemeli eğer takımlarından, dizginlerindeki mine ve sırmalardan, ağır sırma işlemeli, yer yer inci ve kıymetli taşlarla süslenmiş hâşelerinin, zenginliğinden ne de taşıdıkları kılıçların, sadakların, yay ve kalkanların mükemmelliğinden ve kıymetlerinden bahsedeceğim. Böyle bir şey yapabilmek için her birini ayrı ayrı çok yakından görmek lâzım gelir.

Bu muhteşem alayın ortasında IV. Mehmed, mücevher ve inci kakmalı zırhları, sol omzuna attığı murassa cepkeni, atının bütün bir hazine değeri olan mücevherleri içinde hakikî bir sanem gibidir. Hakikaten bu azamet, edebiyatı ve masalı asırlarca beslemiş olan bütün Şark'tı.

IV. Mehmed, o kadar korkunç felâketin kapısı olan Viyana Seferi'ne işte bu debdebe ile çıktı. O bozgunun tafsilâtını *Fındıklılı Tarihi*'nden günü gününe okuyanlar, bu debdebe ve ihtişamı ister istemez bir akşam güneşinin son ışıklarına benzetirler.

Hiçbir şey Osmanlı İmparatorluğu'na Merzifonlu Kara Mustafa Paşa'nın hırsı kadar zararlı olmamıştır. Mustafa Paşa Belgrat'a kadar aynı debdebe ile sürüklediği padişaha bile Viyana'yı zaptetmek niyetinden bahsetmez. Hattâ asıl kararını bütün serhat paşaları ve tecrübeli harp adamlarının itirazlarına rağmen yolda verir. İşsizliğin ve ikdisadî buhranın en son haddini bulduğu, her sene Anadolu'da devleti tehlikeye düşürecek birkaç isyanı beslediği, emniyetsizliğin ve ihanetin devlet adamlarını kurt yaptığı bir devirde Kanunî'yi yenmek, onun başaramadığını başarmak istiyordu.

Bununla beraber başlangıçta Viyana bozgunu devletin kaybettiği muhaberelerden biriydi. IV. Mehmed şaşırmasaydı felâket çabuk tamir edilir ve ufak bir hudut tashihi ile iş kapanırdı. Fakat padişah vaziyetin adamı değildi. Kara Mustafa Paşa ise büyük kumandanların çoğunu ortadan kaldırmıştı.

IV. Mehmed bu bozgundan sonra bir müddet Belgrat'ta çırpınır durur, sonra Edirne'ye gelir. Fakat bir zamanlar o kadar canı sıkıldığı, kaçtığı İstanbul'a bir türlü dönemez. Fındıklılı'nın naklettiği: "Hangi yüzle İstanbul'a dönerim!" sözü bu gölge padişahta bütün bir psikolojinin uyanışıdır.

Gariptir ki serhat, kan ve ateş içinde iken yine av peşindedir. İstanbul'a zarurî olarak dönüşünden sonra bile av yüzünden Üsküdar Sarayı'nda kalmayı tercih eder. Fındıklılı'ya göre ava gece gidip dönmeye başlar. Bu sırada İstanbul kıtlığın mutlak tehdidi altında günlük tedbirlerle yaşıyordu. Ve bittabi şehir halkı homurdanmaya başlamıştı. Padişahın kendi bulunduğu camilerde bile aleyhine vaazlar veriliyor, yaşayış şekli tenkit ediliyordu. Bu ısrar üzerine padişah avdan vazgeçmeyi vaat eder. Hattâ av köpeklerinin ve kuşlarının bir kısmını sattırır. Fakat IV. Mehmed'de bu av merakı sonuna doğru marazî bir şekil almıştı. Hal'inden evvelki günlerde geceleri uyuyamadığını, avsız duramayacağını söyler ve etrafından Davutpaşa'yı geçmemek şartıyla ava çıkma izni alır. Böylece saltanat hayatının başı ile sonu birleşir. Fındıklılı'nın, onun hal'ini anlatan sahifeleri Galland'ın ve o kadar ecnebinin gözlerini kamaştıran debdebe ve saltanatın tam öbür yüzüdür. Yine aynı müverrih, saltanata çıkacak olan II. Süleyman'ı hapsolduğu köşede sırtında bir atlas entariyle "seril sefil" bulunduğunu ve maiyetinden birinin verdiği kürkü giyerek bi'atın yapıldığını söyler.

Bu devrin asıl eseri nedir? Yıkılan ve Üsküp'e kadar kan ve ateş içinde kalan Rumeli'de Budin için söylenen:

> Bir yana dizildi on iki bin kız,
> Aman padişahım biz de İslâmız
> Aldı Nemçe bizim güzel Budin'i

kıt'asının bulunduğu o acıklı halk türküsü mü, yoksa Neşatî'nin ve Nâilî'nin şiirleri veya Yeni Camii'nin deniz senfonisi, yahut Seyyid Nuh'un, Itrî'nin, Hâfız Post'un besteleri mi?

O kadar iyi niyetli fakat beceriksiz II. Süleyman'ın esaret hacaletine uğramaması için vezirlerin ısrarı ile İstanbul'a dönerken her geçtiği yerde bütün Rumeli halkının "Padişahım bizi bırakıp nereye gidiyorsun?" diye atının boynuna sarıldığı günlerde kılıç artığı yeniçeriler ve Anadolu askerleri muhasara altındaki şehirlerde, bir avuç insanın ümitsiz dövüştükleri palankalarda, akşam garipliğinde hep bu türkü söyleniyordu.

XIV

Bununla beraber, bu kadar felâketle biten XVII. asır zevkimizin tam teessüs ettiği asırdır.

İki asırlık tereddüt ve düşünceden sonra sivil mimarîmiz Boğaz'a yaraşacak bir üslûp bulmuş, üstelik hayatımız da bu inceliği ve onun külfetlerini kabul edebilecek hâle gelmiştir. Bu devirde Boğaziçi'nin iki sahili vezirlerin ilmiye ricalinin, defterdarların, zengin halkın yalıları ile örtülü idi. Azledilen şeyhülislâmların XVIII. asırdan sonra taşraya nefyedilmeyip nisbeten şehirden uzak yerlerde veya çiftliklerde kalması âdeti başlayınca Boğaz biraz daha şenlenir.

Yukarıda bahsettiğimiz Bahaî Efendi yalısı ve Amcazade Hüseyin Paşa yalısı bu XVII. asır sonunda en beğenilen yalılardır. Her ikisinde de Avusturya sefirlerine birer ziyafet verilmişti. Hüseyin Paşa yalısındaki ziyafet 1700'dedir. Dört yüz kadar davetli büyük bir kadırgaya bindirilerek Anadolu Hisarı'na kadar getirilir. Bugün Meşruta Yalı adı ile tanıdığımız bu yalının elde kalan büyük merasim salonu ve selâmlık kısmı, başında Pierre Loti'nin güzel bir mukaddimesi bulunan iyi bir eserle tanıtılmıştır.

III. Ahmed devrinde sadrazam Teberdar Mehmed Paşa, Acem elçisine burada ziyafet verir. Ve konuşma esnasında "Sizin Çarbağınız varsa, bizim de Anadoluhisarı'mız var" diye övünür. Hakikatte bu XVIII. asır başında Boğaziçi, imparatorluğun büyük gururlarından biridir. Teberdar Mehmed Paşa'nın halefi Çorlulu Ali Paşa'nın yalısı Ortaköy'de idi. Bir gece Sultan Ahmed'i bu yalıya davet etmiş, alaturka saat beşe kadar mum donanması yapılmıştı.

III. Ahmed, saltanatının ilk devirlerinde Haliç'teki Karaağaç Sarayı'ndan hoşlanır. Daha sonra 1717'de Hasköy'deki Aynalıkavak

Sarayı'nı yaptırır. Bu saraya adını veren aynalar Venedik'ten gönderilmişti. Padişah çiçek hastalığına tutulduğu bu Haliç yalısında ancak bir yaz kalır. Ve ondan sonra Beşiktaş Sarayı'nı tercih eder. Devrin edebiyatında o kadar yer alan Sâdâbâd'ın yanı başında Boğaziçi hiç de sönük değildi. Yalnız eğlenceler daha çok Sâdâbâd'da yapılıyordu. Bu Sâdâbâd zevkini anlamak için Haliç'in o zamanlar henüz bugünkü gibi sanayie terkedilmediğini ve iki köprünün onu İstanbul'un umumî manzarasından ayırmadığını düşünmek lâzımdır.

İbrahim Paşa imardan hoşlanıyordu. Yontulmuş mermer, yaldızlı kitabe, nakışlı saçak, güzel yazı hoşuna gidiyordu. Sonra İstanbul'u seviyordu. Güzel ve sanatkârca yaşamaktan hoşlanıyordu. Hattâ bu yolda icat sahibiydi. Efendisinin sade veziri değil, bir nevi eğlence nazırıydı da. IV. Mehmed'in oğlunu eğlendirmek için her gün yeni bir şey icat ediyordu.

Nedim dehasını onun zamanından bulur ve hepimiz biliyoruz ki Nedim'in dehası biraz da İstanbul'un ve Türkçenin dehasıdır. Küçük Fransız taklidi birkaç havuz ve şelâle ile buluştan öteye geçmeyen, bir eğlence ve israftan başka bir şey olmayan Lâle Devri, onun şiirinde gerçekten büyük bir devir manzarası alır; onun:

Heman alkış sedâsın andırırmış çağlayan sûlar

mısraı 1720-1730 arasını bize olduğundan da çok başka gösterir. Nedim, İstanbul'u nasıl sever, yaşadığı zamandan ne kadar memnundur? Her modaya her tarza nasıl bağlıdır, sonra onları bütün lezzetlerini tadarak nasıl anlatır? Şurası var ki ailesi Fatih devrine kadar çıkan bu şair tam şehir çocuğuydu. İstanbul'u dilinin ucunda bir tat, gözlerinde bir kamaşma gibi kendi bünyesinde taşıyordu.

III. Ahmed'in bir hastalığı üzerine geçmiş olsun demek için yazdığı bir manzumede, artık padişahın ilâç yerine:

Murabbalar muattar kahveler pâkize şerbetler

içeceğini söylerken, âdeta kahve tepsisini sallaya sallaya getiren bir İstanbul külhanbeyine benzer; derken bir kanatlanır, bütün bir yıldız cümbüşü olur. Bir rubaisindeki:

> Sanmam ki ra'd ü berkdir etti gûlu
> Top şenliğidir sâkî hisârın bu

beyti o zamanki Boğaz eğlencelerinin bir aksidir.

Fakat Lâle Devri yalnız Nedim değildir. Yanı başında Itrî'den sonra gelişen musiki de vardır. O zamanlar Nedim'i yetiştiren şiirimiz ve biraz sonra Hekimoğlu Ali Paşa Camii'ni verecek mimarîmiz kadar, musikîmiz de yaratıcıdır. Hattâ meşale biraz da onun eline geçmiş gibidir. Hâfız Post 1689'da, Itrî 1712'de ölür. İbrahim Paşa zamanında ikisinin de eseri yavaş yavaş orta sınıfa yayılmakta idi. Onlardan biraz sonra Seyyid Nuh'la Nühüft makamının kendine mahsus Şark'ı başlar. Onun yanı başında dehasıyla Itrî'den İsmail Dede'ye geçmeyi o kadar tabiî yapan Ebubekir Ağa ile Kara İsmail Ağa ve Tab'î Mustafa Efendi yer alırlar. Bu tam mânasıyla bir yıldız manzumesidir. Türk musikisinin hâlâ tam bir diskoteği yapılmamış olması ne kadar hazindir.

İbrahim Paşa, Fındıklı'daki Emnâbâd Yalısı'nı kendi karısı için genişleterek tamir ettirir. Kuruçeşme'de Kasr-ı Süreyya'yı, Bebek'te I. Abdülhamid devri zamanında Reis Efendi ile ecnebiler arasındaki bitmez tükenmez konuşmalar yüzünden ecnebilerin Konferans Köşkü adını taktıkları Humayunâbâd'ı, Ortaköy'de bilâhare yerine Hatice Sultan Yalısı yapılacak olan Neşât-âbâd'ı yaptırır. Devlet erkânının hemen hepsinin sahil boyunca yalıları, büyük tepelerde veya vadilerde eğlence köşkleri vardı. Boğaz tekrar 1683'den evvelki manzarasını almıştı.

Çoğu yeni baştan yapılan ve tamir edilen yalılar arasında eski Kandilli Sarayı da vardı. Bu saraydan bugün, tıpkı öbürleri gibi ortada hiçbir şey kalmamıştır. Hatta onun yerini alan, zaman ve mekan içinde ona komşuluk yapan yalılardan da pek az şey kalmıştır. Yalnız tek bir mısra, Şair Vecdi'nin bu yalının esaslı tamirine söylediği manzumenin tarih mısraı ara sıra kitap sayfalarından uçan bir yıldız gibi fırlıyor, bizi kendi parıltısı ile doldurup geçiyor.

> Yeniden şu'lebâr-ı sâhil oldu köhne Kandilli

Sözün mucizesine bakın ki bir tek mısra bütün bir geçmiş debdebeyi zamanla beraber bizde yaşatmaya kâfi geliyor. İkinci Dünya Harbi'ndeki karartma günlerinde Kuzguncuk'ta bir gece bu mısra beni bir büyü gibi yakalamıştı. Şüphesiz onu üst üste sofra başında, sonra yatağımda tekrarlarken Boğaz gecesinin koyu mavi ipeği altında İstanbul yazlarının öğle vakti cümbüşü olan çiçek bahçeleriyle beraber gömülmüş uyuduğunu bildiğim komşumuz Kandilli'yi pek düşünmüyordum. O, hâfızama bütün direkleri ve küpeştesi renkli fenerlerle süslü bir eski zaman gemisi gibi, dört bir yanı yontulmamış mücevherlerin parıltısına gark ede ede geliyordu.

Nihayet dayanamadım, ertesi sabah birkaç dostumla Kandilli'ye gittik. Bir gece evvel hulyamı zorlayan, düşüncemi bir türlü susturamadığım billûr şakırtılar içinde boğan hayallerden hiçbir eser yoktu. Birkaç bahçe ve beş on kayıkçı, bir de kıyı boyunca kırılmış bir orgu andıran harap rıhtımlar. Dönüşte bu rıhtımlardan birinde bizim hasta bir kunduz yavrusu olduğunu tahmin ettiğimiz bir hayvan güneşe serilmiş yatıyordu. Hayır, eski Kandilli'yi Vecdi'nin mısraında ve şurada burada dağınık bazı hâtıralardan aramak lâzımdı.

İbrahim Paşa'nın başladığı her şey I. Mahmud zamanında devam eder; fakat bir çekingenlik perdesi altında. Bizzat padişahın o kadar sevdiği musikî, mimarî, gölgede homurdanan azgın devi, yeniçerinin istismar etmesini o kadar iyi bildiği taassubu ürkütmeksizin zaferlerini toparlar. Sahillerdeki saraylar tamir, vakıfları tekrar tanzim edilir, bahçeleri düzeltilir. Fakat devrin dışarıdan görülen manzarası hiç işitilmemiş bir ihtişamla tertip edilen mevlud âyinleri ve Hırkaışerif ziyaretleridir.

I. Mahmud, Barrès'in anlattığı İtalyan Kardinal'ine benzer; sevgilisi ile gezdiği bahçede bir bahçıvan arkalarından yürür ve tırmıkla ayak izlerini silermiş. Onun bahçıvanı dârüssaade ağası Beşir –birincisinden bahsediyorum– Ağa'dır.

III. Mustafa devrinde İstanbul'da bulunan Baron de Tott hâtıralarında, Büyükdere'de Fransız Sefarethanesi'nde yapılan bir musiki âlemini kıskanan semtin Rum ahalisinin hemen o gece saz takımları ile sandallara atlayıp sefarethanenin karşısına geldiklerini anlatır. Bu rekabet Tanzimat'ın Boğaz'daki mehtap eğlencelerinin başlangıcı sayılabilir. Müslüman halkın ve bilhassa ricalin açıktan açığa musiki âlemleri yapmalarına devir pek müsait değildi. Bu gibi şeyler, daha ziyade ya saraylarda köşklerde, hususî ikametgâhlarda yapılıyor, yahut da tekkelerde oluyordu. Binaenaleyh Tanzimat'tan evveline ait sazlı sandal âlemleri tablolarını uydurma şeyler gibi kabul etmek daha doğrudur.

XVIII. asırda Boğaziçi'nde tıpkı Beyoğlu'nda da olduğu gibi ve şüphesiz biraz daha hür şekilde ecnebilerin hayatı başlar. Daha IV. Mehmed devrinden itibaren sefaretler sık sık Bentler'e, Belgrat Ormanı'na gidiyordu. İbrahim Paşa zamanında ve onu takip eden zamanlarda Büyükdere, biraz sonra III. Selim'in Fransız Sefareti'ne bir yalı hediye etmesiyle Tarabya ecnebi kolonisinin yazlığı olurlar. Buralarda kendi aralarında bazen zengin azınlık ailelerinin katıldığı eğlenceler tertip ederler, hattâ Bentler'de büyük gece eğlenceleri yaparlardı.

Lâle Devri ve onun devamı olan yıllarda İstanbul'da bu sefaretlerin misafiri ve mensubu olan bir yığın ressam vardı. Ne gariptir ki bütün şöhretlerini aramızda ve bize ait dekorlar içinde yaptıkları eserlerle temin eden bu İstanbul ressamlarının bir tek tablosu elimizde yoktur. Van Moor bunların arasında en kuvvetlisiydi. O devirde Fransa'da ve Avrupa'da başlayan "turquerie" modasında onun resimlerinin büyük payı vardır.

Boğaziçi'nde ve Bentler'deki bu ecnebi hayatı, III. Mustafa ve I. Abdülhamid devirlerinde biraz daha gelişir. Zaten artık İstanbul'da antika meraklısı âlimler, arkeologlar, sefaretlerin hususî mimarları çoğalmıştı.

III. Selim, devrinin yeni mimarî ve bahçe zevkini açacak olan Melling'i onların arasından seçmişti. Melling'in yaptığı eserlerin çoğu kalmadı. Fakat albümü duruyor; bu albüm Şeyh Galib *Divan*'ı ile beraber, devrin en güzel konuşan müşahididir. Zaten albümün mühim bir kısmı III. Selim ve kardeşi Hatice Sultan'ın teşvikiyle hazırlanmıştı. Padişah bütün Avrupa'dan gelen şeyler gibi resmi de seviyordu.

Melling bu zamanın İstanbul'da yaşayan tek Avrupalı ressamı değildi. Onun eseriyle beraber birçok albüm ve kitap çıktı. Ondan evvel ve sonra hayatımızı az çok gösteren bir yığın tablo yapıldığı gibi. Devir büyük infolio'ların, geniş aralıklı dizisi eski konakların taşlıklarını hatırlatan itinalı baskıların devridir. Bunların içinde d'Ohsson gibi bizi anlamaya çalışanlar, aramızda hürmetle dolaşanlar, hattâ bizi sevenler vardı; Choiseul Gouffier gibi kendisine verilen vazifeye ihanet ederek açıktan açığa düşmanlık edenler, tedavi için sefarethaneye aldığı esir zabitleri iyileştikten sonra tekrar bize karşı dövüşsün diye düşman ordusuna gönderenler de bulunduğu gibi.

Melling'in onlardan ayrılan tarafı bizimle yaşamasıdır. Ne Kadîm Yunan'ın, ne de Şarkî Roma'nın peşindedir. Hatice Sultan'ın saray ve bahçe mimarı bir İstanbullu gibi şehri kendisi için sever. Beyaz, kurşundan büyük kubbelerde sert yaz aydınlığının eriyişini, dumanlı bir şey oluşunu, Boğaz bahçelerinde ve Haliç sırtlarında yükselen çınar ve servilerin güzelliğini tatmıştır. Üsküdar'ı ve İstanbul'u Kandilli ve Ortaköy'ü, Bentler'i onun desenlerinde bir eski şarkıda tadar gibi duymak mümkündür.

Mimarî ve bahçe zevkimiz III. Selim tahta çıkmadan çok evvel halledilmişti. Ufak tefek geriye dönüşlere, klasik devri hatırlamalara rağmen Türk rokokosu başlamıştı. Melling, Nuruosmaniye ile başlayan zevk ehli olan küçük köşklerde –meselâ Emirgân Köşkü'ne kıyas edilerek– Aynalıkavak'ta bile hiç olmazsa duvar süslerinde bu yeni zevk bulunacaktı. Eskiler yabancı motifleri almaktan korkmazlardı; güzel bir yazı bütün dışarıdan girenin üzerine damgasını vurunca her dâvanın az çok halledileceğini bilirlerdi. Aynalıkavak'ın iki katlı pencerelerini ve XVIII. asır Fransız süslerinin, bozulmuş rokokosunu Galib'in şiiri ile birleşen Yesârizâde ta'liki o kadar görünmez hâle sokarlar ki... İşte Melling, bu karışık zevkin yaratılmasında hükümdarın en büyük yardımcısı oldu.

Melling'e İstanbul'da emanet edilmiş bellibaşlı eserler Defterdarburnu'ndaki Hatice Sultan Yalısı (Eski Neşât-âbâd) ile eski Beşiktaş Sarayı'nın divanhanesi ve Valide Sultan daireleriydi. Bu üç eserde de Melling, yerli zevki hiç rahatsız etmeden garplıdır. Onun için divanhanenin İyonya sütun dizisini bugün kendi deseninde seyrederken hiç de yadırgamıyoruz. Bugün ne bu köşkler ne de bahçeleri var. III. Selim'in Topkapı Sarayı'nın içinde yaptırmak istediği, fakat Melling cesaret edemediği için Danimarka sefiri Baron de Hubsch'un maiyetindeki mimar tarafından yapılmasına karar verilen saray projesinden de Mısır'ın Fransızlar tarafından işgali üzerine vazgeçilir. Öyle ki bütün bu gayretlerden ve çalışmalardan yalnız Paşalimanı'ndaki askerî ambarlarla, Üsküdar'daki Selimiye Camii ve şurada burada rastladığımız birkaç askerî tesis kaldı denebilir.

Yukarıda İngiliz seyyahı Dallaway'ın Hatice Sultan yalısı ve belki de Melling albümünde bahsedilen saray projesi için Üsküdar Sarayı'nın yıkılmasına üzüldüğünü söylemiştik. Filhakika bizim tabiatı serbest bırakan, süs ağaçlarıyla meyva ağaçlarını beraberce bulundurmaktan hoşlanan bahçe zevkimiz, Versailles taklidi labirentli muayyen desene göre tanzim edilmiş bahçelerden çok ayrıydı ve İngiliz bahçesine biraz daha yakındı.

Gariptir ki Üsküdar Sarayı'nın emriyle yıkılmasına rağmen Üsküdar peyzajı, Selimiye Kışlası ve Camii ve bilhassa etrafındaki o geniş ve sakin sokaklar yüzünden daha ziyade ona bağlıdır. Vakıa bu sokaklar ve civarı bugünkü manzarasında hiç de açıldıkları devri vermezler. Fakat peyzajın garip bir hususiyeti vardır. Bir kere bir isimle birleşti mi bir daha muhayyilemiz de ondan ayrılmaz.

III. Selim Boğaz'ı seviyordu. Adının Kırlangıç olduğunu yine Melling albümünden öğrendiğimiz –çok uzun mahmuzunda altından bir deniz kırlangıcı heykeli vardı– saltanat kayığı ile sık sık Boğaz'da dolaşıyor ve Boğaz köşklerinde mehtap safası yapıyordu. Galib *Divan*'ını dolduran mehtap ışığı ve mücevher parıltısı bu zevkin yalnız padişahta kalmadığını, etrafına da geçtiğini gösterir. Zaten ilk mehtap kasidesi yazan odur. Hatice Sultan Yalısı için Şeyh Galib *Divan*'ında yalının bahçelerini, havuzunu, mehtabiyesini ve gül bahçesini metheden bir tarih kasidesi vardır.

Zaten bu devirden kalan eserlerin çoğu kapısının üstünde, çeşmeler ayna taşlarında Şeyh Galib'in tarihlerini taşırlar. Bu talihsiz hükümdar saltanatını şiirle, zevkini tam bulamadığı mimarî ve bizzat kendisinin ön safında geldiği musikî arasında paylaşmış gibiydi. Devrin bizdeki çehresi biraz da sanata verdiği üstün yerden gelir. Sanatın bir adım ötesinde ufuk tahammül edilmeyecek kadar boğucudur. Öyle ki insan, devrin şurada burada tek tük rastlanan hâtıraları ile karşılaşınca ister istemez Şeyh Galib'in:

> Perişâni-i gam menşuruna tuğra mıyım bilmem

mısraını hatırlıyor. Hayır bu altın, bir yıkılışın üstünde parlıyordu. Bu mısraın bulunduğu müseddesin hâne beyiti ise Şeyh Galib'in bence tek kehanetidir:

> Belâ mevc-âver-i girdâb-ı hayret nâhuda nâbud
> Adem sahillerin tuttu deriga bang-ı nâmevcud!

Şüphesiz bunda en büyük mesuliyet padişahındı. Bu hükümdar giriştiği işi tutacak kudrette değildi. Ne de bu cinsten büyük bir değişiklik için zarurî olan bilgiye ve şahsiyete sahipti. Devri çakırpençe insan istiyordu. III. Selim'de ise bu yoktu. Onun için diktiği yenilik ağacı ancak kanıyla sulandıktan sonra tutunabildi ve çiçek açtı.

III. Selim'in beste ve âyinlerini şimdi bizim için o kadar derin ve mânalı yapan şey, iyi niyeti, yenilik aşkı gibi faziletlerini karşılayan cihangirlik hulyası, tereddütleri, yeis ve fütûru, hulâsa, bütün bir kompleks psikoloji yüzünden milletçe yaşadığımız kanlı ve hazin macera mıdır? Hayatını ve yarıda bıraktığı işleri, imparatorluğun yelken ve dümenine kadar suya batmış bir gemiye benzeyen o felâketli manzarasını bilen bizler, bugüne ait his ve düşüncelerimizi teşmil ederek mi bu eserlerle karşılaşıyoruz? Yoksa onlar gerçekten, şimdi duyduğumuz şekilde, bütün bir inkıraz korkusu, inkıraz zevki, azaplar, tehlikeli sezişler, nefis ithamları ve kaçışlarla zengin olarak mı bize geliyorlar?

Bunlar ancak musikimizi bütün tarihiyle gözü önünde bir obje gibi görebilecek şekilde bilen ve üstünde duran münekkitlerin cevap verebileceği suallerdir. Şurası var ki tıpkı kendimiz gibi geçmiş zaman da bizdeki aksiyle tekevvün hâlindedir. Kâinatımızı nasıl kendi akislerimizle yaratırsak; maziyi de düşüncelerimizle, duygularımızla ve değer hükümlerimize göre yaratır, değiştiririz. Kaldı ki talih, bu hâlis İstanbullu bestekârı, doğuşu ve mukadderatına sahip olduğu imparatorlukla devrinin öbür insanlarından çok ayırmıştı. İster istemez her hareketinde öbürlerinden başka şeyler aramamız zarurî oluyor. Belki de bu yüzden Topkapı Sarayı'ndaki iki odalı köşkünde, bugün pas vurmuş billûruna Galib'in beyti oyulmuş aynalar, çiniler, âyetler arasında, Aynalıkavak Sarayı'nın ta'likleri altında, Beşiktaş Sarayı'nda ve Boğaz köşklerinde, kız kardeşlerinin yalılarında yeni kurduğu orduyu bütün bir gözde maiyet ile teftişe gittiği Levent yollarında, her önünden geçtiği iskelede top sesleriyle selâmlandığı deniz binişlerinde hemen herkese güvenerek, herkesten şüphe ederek, en küçük ümitlere yapışarak, en ufak fısıltılara mâna vererek, dikkati ve düşüncesi o kadar acıklı maceraların geçtiği hudutlarda, dostu sandığı Napoléon'un ve İstanbul'u tehdit eden İngiliz donanmasının tasavvurlarında parçalanmış, geçirdiği saatlerin bu bestelerde ve âyinlerde mutlaka bir izi bulunmasını istiyor ve bunu vehmediyoruz.

Böyle olduğunu bilmekle beraber, gene de bu eserde bir yığın şeyin devrini, en içli ve mânalı tarafından bize verildiğini zannediyorum. Sanatın tecridi, hele musikide zannedildiğinden çok fazla şey yüklenir.

Bunun dışında, III. Selim'de bestenin şalı, daima zarif, kibar, acayip şekilde dokunaklı ve hafiftir. Sanat gelenekleri çok defa yeniyi kendilerini süze süze bulurlar. III. Selim'in Suzidilâra ile yaptığı eserler, eski musikimizin en hafifletilmiş eserlerinden biridir ve muhakkak ki Dede'yi bazı noktalarında bize müjdeler.

1807 isyanı Boğaziçi'nde başlayan hayatı söndürmedi; belki sadece sahiplerini değiştirdi. Yeni devrin ricali Selim zamanınkiler kadar kibar ve zarif değildirler. Üst üste bir senede iki ihtilâl İstanbul'un kalburüstü halkını çok değiştirmişti. Zevkin yeniden çiçek açabilmesi için epeyce beklemek lâzımdı. Fakat II. Mahmud da musikiyi seviyor, Boğaz'dan hoşlanıyor, sık sık binişler tertip ediyordu. Enderun âdeta bir musiki mektebi hâline gelmişti. Bir yığın muharebe, isyan ve millî felâkete rağmen İstanbul eğleniyordu. Bu, Vâsıf'ın "Eğlencenin biri bitmeden öbürünü peylerdik" dediği devirdi.

Bununla beraber hayat bu nisbî hürriyete rağmen dardı. Şiir hiçbir şey söylemiyordu. Mimarî zevki soysuzlaşmıştı; saraylar ve konaklar küçük Avrupa burjuvasının evleri gibi döşeniyordu. Von Moltke Beylerbeyi Sarayı'nda II. Mahmud'un huzuruna kabul edildiği zaman isteye isteye düşülen bu fakirlikten şaşırır. Yalnız bir adam, bu boşlukları doldurur.

Dede'nin kendisine has bir melankolisi vardır ki ne yaşadığı devirle, ne de hayatının ârızaları ile, hattâ ne de Mevlevîlikle tamamiyle izah edilemez. Bununla beraber hepsini, onunla temasa gelir gelmez bizde uyanan değişik ruh hâletlerimizle beraber içine alır. Bu melankoli belki ruhundaki kesif kader duygusundan geliyordu; kim bilir, belki de bu eserin zamanla birleştiği tek nokta olan bir sezişti. Çünkü bu altın kasırgası devrin içinde biraz da tek başınadır. Onun estiği ruhla etrafında çalkalanan hayat arasında bir münasebet bulmak epeyce zordur. Ne saray, ne şehir, ne tekke, ne de diğer sanatlar —ona bazı unsurlar, meselâ büyük bir tekâmül mirası ve çalışma imkânları hazırlamış— olmakla beraber böyle bir yüksekliği tabiî gösterecek seviyede değildirler.

Devrinin insanlarına gelince, biz *Letaif-i Rivâyât-ı Enderun*'da Vâsıf ve Keçecizâde divanlarında, Şânizâde'de ve Esad Efendi'de, *Takvim-i Vekayi* koleksiyonlarında onları görüyoruz. Tarihimizin hiçbir devri bu kadar canlı konuşan vesika bırakmamıştır. Hattâ Dede'ye o kadar bağlı olan ve aşağı yukarı ölüm döşeğinden kalkıp ona ısmarladığı Ferâhfezâ Ayini'ni dinlemek için Topkapı Mevlevihanesi'ne gidecek kadar seven ve beğenen II. Mahmud için bile yaşayış şekli düşünülürse, ona yabancıydı, denebilir. Ve şüphesiz ilk hâmisi III. Selim'le aralarındaki, aynı hamurla yoğrulmuş olmaktan gelen o yakınlık yoktur. O Şakir Ağalar, Mehmed Ağalar, her gün onun sıcağında verimli bir sonbahar gibi kızaran ve olgunlaşan istidatlar da, üslûp ve tekniğinin akislerini taşımakla kalırlar; hiçbirinin tırnak ve dişleri, o kadar derine geçmez. Hattâ efsanevi avın farkında bile değildirler: Onlar öğrendikleri bir hüneri, şurası muhakkak ki büyük bir muvaffakiyetle, tekrarlayan insanlardır.

Dede hatırlar. Onun kâinatı, hatırlamanın ve hasretin kâinatıdır. Bu şüphesiz Mevlevî terbiyesinden geliyordu. Fakat bu yumuşak ruhlu dervişte hayat da ağır basar. İsmail Dede, pagan zevkle imanın birbirine karıştığı XV. asır İtalyan ressamlarına benzer.

Bütün Şark, en hâlis mücevher ve madenlerden sızdırılmış bir iksir gibi orada, vahdet neşvesinin, ilâhî hasretin, gurbetin, affetmeyen sevgi ve azabın kozmik ışıklar gibi dört bir tarafını yaladığı, şaşırtıcı terkiplerle her an yeni baştan bir şehrâyin kurduğu bu eserin gecesindedir. Dede'yi sevmek için –her eser için olduğu gibi– tanımak şarttır. Fakat bu musikinin bütün kapılarını bize açabilmesi, sırrın bir alev parçası gibi etimize yapışması, bir fikr-i sabit, kendimize ait bir azap gibi peşimize takılması için onunla hiç beklenmeden karşılaşmamız, bir kerecik dahi olsa onun bizi gafil avlaması, hulâsa onunla uyanmamız lâzımdır. O zaman, önümüzü ve etrafımızı Ferâhfezâ veya Acemaşiran burçlarından, göklerinden seyretmenin ne demek olduğu anlaşılır.

Dede ile ölümün ebedî bir visal olarak adlandırıldığı o mistik iştiyaklar ülkesinden çıkarız. Onun ölüm ağacı daha gerçek bir dünyada yetişir. Tıpkı eski Boğaz bahçelerinde, Üsküdar tepelerinde, İstanbul'un şurasında burasında tek başlarına yükselen o ihtiyar ve yüksek ağaçlar gibi!..

Dede'nin musikisinde İstanbul peyzajının ve Boğaziçi'nin daima hissesi vardır. Hattâ diyebiliriz ki bir evvelki devirden itibaren dış âleme açılan musikimiz asıl zaferi onunla idrak eder. Fakat yanılmamalı, Garp'ta yetişen eşitleri gibi o peyzajı ve hemen her söylemek istediğini istediği, gibi veremez. Eski musikimiz insan sesinin tabiî işaretiyle konuşur. Ne hususî lugati, ne de tam bir sentaksı vardır. Kudreti de, zaafı da buradadır. Hiçbir zaman kendi başına bir semboller dünyası olamamıştır. Üstün neşesi ve zaman zaman ıstırabındaki parçalayıcı kudret, çığlığa bu kadar yakın bulunmasında hattâ onun hudutları içinde kalmasındadır. Söyleyeceğini, insan sesinin billûruna geçirebildiği hâllerde söyler. Dede işte yukarıda bahsettiğim ve bir türlü anlatamadığım kederi ile, bu peyzajı bizde, dışarı dünyadan sızmış bir şey gibi külçelendirir.

Onda müşahhas âlemden hiçbir şeyi tanıyamayız. Fakat onun Mâhur'larını, Acemaşiran'larını, Rast'ların, Sultanî Yegâh'larını, Ferâhfezâ'larını dinlerken kendimizi birdenbire bir uçta –çünkü nağmesinin kartalı daima bizi bir yerlere taşır– fakat dünyamızla zenginleşmiş buluruz. Itrî'nin "Na't-ı Mevlânâ"sı ile Dede'nin herhangi bir âyinini beraberce dinleyiniz, celî yazıdan büyük resme ve peyzaja geçtiğinizi hissedersiniz.

Dede'nin bazı bestelerinde Boğaz ve İstanbul peyzajı bazı büyük mücevherlerde ve kıymetli taşlarda yüz binlerce sene evvelki oluş devrinden kalmış filigranlar gibi parlar.

Dede istemeden bir masal sahibi olmuştur. Abdülmecid devrinin yeni ve alafranga hayatı başlar başlamaz İstanbul'dan kaçmış ve Hicaz'da ölmüştür. Temsil ettiği âlem düşünülürse, bu ölüm hikâyesi insana sembolik bir şey gibi görünebilir.

Halbuki asıl eserini verdiği zamanların İstanbul'u, Tanzimat'tan sonraki İstanbul'dan daha az alafranga değildir. Yüz elli seneden fazla süren bir yığın tecrübe bizi garba o kadar alıştırmıştı ki, Yeniçeri Ocağı ortadan kalkar kalkmaz bir yığın yenilik modası şehrin hayatına birdenbire girmiştir.

Zaten İsmail Dede'den sonra Türk musikisinin gelişmesini insan sesine getirdiği o zengin, içli, tarifi güç kıvrılışlarda, bu aslî vasıtayı en geniş, en mânalı iç âlem dili yapan hâllerde aramalıdır. Denebilir ki bu musikî başlıca vasıtasını son devirde tekemmül ettirmiştir. Hiçbir zaman İstanbul'da hâfız ve muganni saltanatı Tanzimat senelerinde ve daha sonraki devirlerde olduğu kadar mutlak değildir. Hançere bütün hürriyetini kazanır. Manzara ve ufuklar ona bağlanır. Her tepeden her açık yalı ve köşk penceresinden, her bahçeden o yükselir.

Vâsıf bir şiirinde:

> Vâ'diniz bûse mi vuslat mı unuttum ne idi!

diyerek şüphesiz Hıristiyan hanımlara –çünkü Müslüman kadınları bu devirde yalnız başlarına eğlenmek için sandala binemezlerdi– belki de Lamartine'in o kadar beğendiği ve durmadan başka memleketlerin güzelleri ile mukayese ettiği Ermeni kadınlara takılır. Filhakika Lamartine İstanbul'da geçirdiği bu 1833 baharında Hıristiyan teb'adan hanımların sandallarının arkasına koydukları çiçek sepetleriyle tıpkı bugün Boğaz ve Ada vapurlarında olduğu gibi sayfiye yerlerinden dönüşlerini anlatır. Lamartine Boğaz'ın güzelliğinden bize çok coşkun sahifelerle bahseder, bilhassa eski Beylerbeyi Sarayı'na hayrandır. Şurası var ki, daha sonra "Ben bu memleketin ışığını seviyorum" diyen ve Abdülmecid Han'ın kendisine İzmir'de hediye ettiği çiftlikte ömrünü bitirmeyi bile düşünen, görmüş geçirmiş romantik şairi İstanbul'u sevmiş olanların başında saymak icap eder.

Lamartine'in sandalı geçerken II. Mahmud, Beylerbeyi Sarayı'nın köşklerinden birinde Ahmed Paşa –belki de firarî Ahmed Paşa– ile berabermiş ve açık pencereden bu ecnebiyi merak etmiş gibi eliyle kendisini göstermiş. Lamartine de Yeniçerilerin ilgası ile başladığı işi sonuna götürüp götüremeyeceğini kestiremediği, fakat cesaretine hayran olduğu hükümdarın bu alâkasına hürmetkâr bir selâmla mukabele etmiş ve hattâ bu selâma cevap da almış.

Lamartine bu sarayın önünde saltanat kayıklarını da görür. Birinci kayığın yirmi beş kadem kadar uzanan baş tarafındaki mahmuzu, kanatlarını açmış altın bir kuğu bitiriyormuş; ikincisini ise yaydan fırlamış bir altın oka benzetir. Emirgân'da rastladığı cuma selâmlığında Lamartine bu kayıkları yine görür. Ve Garp'ta at, araba, hiçbir şeyin bu kadar debdebeli ve haşmetli olmadığını söyler. Bu cuma selâmlığında Lamartine'in II. Mahmud'dan çizdiği portre de çok güzel ve sahihtir. Hükümdar kayıktan atlar atlamaz Namık ve Ahmed Paşa'ların arasında ve onlarla konuşarak camiye girer. Geldiği zaman çok endişeli imiş. Yirmi dakika sonra çıkınca yüzünün daha rahat olduğunu söyler. Bütün bu merasim ve namaz esnasında askerî mızıka Mozart ve Rossini'den parçalar çalıyormuş.

Fakat onun asıl beğendiği ve sevdiği Abdülmecid Han'dır. Belki de ısmarlama bir eser olan *Türkiye Tarihi*'nin başında milletine hürriyet ve şahsî emniyet bahşeden Tanzimat padişahı ile bir konuşmasını anlatır ve çok itinalı bir portresini çizer.

Abdülmecid Han'ın biri Nerval'de, öbürü Gautier'de iki portresi daha vardır. Bu iki şair Lamartine gibi görmüş ve geçirmiş, birkaç sene olsa bile politika hayatının en yüksek kademesine çıkmış insanlar değildi. Onlar gazetecilikle yaşıyorlardı. Arkalarında az çok eğlendirmeye, tecessüsleri kadar evvelinden verilmiş hükümlerini de tatmine mecbur oldukları bir okuyucu kitlesi vardı. Bununla beraber II. Mahmud'un oğlu, ikisini de tesiri altında bırakır.

Nerval, Sultan Mecid'in saltanat arabasına İstanbul'da rastlar ve Unkapanı Köprüsü'ne, oradan Galata Mevlevihanesi'ne kadar bir dostu ile beraber peşi sıra yürür. *El Desdichaido* şairinin anlattığı iki tekerlekli ve birbiri ardına koşulmuş iki atla çekilen saltanat arabası bizim tanıdığımız saltanat arabalarına benzemez. Hükümdarın kıyafeti çok basitmiş. Sırtında, yakası boynuna kadar ilikli bir redingot –İstanbulin– varmış ve fesi elmaslı bir sorguçla süslüymüş. O zamanki köprüden araba geçemediği için şimdiki Unkapanı'nda arabadan inmiş ve ata binerek Galata surlarının etrafındaki patikalardan Beyoğlu mahallelerine girmiş. Nerval, Abdülmecid'in durgun yüzünü ve bakışlarını çok beğenir.

Gautier, Tanzimat padişahını kendi yaptırdığı Ortaköy Camii'ndeki selâmlıkta görür, haremindeki kadınları düşünerek kıskanır ve yanındaki İtalyan hanımına dikkat ettiği için de öğünür.

Théophile Gautier'ye, bu hafifmeşrepliği için kızmayalım. Harem mevcuttu ve Avrupa, Şark'ı hemen daima onun kafesleri arkasındaki hayatı tahayyül ederek düşünmüştür. Kaldı ki Théophile Gautier, o kadar kanlı şekilde ilga edilmiş Yeniçeriler için bizden ve Garp'tan ilk gözyaşı döken şairdir. Sultanahmet'teki Kıyafethane-i atik'i (şimdiki askerî müzenin başlangıcı) gezerken gerçekten içimizden biriymiş gibi mazi hasreti duyar, içlenir ve üzülür. Zaten aynı sahifede, at üzerindeki Mecid Han için çizdiği portre güzeldir ve şimdi Topkapı Sarayı'nda gösterilen büyük resimlerine benzer.

On dokuz yaşında çok ağır şartlarla tahta geçen, o kadar tehlikeli hâdiseyi atlatan ve yarı Anadolu'yu ele geçiren Mehmed Ali Paşa'ya diz öptüren bu hükümdardan bahsedenlerin hemen hepsi çehresindeki durgunlukta ve hüzünlü bakışında müttefiktirler. Sultan Mecid'in büyük meziyeti devrinin istediği adam olması ve iktidarı elinde tutmak azmine rağmen Reşid Paşa ekibine çalışma imkânı vermesidir. Şurası var ki her şey onunla yeniden başlar.

Hâtırası, debdebesi ve sanatkâr zevkleri bize kadar gelen, hayatımızda hâlâ mevcut izlerinden yürüyerek yakalayabildiğimizden dolayı bizim için asıl geçmiş zaman ülkesi olan Boğaziçi ve Çamlıca bu devrin Boğaziçi ve Çamlıca'sıdır. Filhakika Tanzimat'ın getirdiği şahsî emniyet ve müsavat fikri, sultan hanımların ve vezirlerin genişleyen hayatları, bilhassa Kırım Muharebesi'nden sonra Mısır hânedanının İstanbul'a yaz için gelişleri, yalı, köşk yaptırmaları, koruları tanzim ettirmeleri Boğaz'ı ve Çamlıca'yı değiştirir.

Boğaz vapurlarının başlaması, hem Boğaz köylerinin nüfusunu, hem de buralardaki mesirelere halkın rağbetini arttırır. Kadın kıyafeti müreffeh, zengin sınıfın toplandığı sayfiye yerlerinde muayyen bir hadden fazla münakaşa edilmez. Ve aşk maceraları bir çeşit müsamaha ile görülmeye başlar. Cevdet Paşa, bazı parçaları bir çeşit hâtırat gibi kabul edilmesi lâzım gelen *Tezâkir-i Cevdet*'de bu devirde tanınmış insanlar ve yüksek memurlar için bilhassa Boğaz'da yazlığa gitmenin nasıl zarurî bir moda olduğunu ve umumî zevkin tabiat güzelliğine nasıl açıldığını anlatır.

Şehrin yarısı mehtaplı gecelerde suda "gümüş servi" seyrine çıkıyordu. Akşamları ise serinlemek için yavaş yavaş kadınların da katıldığı –tabiî haremağaları ile ve erkekleri yanlarında olmadan– deniz gezintileri vardı. Musikî bu devirde peyzajın çok tabiî bir tamamlayıcısı olur. Ve onunla Kanlıca, Bebek, Mihrâbâd gibi aksisadalı Boğaz koyları ve Çamlıca tepelerinin modası başlar. Şehirli musikisinin asıl zaferi de bu devirdedir.

Hiçbir devirde kayık zevki Abdülaziz'in saltanatından itibaren başlayan devirde olduğu kadar hususî bir zevk olmamıştı. Her biri yirmi, otuz altına giydirilen genç ve erkek güzeli kayıkçıların çektiği masal kuşu biçimli zarif piyadelerde şemsiye, yaşmak ve mücevher parıltısı içinde şehir, kadın güzelliği denen şeyi tadıyordu. Bu daha sonraki zamanlarda Hamdi Bey'in tablolarında *Aşk-ı Memnu*'nun bazı sahifelerine kadar izlerini resimde ve edebiyatta takip edebileceğimiz çok ince bir yaşama ve duyma tarzı idi.

İşte tabiata ve beraber yaşamaya bu açılıştır ki sonunda zevk tarihimizin en dikkate değer icadı olan mehtap âlemlerinin doğmasını sağlar. Bütün bir âdâb ve teşrifatı bulunan ve her mehtap gecesi bir yalı tarafından yaptırılan bu âlemler maşerî bir opera, bir nevi ay ışığı ibadeti gibi bir şeydi ve şehir onunla, Venedik dojlarının denizle evlenme merasimi gibi kendi güzelliğini, yaşama tarzını, kendi sanatını, bütün hususiyetini aldığı denizle tebcil ediyordu. Hissî hayatımızda o kadar yeri olan ve bize bir yığın asil içlenmeyi telkin eden Boğaz burada en yüksek sanatlarımızdan biri olan musiki ile birleşiyordu.

Başta saz ve hânendenin bulunduğu sandal, arkasında hatırlı davetlilerin bindikleri sandallar bir yığın kayık hattâ pazar kayığı ve mavna ay ışığının açtığı yolda bir koydan bir koya gidiyorlar ve sonra geç vakit o geceyi temin eden yalının önünde dağılıyorlardı. Gerçekte bu İstanbul'un Venedik ve Napoli gibi kendi dehasını idrakiydi.

Kanunî'nin hiçbir yerde tasvirine rastlamadığımız saltanat kayığı ile IV. Mehmed'in şimdi enkazı Deniz Müzesi'nin loşluğunda kırık bir istiridye kabuğu gibi parlayan ve bulunduğu yeri dalga şıpırtısına ve yosun kokusuna boğan saltanat kayığı ile III. Selim'in Kırlangıç'ı, II. Mahmud'un Kancabaşı ile, Abdülaziz'le annesinin biraz daha herkesle ve şehirliyle birleşmek ister gibi küçülmüş altın ve gümüş yaldızlı kayıkları ile başlayan ve devam eden bir zevk böylece bütün hayatı içine alan bir sanat terkibi olmuştu. Çok defa Osmanlı inkırazını düşünürken hatırıma 1914 yazında son mehtap âlemlerinin başkalarından dinlediğim hikâyesi gelir. Ve yıkılan imparatorluğu, ay ışığının altın bir uçurum yaptığı sularda saz sesleri arasında batan bir masal gemisine benzetirim.

XV

Ne kadar çok hâtıra ve insan... Niçin Boğaz'dan ve İstanbul'dan bahsederken bütün bu dirilmesi imkânsız şeylerden bahsettim. Niçin geçmiş zaman bizi bir kuyu gibi çekiyor? İyi biliyorum ki aradığım şey bu insanların kendileri değildir; ne de yaşadıkları devre hasret çekiyorum. IV. Mehmed'in saltanat kayığının bir masal kuşu gibi altın ve mücevherden pırıl pırıl, lâcivert suları yırta yırta Kandilli'ye yanaştığını görmek yahut doğduğum yılların İstanbul'unda bir ramazan sergisinde –başımda fes, sırtımda pardesü, bir elimde kuka tesbih, öbüründe ucu altın saplı baston ebediyete Ahmed Rıza Bey'in tasvirlerinden yadigâr kalan çok düzgün kesilmiş bir sakalla– birbirine karışmış gül yağı, tarçın yağı, her türlü baharat kokusu içinde dolaşmak, beni ne dereceye kadar tatmin edebilir? Hattâ Kanunî'nin, Sokullu'nun İstanbul'unda bile on dakikadan fazla yaşayamam. Böyle bir şey için ne kadar kazanca göz yummak, benliğimden ne mühim parçaları kesip atmak lâzım. Süleymaniye'yi yeni yapılmış bir cami olarak görmek, bizim tanıdığımız ve sevdiğimiz Süleymaniye'yi tıpkı geceleyin Boğaz koylarında uzanan ışıkların suda kurduğu o altın saraylar gibi, zaman içinde bize kadar uzanan bütün bir saltanattan mahrum bırakmaktır. Biz onun güzelliğini dört asrın tecrübesiyle ve iki ayrı kıymetler dünyası arasında her gün biraz daha keskinleşen benliğimizle başka türlü zenginleşmiş olarak tadıyoruz. Yahya Kemal'siz, Mallarmé'siz, Debussy ve Proust'suz bir Süleymaniye veya "Kanunî Mersiyesi", hattâ onlara o kadar yakın olan Neşatî ve Nedim'in, Hâfız Post ile Dede'nin arasından geçerek kendilerine varamayacağımız bir Sinan ve Bâkî tahmin edebileceğimizden daha çok çıplaktır.

Hayır, aradığım şey ne onlar, ne de zamanlarıdır.

Boğaz'ın mazisi belki de aradıklarımızı yerlerinde bulamadığımız için bizi öbürlerinden daha fazla çekiyor. Onlar, bütün o Neşât-âbâdlar, Humayunâbâdlar, Ferahâbâdlar, Kandilli sarayları, XVII. asırdan beri iki sahil boyunca açık kalmış bir mücevher kutusu gibi parıldadığını tahayyül ettiğimiz ve bizim ancak batmakta olan bir güneşin son ışığına şahit olabildiğimiz yalılar, bugün ortada olsa idiler, belki kendimizi daha başka türlü zengin bulacaktık; fakat hiçbir zaman yokluklarının bizde uyandırdığı duyguyu tatmayacaktık; nesil ve zihniyet ayrılıkları yüzünden ancak bayramdan bayrama yüzlerini görmeye razı olduğumuz ihtiyar akrabalar gibi zaman zaman yanlarına uğramakla kalacaktık. Heyhat ki yaldızlı tavandan, gümüş eşyadan ve geçmiş zaman hâtırasından çok çabuk bıkılıyor. Hayır muhakkak ki bu eski şeyleri kendileri için sevmiyoruz. Bizi onlara doğru çeken bıraktıkları boşluğun kendisidir. Ortada izi bulunsun veya bulunmasın, içimizdeki didişmeden kayıp olduğunu sandığımız bir tarafımızı onlarda arıyoruz. Merkez Efendi hayatta iken olsa olsa onun bir dervişi olabilirdim. Yahut da onlardan yolum ayrılır, mücadele eder veya sadece lâkayt kalırdım. Şimdi ise onu ve emsalini başka bir gözle görüyorum. Hepsi idealin serhaddinde susmuş bu insanların hikmetinde kaybolmuş bir dünyayı arıyorum. İstediğime onlarla erişemeyince şiire, yazıya dönüyorum. Onu musikinin kadehinden istiyorum; kadeh boşalıyor, susuzluğum olduğu gibi kalıyor; çünkü sanat da aşk gibidir, kandırmaz, susatır. Ben seraptan seraba koşuyorum. Her başına koştuğum pınarda muammalı çehreler bana uzanıyor; bilmediğim, seslerini tanımadığım dudaklar benimle bitmez tükenmez işaretlerle konuşuyorlar, fakat hiçbirinin dediğini anlamıyorum; ruhum dudaklarından ayrılır ayrılmaz hiçbir şeyin değişmediğini görüyorum. Belki onlar da bana kendi tecrübelerinden, her adımda karşılarına çıkan sert duvarlardan bahsediyorlar; "Biz de senin gibiydik," diyorlar. "Hiçbir suale cevap alamazsın. Asıl olan içindeki hasrettir; onu söndürmemeye çalış." Ve onun eski bir ocak gibi daima uyanık bulunması için kâh Ferâhfezâ Peşrevini veya Acemaşiran Yürük Semaisini, kâh Süleymaniye'nin beyaz fecir gemisini, kâh Karacaahmet'in servilliklerini karşıma çıkarıyorlar; Şerefâbâd'ın kırık mermer havuzlarına benzeyen bir yığın adı, bu hazır kalıpları içimdeki hasretle doldurayım diye bana uzatıyorlar.

En büyük meselemiz budur; mazi ile nerede ve nasıl bağlanacağız, hepimiz bir şuur ve benlik buhranının çocuklarıyız, hepimiz Hamlet'ten daha keskin bir "olmak veya olmamak" dâvası içinde yaşıyoruz. Onu benimsedikçe hayatımıza ve eserimize daha yakından sahip olacağız. Belki de sadece aramak ve bütün kapıları çalmak kâfidir.

Çünkü bu dâussılanın kendisi başlıbaşına bir âlemdir. Onunla geçmiş hayatın en iyi izahını yapabiliriz; bu sessiz ney nağmesinde ölülerimiz en fazla bağlı olduğumuz yüzleriyle canlanırlar ve biraz da böyle olduğu için onun ışığında daha içli, daha kendimiz olan bir bugünü yaşamamız kabildir.

Tabiat bir çerçeve, bir sahnedir. Bu hasret onu kendi aktörlerimizle ve havamızla doldurmamızı mümkün kılar. Fakat bu içki ne kadar lezzetli, tesirleri ne kadar derin olursa olsun, Türk cemiyetinin yeni bir hayatın eşiğinde olduğunu unutturamaz. Bizzat İstanbul'un kendisi de bu hayatın ve kendisine yeni kıymetler yaratacak yeni zamanın peşinde sabırsızlanıyor.

En iyisi, bırakalım hâtıralar içimizde konuşacakları saati kendiliklerinden seçsinler. Ancak bu cins uyanış anlarında geçmiş zamanın sesi bir keşif, bir ders, hulâsa günümüze eklenen bir şey olur. Bizim yapacağımız yeni, müstahsil ve canlı bugünün rüzgârına kendimizi teslim etmektir. O bizi güzelle iyinin, şuurla hulyanın el ele vereceği çalışkan ve mesut bir dünyaya götürecektir.

<small>Beş Şehir'i oluşturan yazıların ilk yayın yerleri: Bursa *Tasvir-i Efkâr* (8 Mart 1941), *Ülkü* (Nr. 2 - 16 B.Teşrin 1941, Nr. 32 - 16 Nisan 1943); Ankara *Ülkü* (Nr. 23 - 1 Eylül 1942); Erzurum *Ülkü* (Nr. 68 - 16 Temmuz 1944); İstanbul *Ülkü* (Nr. 92 - 16 Temmuz 1945, Nr. 93 - 1 Ağustos 1945, Nr. 94 - 16 Temmuz 1945). 1946'da birinci baskıda Ankara, Erzurum, Konya, Bursa, İstanbul sıralaması ile yayınlanmıştır. Tanpınar, 2. baskıda (1960) eseri üzerinde çok değişiklik yapmış, şehirlerin sıralanmasını korumuştur. Dergâh Yayınları tarafından 1976'dan beri yayınlanan nüshalardaki sıralama farklı idi. Merhum Kenan Tanpınar'ın verdiği nüshadan yapageldiğimiz bu sıralama 17. baskıdan (2003) itibaren değiştirilmiştir.</small>

DİZİN

A

Abaza vak'ası, 158
Abbasî nüfuzu, 75
Abbas, Uyvareri, 36
Abdullah Efendi, Mesnevî şârihi Sarı, 47, 153
Abdullah Efendinin Rüyaları (Tanpınar), 47
Abdullah el-Kali, Arap lisancısı, 37
Abdülaziz, Sultan Han, 54
Abdülbâkî Efendi, 148; – Camii, 147
Abdülhak Molla, 160
Abdülhamid devri İstanbul, 15
Abdülhamid I. (Evvel), 146, 190, 192
Abdülhamid II., 37, 122, 161, 162, 166, 170
Abdülkadir Hoca, 38
Abdurrahman Gazi, 98
Abdülmecid, Sultan, Han, 122, 166, 168, 174, 199, 200, 201, 202
Abdürrahim Efendi (Şeyhülislâm), 183
Ab-ı hayat Yaylağı, 113
Acem, – bezirganları, 35, 38, 188;
– elçisi, 188; -ce, 74, 75; -ce şiirler, 74
Acemaşiran (Dede), 109, 198, 199, 206
Acemaşiran, 199; – ağır semaisi, 109; – Yürük Semaisi, 206
Ada vapurları, 200; -lar, 118; Büyük –, 130
Adliye, 171
Afife kadın, 146
Afrika, 124
Afyon, 14
Ağakapısı, 165
Ağa yokuşu, 160
Ağlayan Kadınlar, 29
Ahî Şerafeddin'in türbesi, 17
Ahlat, 50, 78
Ahmed III., Sultan, 144, 145, 159, 188, 189
Ahmed I., Sultan, 102, 151, 178
Ahmediye, 133
Ahmed Paşa, 35, 150, 183, 200, 201
Ahmed Rasim, 128, 129
Ahmed Rıza Beyin tasvirleri, 205
Ahmed Şah Kazzaz, 76
Ahmet Muhtar Bey, 43

Akademi, kahve, 16, 171
Akbıyık, 158, 161
Akdeniz, 11, 22, 25, 69, 74, 75, 122, 124, 137; – terbiyesi, 11
Aksaray, 20, 78, 158, 172
Aksarayî, Ahmed, 72, 74, 77, 80
Aksaraylı Pir Ali, 153
Akşemseddin, 19, 20
Alâeddin, 17, 20, 21, 67, 68, 69, 70, 71, 73, 75, 76, 77, 78, 80, 81, 90, 91; – devri, 78
Alâeddin Camii, 17, 20; – -'nin sekisi, 17
Alâeddin Keykubad, 20, 21, 67, 68, 69, 70, 71, 73, 75, 76, 77
Alâeddin Tepesi, 67, 78, 80, 90
Alâiye, 69, 78
Alevî akideler, 73; – temayülleri, 152
Ali, Hz. -'nin Zülfikâr'ı, 87
Ali İzzet Paşa, 145
Âli Paşa, 160
Ali Rıza Bey, Kolağası, 56
Allom albümü, 168
Almanya, 44
Alparslan, 25, 49
Altıncı Daire-i Belediye, 175; – -nin karşısında bulunan kahve, 166
Altınordu, 72
Amcazade Hüseyin Paşa yalısı, 188
Amerikan filmleri, 163; – heyeti, 40
Amiel, 177
Anadolu, 10, 14, 15, 18, 25, 30, 34, 37, 49, 50, 54, 55, 59, 62, 63, 65, 67, 68, 69, 70, 72, 73, 74, 75, 78, 84, 89, 90, 95, 97, 152, 160, 170, 171, 186, 188, 202; – âbideleri, 78; – ahalisi, 73; – fatihi, 69; – insanı, 10, 65; – kadınları, 54; – kıt'ası, 14; – kıyısı, 160; – şehirleri, 37, 74, 78; – Türkleri, 69; eski – evleri, 15; Doğu – dağları, 30; – iç türküleri, 89; Orta –, 14, 55, 65, 89; Orta – türküleri, 89
Anadoluhisarı, 117, 188
Anafartalar, 45; – kahramanı, 14, 46
André Gide, 105
Ankara, 11, 13, 14, 15, 16, 18, 19, 20, 21, 22, 23, 24, 26, 47, 63, 207; – Kalesi, 14, 15, 18, 23, 26; – Lisesi, 15; – memurları, 15; – Ovası, 19, 23; – taşı, 63; -lı, 23, 175; eski – mahalleleri, 15
Ankara (Karaosmanoğlu), 15
Ankara mahalleleri, 15
Antalya, 69, 77, 78
Araba Sevdası (Recaizade), 168
Arabistan, 73, 116, 122; – şehri, 116; – vilâyetleri, 122
Arafat, 123
Arap, – lisancısı, 37; – seyyahı, 96; – zevki, 140; – bezirgân, 35; diyar-ı –, 20
Argonotlar, 119
Arnavut beyi, 42
Arnavutluk, 41
Arolat, Ali Mümtaz, 170
Arslanhâne adını alan cami, 17
Artukoğulları, 20
Asya, 66, 70, 74, 75, 83, 95, 106, 124; Müslüman –, 66; Orta –, 74, 95
Âşık Kerem, 28, 38
Âşık Paşazade, 98
Asım Efendi, 51
Aşkale, 32, 58
Asmalımescit, 168
Aşk-ı Memnu (Uşaklıgil), 203
Aşkî, Meddah, 166
Ataç, Nurullah, 170
Atatürk Bulvarı, 158
Atatürk, Mustafa Kemal, 16, 25, 45
Atâyi, 158
Ateşpâre (Naci), 162
Atina, 36, 133
At Meydanı, 153, 181
Augustus, İmparator, 17
Avrupa, 11, 122, 169, 174, 175, 192, 193, 197, 202; – burjuvası, 197; – hasreti, 169; – usulleri, 122; -lı lokanta, 174; -lı ressam, 193; – tiyatro ve baleleri, 174
Avusturya muharebesi, 184; – sefirleri, 188
Ayasofya, 135, 146
Ayazma Camii, 147
Ayazpaşa, 155, 168
Aydos Kalesi, 98
Aynalı Kahve (Erzurum), 38
Aynalıkavak, 193, 194; – Sarayı, 188, 196
Ayvansaray, 123, 147, 158

Azapkapı çeşmeleri, 144
Azerbaycan, 52
Aziz bk. Abdülaziz
Aziz Efendi, Şeyhülislâm Karaçelebizâde, 100, 101, 181, 183
Aziz Mahmud Hüdayi Efendi, Üsküdarlı Celvetî şeyhi, 102, 149; – külliyesi, 151

B

Bâb-ı Meryem, 143
Bab-ı Seraskeri, 167
Baba İlyas, Horasanlı, 18
Baba İshak isyanı, 70; -î hareketi, 152; -îler İsyanı, 70
Babıâlî, 173
Babil, 124, 130
Bağdat, 36
Bağlarbaşı, 160
Bahaeddin bk. Sultan Veled
Bahaî Efendi Yalısı, 188
Bakırcılar, 35
Bâkî, 5, 25, 50, 57, 138, 139, 155, 159, 205
Bakırköy, 164
Balalayka sesleri, 174
Balıklı, 154
Balkan, 27, 28, 54, 105; – dağları, 54; – felâketi, 105; – Harbi, 27, 28
Balkaya, 63
Baraj yolları, 13
Baron de Hubsch, Danimarka sefiri, 194
Bar oyunları, 39
Barrès, Maurice, 90
Basra Körfezi, 22
Başımıza Gelenler (Mehmet Arif Bey), 38
Battal Gazi, 38, 47, 48
Baudelaire, 121, 171
Baviera, 15
Bayezıt, 98, 106, 120, 124, 135, 136, 146, 149, 150, 157, 164, 166, 167, 168, 172, 174, 178; – kahveleri, 174; – külliyesi, 135; – sergisi, 124; – yangın kulesi, 164; – -Aksaray yolu, 172; – Camii, 135, 166, 168
Bayezıt II., 135, 136, 149, 150, 157, 178

Bayramiye tarikatı, 153
Bebek, 120, 153, 160, 178, 190, 203; – Köşkü, 178
Beç (Viyana) kalesi, 142
Bedesten, 22
Behzad, 55
Bekir, kıraathaneci, 166
Bektaşiler, 114
Belçika Sefareti, 16
Belediye Bahçesi (Erzurum), 63
Belgrat, 36, 102, 157, 186, 192; – Ormanı, 157
Beliğ, 108
"Belkıs ve Süleyman hikâyesi", 166
Bender fabrikaları, 176
Bentler, 117, 118, 157, 192, 193
Beste ve Kâr, 119
Bestenigâr, 129; -'ın hikâyesi, 129
Beş Şehir (Tanpınar), 5, 9, 10, 11, 207
Beşiktaş, 149, 159, 178, 180, 189, 194, 196; – Köşkü, 178; – Sarayı, 178, 180, 189, 194, 196; eski – Sarayı, 194
Beşir, Ağa, Dârüssaade ağası, 192
Beyati Aksak Semai, 145; – âyini, 109
Beyatlı, Yahya Kemal, 5, 36, 86, 133, 138, 150, 153, 156, 170, 171, 172, 179, 205
Beyaz Ruslar bk. Rus
Beyazi Efendi, 181
Beykoz, 120, 177, 178; – dalyanları, 178; – korusu, 120
Beylerbeyi, 120, 197, 200; – Camii, 120; – Sarayı, 197, 200
Beyoğlu, 118, 119, 131, 166, 167, 168, 173, 174, 175, 192, 202; – eğlenceleri, 175; – mahalleleri, 202
Beyşehir, 78, 80
Bezm-i Alem Valide Sultan konağı, 170
"Billûr Piyale", 54, 55
1848 ihtilâli, 169
Binbirgece, 57, 122, 182
Bingöl, 29, 30, 52; – çobanları, 29, 30
Binyaylak, 113
Bir Gemi Yelken Açtı (Arolat), 170
Birinci Dünya Harbi (Birinci Cihan Harbi, Büyük Harp, Umumî Harb), 121

Bitlis, 28
Bizans, 14, 17, 18, 24, 67, 69, 70, 72, 74, 75, 77, 94, 98, 135, 136, 148; –bazilikası, 18; – Heraklius camiası, 136; – kartalı, 14; – saltanatı, 135; – sarayı, 75; – -Arap mücadelesi, 14; -lı, 74; – İmparatorluğu, 69, 70
Boğaz (Erzurum), 38, 39, 48
Boğaz, 38, 39, 48, 101, 119, 121, 124, 130, 131, 133, 136, 138, 141, 158, 160, 169, 176, 177, 178, 180, 181, 182, 188, 190, 191, 192, 193, 195, 196, 197, 199, 200, 203, 204, 205; – bahçeleri, 193, 199; – eğlenceleri, 190; – geceleri, 101; – gecesi, 191; – kıyıları, 131; – koyları, 203; – körfezleri, 141; – köşkleri, 195; – köyleri, 178; – mesireleri, 130; – yalıları, 158, 182, 196; – sırtları, 121; – suları, 182; – vapurları, 203; – ve İstanbul peyzajı, 199; -'daki mehtap eğlenceleri, 192; eski – bahçeleri, 199
Boğaziçi, 118, 119, 122, 147, 155, 168, 177, 178, 182, 188, 189, 192, 197, 199, 202, 203; – mesireleri, 168
Bohemya işi lamba, 125
Bonnard, 182
Botan Suyu, 28
Boulevard Italienne, 169
Bozdoğan kemeri, 131
Bozüyük, 24
Brugge, 133
Budin, 187
Bükreş, 121
Bulgar komitacıları, 54
Bursa, 10, 14, 49, 92, 93, 94, 95, 96, 98, 99, 100, 101, 102, 103, 105, 106, 107, 108, 109, 110, 111, 113, 114, 115, 135, 152, 165, 181, 207; – çeşmeleri, 100; – fethi, 95; – kahveleri, 165; – manzaraları, 10; – müzesi, 107; – Ovası, 96, 114; – sarayı, 99; – sokakları, 101; – vakıfları, 101; -lı, 56, 108, 109, 110, 151; -lı anneler, 110; -lı hattatlar, 109; -lılar, 100

Bursalı İsmail Hakkı, 56
Bursalı Üftade, 151
Büyükada, 130
Büyük Ayı, 29
Büyük Harp bk. Birinci Dünya Harbi
Büyük İhtilâl (Fransız İhtilâli), 173
Büyük Sultan Hanı, 78
Büyükdere, 119, 168, 177, 192; – körfezi, 119; – Yolu, 168

C

"Cabale" geleneğine, 166
Caferiye Camii, 38
Cafer Paşa, 142
Canaletto, 182
Cebeci, 15, 16
Celâleddin Harezmşah, 68, 70
Celâleddin Karatay, 68
Celâleddin-i Rûmî bk. Mevlânâ
Celvetî nefesi, 56; – tarikati, 149; -lik, 102
Cem, 57, 68, 99, 150
Cem Sultan, 150; – Vak'ası, 99
Cerrahpaşa, 147
Cevad bk. Dursunoğlu
Cevdet Paşa, 203
Cezayir, 36
Cezmi (Namık Kemal), 162
Choiseul Gouffier, 193
Cihan Harbi bk. Birinci Dünya
Cihangir, 18
Cinis, 58, 59, 60; – beyleri, 58; -li, 59, 60, 61
Cizre, 30
Craven, Lady, 154
Cumhuriyet, 46, 61, 167; -'in ilânı, 46

Ç

Çadırcılar, 35
Çamlıca, 117, 119, 122, 130, 133, 154, 155, 157, 160, 168, 169, 203; – gezintileri, 130, 168; – tepeleri, 119
Çankaya sırtları, 13
Çarbağ, 65; – suları, 65
Çar'ın bale takımı, 174
Çatalca, 149, 183
Çayhaneler, 167

Çaylak Tevfik Bey, 175
Çekirge, 96, 97
Çekmeceler, 118, 119, 157
Çelebi Mehmed bk. Mehmet I.
Çemberlitaş, 129
Çifte Kartal Sokağı, 155
Çifte Minare, 49, 79
Çiftlik, 13
Çin ejderhaları, 182; – Müslümanları, 123
Çiroz Ali, 164
Çırçır, 116
Çobanyıldızı, 29
Çorlulu Ali Paşanın yalısı, 188
Çubuklu, 173, 177, 178

D

Dabaklar şeyhi, 37
Dadaloğlu, 132
Dallaway, 162, 194
Danimarka, 194
Danişmendliler, 20
Dante, 83
Daphan köylüleri, 58
Dârüssaade ağası Beşir, 192
Davutpaşa, 187
Debussy, 205
Dede, – Efendi, Hamamizâde İsmail, 10, 161, 190, 198, 200
Defterdarburnu, 164, 194
Defterdar Mehmed Paşa, 35
Defterhane, 153
Degas, 87
Delahey (Dallaway olmalı), 124
Deli Birader (Gazalî), 149
Deniz Müzesi, 204
Dergâh, 170, 207; -çılar, 171
Derviş Ali (hattat), 51
Derviş Mehmed Zıllî, 143
Dicle, 97
Divan (Keçecizâde), 198
Divan (Şeyh Galib), 193, 195
Divan-ı Kebîr (Mevlânâ), 81, 82, 83, 84, 91
Divanyolu, 158, 166, 173
Divrik, 78
Diyonizos rüyası, 107
Doğancılar, 151
Doğlu Baba, 113
Dolmabahçe, 178

Dördüncü Vakıf Hanı, 16
Dumlupınar, 14, 25, 26, 45, 46; – kahramanı, 46
Dursunoğlu, Cevat, 34, 36, 43, 44
Düsturu'l-amel (Kâtip Çelebi), 180
Düyun-ı Umumiye, 170

E

Ebubekir Ağa, 145, 190
Ebulhindili Hamdi Bey, 39
Ebüzziya Tevfik, 160, 163
Ecdat Tanrı çehresi, 29
Edebiyat Üzerine Makaleler (Tanpınar), 5
Edip Hoca, 38, 41, 42, 43
Edirne, 19, 35, 49, 99, 135, 137, 183, 184, 185, 186; – Sarayı, 183, 184
Edirnekapı, 155, 158, 159
Eflâkî, 74, 81, 83
Egli, Prof., 16
Ekrem Bey bk. Recaizade
Ekşi Karadut, 160
Elcezire, 74
"El Desdichaido" şairi (Nerval), 201
Elif Naci, 171
Elmas Mehmed Paşa, 103
Emir Buharî, 109
Emirgân, 109, 120, 161, 177, 180, 193, 201; – kahvesi, 120; – köşkü, 193; – Camii, 109
Emir Sultan, Emirsultan, 94, 106, 107, 108, 109
Emnâbâd Yalısı, 190
Enderun, 197, 198
Endülüs, 78
Envar-ı Şarkiye gazetesi, 43
Erdede Sultan, 23
Erenköy, 118
Erguvan Bayramı, 107
Ermenek, 78
Ermeni, 40, 74, 200; – kadınlar, 200; – meselesi, 40; – mezarlığı, 40
Ermenistan zaferi, 31
Erzincan, 40, 47, 52, 61
Erzurum, 27, 30, 31, 32, 33, 34, 35, 36, 37, 38, 39, 40, 41, 43, 44, 45, 46, 47, 48, 49, 50, 51, 52, 53, 55, 56, 57, 58, 61, 62, 63, 64, 78, 79, 113, 181, 207; – çarşısı, 58; – gümrüğü, 35, 36; – Ovası, 113;

– taşı, 63; – zelzelesi, 47; -lu, 35, 36, 40, 47, 55; -lular, 36; eski –, 31, 35, 38; – Halkevi, 51; – Kalesi, 62; – Lisesi, 45
"Erzurum Çarşı pazar" bk. Sarı Ge-lin
Erzurumlu Abbas, 36
Erzurumlu Kâmi, 55
"Erzurumlu Tahsin" (Tanpınar), 47
Esad Efendi, 198
Eskişehir, 67
Eski Valde Camii, 138
Eşrefoğlu, 114
Estergon, 142
Eti arslanı, 24
Etiler, 14, 17
Etlik, 13
Etnografya Müzesi, 16
Evkaf Müdürlüğü, 129
Evliya Çelebi, 22, 23, 24, 35, 36, 37, 61, 92, 100, 103, 107, 135, 138, 142, 157, 165
Evliya Efendi, 142
"Ey Gaziler", 54
Eyüp, 119, 133, 141, 147, 155, 158, 164; – Sultan, 141; – Camii, 164

F

Fâizi, 56
Fars şiiri, 84
Fatih Camii, 50; – avlusu, 169; – külliyesi, 135
Fatih, Sultan Mehmet, 19, 22, 25, 50, 68, 99, 110, 131, 135, 148, 152, 158, 169, 178, 189
Fatiha, 151
Fazıl Ahmed Paşa, 35, 183
Fazıl Mustafa Paşa, 102
Fazlı Necip, 169
Fenerbahçe, 158
Ferahâbâd, 205
Ferâhfezâ Ayini (Dede), 198; – peşrevi, 86, 206
Ferid Paşa, Damat, 170
Fetih, 92, 148; – şehitleri, 148
Feyzullah Efendi vak'ası, 114
Fidias, 139
Fındıklı, 158, 178, 180, 190; – Sarayı, 178
Fındıklılı Mehmed Ağa, 158
Fındıklılı Tarihi, 186

Fırat, 97
Fikret, Tevfik, 162
Fransa, 105, 192
Fransız, – nesri, 121; – Sefarethanesi, 192; – süsleri, 194; – şiiri, 121; – taklidi, 189; – tesiri, 173; – üslûbu, 125; – ve Avrupa tiyatro ve baleleri, 174; -lar, 194
Frederik Barborosa [Fréderic I Barberousse], 67
Frenk, raks-ı –, 56, 168; – seyahatnameleri, 168
Frigyalılar, 14
Fuad, 47, 93, 99, 160
Fuad Paşa bk. Keçeci

G

Gabriel, M., 78
Galata, 166, 175, 201, 202; – surları, 202; – Mevlevihanesi, 175, 201
Galib Dede, Şeyh, 88, 161, 171, 175, 193, 195
Galland, 122, 184, 185, 187
Garbî Anadolu halk musikisi, 90
Garp, 24, 83, 98, 140, 157, 199, 201, 202; – âlemi, 98; – Ortaçağı, 83; – şehirleri, 157; -'ta at, araba, 201
Gautier, Théophile, 154, 168, 174, 202
Gaybî, 153
Gazâlî (Deli Birader), 149
Gazi Terbiye Enstitüsü, 15, 16
Gedik Ahmed Paşa, 150
Gedikpaşa, 169
Gemeşevi, 59
Genç Osmanlılar (Ebüzziya), 160
Germeşevi sırtları, 59
"Gesi bağları", 90
Geyik Destanı, 38, 47
Geyikli Baba, 94, 95, 96
Gıyaseddin Keyhüsrev I. ve II., 20, 21, 76, 80
Gil Blas (Lesage), 57
Girit, 36
Gırnata, 133
Goethe, 46
Göksu, 182
Gotik, 11, 78; – ve Romen sanatları, 11

Goya, 48, 163
Gölpınarlı, Abdülbâki, 81
Göztepe, 118
Gözübüyükler, 37; -zade, 39
Grand Boulevard, 169
Greko-Romen arslanlar, 17
Güldeste (Beliğ), 108
Gümüşhane, 31
Gümüşlü, 94, 99
Gündüzbey, 24
Gürcü, 35, 37, 74; – beylerinin kızları, 37; – kapısı, 35
Gürpınar, Hüseyin Rahmi, 128
Güzelce Kasım Paşa, 175
Güzel Sanatlar Akademisi, 16, 163, 170

H

Habeş, 142
Hacı Bayram, 17, 18, 19, 20, 23, 103, 114; – -ı Veli Camii, 17
Hacı Bektaş, 95
Hacı Hâfız Hâmid, 55
Hac kervanı, 123
Haçlı, – döküntüleri, 74; – orduları, 70; – seferleri, 67; -lar seferi, 69; Üçüncü – Ordusu, 67
Hadîs, 125
Hâfız Faruk, 55
Hâfız Osman, 150
Hâfız Post, 143, 159, 187, 190, 205
Hakkı, 41, 56, 102, 103, 173
Hakkı Efendi bk. İsmail Hakkı
Halep, 19, 138
Haliç, 133, 138, 147, 155, 158, 178, 188, 189, 193; – sırtları, 193
Halife Nâsır, 75
Halil Hâmid Paşa, 161
Hallaç, 83
Hamamî İsmail Dede bk. Dede
Hamdi Bey'in tabloları, 203
Hamidiye, 24
Hamlet, 131, 206
Hammer, Von, 98
Hançerli Bey, 125
Harezm, – istilâsı, 78; – kabîleleri, 70; -li, 73; -liler, 73; – şah Devleti, 70; bk. Celâleddin Harezmşah
Harput, 52
Hasan, fırıncı, 34

Hasankale, 47, 56; – ılıcası, 56
Haseki, 147
Hasköy, 188
Haşim (Ahmet Haşim), 170, 171
Hatice Gülnûş Emetullah Sultan, 144; – türbesi, 144
Hatice Sultan, 190, 193, 194, 195; – yalısı (Eski Neşât-âbâd), 190, 194
Hayalî Salim, 166
"Hayal Şehir" (Beyazıt), 160
Hayderîlik, 73
Hayreddin, mimar, 25, 51
Hayrullah Bey, 161
Hekimoğlu Ali Paşa Camii, 144
Heraklius camiası, 136
Heybeliada, 129
Heyet-i Nâsıha, 42
Heziod, 121
Hırkaişerif, semt, 123, 161
Hıtay bezirgânları, 35
Hicaz, 41, 199
Hikmet, 170
Hindistan, 139
Hint, – bezirgânları, 35; – cengelleri, 32
Hisar, 17, 119, 138, 170
Hisar, Abdülhak Şinasi, 170
Hisar'lar, 119
Hitit eserleri, 22
Hırkaışerif ziyaretleri, 191
Hızırbey yurdu, 113
Hoca Kasım, 108
Hoca Sadeddin Tarihi, 108
Holivud, 121
Honolulu, 130
Horasan Erleri, 95
Hoten bezirgânları, 35
Hıristiyan, 69, 74, 164, 168, 200; – âlemi, 69; – halk, 168; – hanımlar, 200; – teb'a, 200; -lığın katedral üslûbu, 139; -lık, 75
Humayunâbâd, 190
Hüdavendigâr Camii, 111, 115
Hükûmet meydanı, 89
Hülâgû, 68
Hünkâr suyu, 116
Hüseyin Paşa Yalısı bk. Amcazade
Hüseynî, 56
Hüsrev Paşa, 139

Hüsrev ü Şirin (Şeyhî), 103

I

Ilıca, 39, 48, 61
Ingres, 163
Iraklı, 74
Isfahan, 68, 133
Itrî, 10, 25, 26, 51, 86, 143, 156, 159, 187, 190, 199

İ

İbni Battuta, 96, 97
İbn-i Bîbî, 21, 73, 74, 76, 77
İbrahim Hakkı, 56
İbrahim Paşa, 144, 145, 157, 189, 190, 192
İbrahim Paşa Sarayı, 157
İbrahim, peygamber, 84
İbrahim, Sultan (Deli), 183
İçerenköyü, 157
İçtihat matbaası, 169
İdris-i Muhtefî, 153, 158
İkbal, kahvehane, 169, 170, 171, 174
İkinci Dünya Harbi (Cihan), 191
İlhanîler, 72
İnce Minare, Minareli, 25
İncil, 95
İngiliz, – bahçesi, 194; – donanması, 196; – seyyahı, 124, 194; – seyyahı, 124, 194; – sofu, 125; – terzisi, 171; – usulü, 160
İngiltere, 125
İnhisar, 35
İnönü, muharebe, zafer, 14, 24, 25, 26, 171
İntibah (Namık Kemal), 168
İran, 16, 30, 34, 74, 75, 78, 140; – şairleri, 74, 75; – Sefareti, 16
İsa, peygamber, 95
İshâk Çelebi, 41
İslâm, 37, 73, 75, 83, 102, 122; – çevresi, 122; – dünyası, 83; – merkezi, 75; – şiiri, 83; – uleması, 102; -î kültür, 75; -lık, 152
İsmail Ağa, Kara, 190
İsmail Dede bk. Dede Efendi
İsmail Dede, Ankaralı, *Mesnevi* şârihi, 175
İsmail Efendi (meyhaneci), 103, 173
İsmail Hakkı Bey, musikişinas, 173

İsmail Hakkı Efendi, Celveti şeyhi, 102, 103
İsmail Kâhya, tulumbacı, 164
İsmail Mâşukî, Oğlan Şeyh, 153
İsmail Safa Bey, 162
İsmet Paşa, İnönü, 25
İspanya, 90, 167
İstanbul, 2, 15, 16, 19, 25, 35, 38, 42, 44, 47, 49, 52, 54, 75, 76, 87, 99, 101, 105, 106, 107, 110, 116, 117, 118, 119, 120, 121, 122, 123, 124, 125, 126, 128, 129, 130, 131, 132, 133, 134, 135, 136, 137, 139, 140, 144, 146, 147, 148, 149, 150, 152, 153, 154, 155, 156, 157, 161, 162, 163, 164, 165, 166, 167, 168, 169, 170, 173, 174, 175, 176, 177, 178, 179, 180, 181, 182, 183, 184, 187, 189, 190, 191, 192, 193, 194, 196, 197, 199, 200, 201, 203, 204, 205, 207; eski –, 121, 124, 126, 128, 129, 130, 132, 147, 153, 163, 166, 169, 176; eski – bayramları, 132; eski – mahalleleri, 126; eski ve yerli –, 120; – baharı, 182; – beyleri, 166, 167; – camileri, 106, 134; – fethi, 19; – halkı, 131, 147; – kahveleri, 166; – kıraathaneleri, 167; – külhanbeyi, 179; – limanı, 124; – mahallesi, 129; – mimarîsi, 134; – minareleri, 177; – peyzajı, 149, 199; – ressamları, 192; – sabahları, 101; – sarayı, 183; – sebilleri, 117; – semti, semtleri, 167; – sokakları, 54; – suları, 116; – surları, 107; – şivesi, 179; – tiyatroları, 169; – gümrüğü, 35; – zevki, 178; -lar, 154; Türk –, 133, 139, 148; -lu, 44, 119, 120, 121, 126, 127, 174, 176, 193, 196; – bestekârı, 196;
İstanbulin, 202
İstanbul Kız Lisesi, 170
İstefani deyrine (Saint-Etienne Katedrali), 143
İstiklâl Mücadelesi, Savaşı, 24
İstinye, 162, 177, 178, 179, 180
İsveç, 15

İsviçre, 15
İtalya, 150, 167
İtalyan, – hanımı, 202; – Kardinal, 191; – ressamları, 198; – tesiri, 173
İttihad ve Terakki, 41
İyonya, – sütun, 194; – tarzı, 17
İzmir, 35, 200; – gümrüğü, 35
İznik, 20, 49, 69, 75, 97, 98, 135; – hanedanı, 75; – İmparatorluğu, 20
İzzeddin Keykâvus, 21, 67, 68
İzzet Molla bk. Keçecizade

K

Kâbe, 135
Kadıköy, 122, 158
Kadırga, 132, 158; – meydanı, 132
Kadızade, 37, 51, 138; -ler, 37
Kadızade Mehmed Şerif, hattat, 51
Kadir gecesi, 87
Kadri Cenanî Bey Yalısı, 161
Kafkas, 78, 174; – oyunları, 174; -lılar, 123
Kafkasya, 32, 52
Kâğıthane, 130, 178; – âlemleri, 130
Kaleli Burhan Bey, 41
Kaleli, Faruk, 56
Kalender Paşa, 142
Kalendirîlik, 73
Kamçatka, 32
Kâmil Efendi, 51
Kancabaş (II. Mahmud'un kayığı)
"Kandan, Şehvetten ve Ölümden" (Barrés), 204
Kandilli, 38, 177, 190, 191, 193, 205; – saray, 190; – yazması, 38; eski –, 190, 191; eski – sarayı, 190
Kandiye fethi, 185
Kanije muharebesi, 165
Kanlıca, 161, 181, 203
Kanlıca Körfezi, 181
"Kanunî Mersiyesi" (Bâkî), 205
Kanunî'nin veziri Siyavuş Paşa, 149
Kanunî, Sultan Süleyman, 76, 136, 138, 149, 157, 178, 186, 204, 205
Karaağaç Sarayı, 188
Kara Bibik (Nabizade), 162
Kara Çelebizâde bk. Aziz Efendi
Karacaahmet, 147, 155, 206

Karaca Ahmet, 95
Karadeniz, 69, 124, 178
Karagöl, 113
Karagöz, 165, 167, 169
Karakulak, 116
Karamanlı, 97
Karaosmanoğlu, Yakup Kadri, 15
Karasu, 61
Karasümbülî Ali Efendi, 142
Karatay Medresesi, 79, 80, 81
Kars, 45, 58
Kars Kapısı, 45
Kasım, 25, 108, 175
Kasımpaşa, 175
Kasr-ı Süreyya, 190
Kastamonu, 137
"Kâtibim" türküsü, 166
Kâtip Çelebi, 180
Kaygılı, Osman Cemal, 164, 170
Kayser, 135
Kayseri, 20, 50, 76, 78, 80
Keçeci Fuad Paşa, 93
Keçecizade İzzet Molla, 43, 125
Keçiören bağları, 13
Kemankeş Ali Paşa, 142
Kerem, 27, 28, 38, 39
Kerkük, 89
Kervankıran, 29, 55
Kestel köyü, 114
Keyhüsrev II., 20, 21, 67, 68, 69, 70, 71, 76, 80
Keykubad II., 72
Keykubad sarayı, 78
Kezirpert kalesi, 76
Kıbrıs, 103
Kılıç Ali Camii, 137
Kılıç Ali Paşa, 139
Kılıç Arslan IV., 72
Kılıç Arslan I. ve II., 20, 67, 69, 71, 76
Kırım Muharebesi, 169, 203
Kırkpınar, 113
Kırlangıç (III. Selim'in saltanat kayığı), 195, 204
Kıyafethane-i atik (şimdiki askeri müzenin başlangıcı), 202
Kızılelma Kilisesi, 142
Kitab-ı Mukaddes, 60
Kitapçızade Hâfız Hâmid Efendi, 39
Koca Mustafa Paşa, 149, 158
Koçi Beyin Risale'si, 180

Konferans Köşkü, 190
Konuralp, 94, 95, 96
Konya, 20, 21, 47, 50, 65, 66, 67, 68, 74, 75, 76, 77, 78, 80, 81, 82, 87, 88, 89, 90, 91, 207; – ahîleri, 76; – akşamları, 91; – halkı, 76, 77; – uleması, 21; -lı, 21; – Kalesi, 68; – Lisesi, 89
Kop Dağı, 30, 40, 63
Korsakof, Rimski, 174
Köni, Yunus Kâzım, 170
Köprü, 18, 104
Köprülüler, 184
Köprülü Mehmed Paşa, 182
Kör Vahan, 39
Kösedağ Muharebesi, 70, 72
Kozyatağı, 141
Kral Lear, 131
Kubadâbâd, 68, 78, 80; – köşk, 80
Kubadiye, 68, 80
Kubbe-i Hadra, 82
Kul Hasan, 114
Kumkapı, 158
Kur'an, 39, 66, 79, 91, 117, 125, 151, 183; – sesleri, 117
Kurt Bılanı, 113
Kurtuba, 37
Kurtuluş, 69, 115
Kuruçeşme, 190
Kuş Oynağı, 113
Kuşbaba, 23
Kutalmuşoğlu Sultan Süleyman, Anadolu Fatihi, 69
Kutsi, Ahmet K. Tecer, 173
Kuyucu Murad Paşa, 180
Kuzguncuk, 177, 191
Küçük Ayı, 29
Küçük Bebek, 153, 160
Küçük Çamlıca, 133, 154
Küçük Mustafa Paşa, 147
Küllük, 172, 174
Kütahya, 14

L

Lala Paşa, 38, 39, 51
Lala Paşa Camii, 51
Lâle Devri, 144, 161, 189, 190, 192
Lamartine, 124, 154, 174, 200, 201
Lâmiî, 113
Lâtin, – tüccarlar, 74; -'ler, 75

Leh seferi, 146
Letaif-i Rivâyât-ı Enderun, 198
Levent yolları, 196
Liban, 173
Lidyalılar, 14
Londra, 121, 124, 171
Londra'lı, 121
Loti, Pierre, 188
Louis-Phillippe, 169
Louis XV. üslûplu, 125
Lütfi Paşa, 98
Lütfi Tarihi, 169
Lyon kumaşı, 125

M

Macaristan, 22
Madagaskar'ın yılanları, 32
Madrit, 167
Magosa, 103
Mahmud I., 144, 191
Mahmud II., 120, 151, 160, 161, 163, 167, 174, 197, 198, 200, 201, 204
Mahmud Paşa, Fatih'in veziri Büyük, 22
Mâhur, 199
Makalât (Hacı Bektaş), 82
Malatya, 21, 67
Malazgirt, 25, 26, 39, 51, 62; – Ovası, 51; – Zaferi, 62
Mal Hatun, 97
Mallarmé, 205
Manavkadı Camii, 107
Marche Turque, La (Gide), 105
Marifetname (İsmail Hakkı), 55
Marmara, 119, 124, 133, 137, 147, 155
Marquet, 182
Mecid, Mecid Han bk. Abdülmecid
Meclis-i Mebusan, 163
Medine, 109, 152
Mehdî inancı, 73
Mehmed Ağa, 158
Mehmed Ali Avni Bey, 103
Mehmed Ali Paşa, 202
Mehmed I., Çelebi, 99
Mehmed III., 146
Mehmed IV., Avcı, 35, 100, 102, 114, 144, 145, 155, 158, 180, 181, 182, 184, 186, 187, 189, 192, 204
Mehmet Arif Bey, 38

Mekke, 28, 152
Melâmî, 73, 153; – şeyh, 153; -lik, 153; -ye, 153
Melik Danişmend, 14
Melling, 168, 193, 194, 195; – albümü, 194
Menâkıp kitapları, 82
Mengüçler, 20
Meram, 66, 90, 91; – bağları, 66; – yolları, 91
Merkez Efendi, 149, 150, 151, 206
Mermerli Yalı, 160
Merzifonlu Kara Mustafa Paşa bk. Mustafa Paşa
Mersina, 155
Mesnevî (Mevlânâ), 81, 85, 86, 91, 153, 175
Meşruta Yalı, 161, 188
Meşrutiyet II., 38; – inkılâbı, 122
Metristepe, 24
Mevlânâ, Mevlânâ-yı Rûmî, 71, 75, 80, 81, 82, 83, 84, 85, 86, 87, 88, 199
Mevlevî, 66, 86, 87, 88, 198; – âyini, 87; – selâmı, 87; -lik, 66, 87
Mevlud âyinleri, 191
Mısır, 68, 75, 122, 142, 194, 203; – hânedanı, 203; – hazinesi, 142; -lı, 74, 160; -lı malikâneleri, 160
Michel Ange, 139, 161
Midhat Paşa, 160
Midhat, ressam, 163
Mihrâbâd, 203
Mihrimah Camii, 137
Millî Mücadele, Millî hareket, 13, 15, 31, 44, 62, 171
Millî zafer, 174
Mirgûne oğlu, 180
Mirgün yalısı, 161
Misemer (Gautier), 174
Moda, 158
Moğol, 22, 68, 69, 70, 72, 73, 74, 75, 76, 80, 84, 85; – hâkimiyeti, 70; – istilâsı, 69, 70; -lar, 22, 72, 73
Molière, 179
Molla Alanı, 113
Moltke, Von, 197
Monet, 182
Mora, 153
Mozart, 167, 201

Muakkad Dede, 102
Muhammed, Hazret-i, 109
Muhiddin Mesud, Sultan, 20
Murad I., Hüdavendigâr, 98
Murad II., 18, 20, 49, 99
Murad III., 178, 180
Murad IV., 49, 61, 178, 179, 180
Murad V., 109, 160
Musa (Mikel Anj), 161
Mustafa I., 143
Mustafa III., 192
Mustafa Kemal bk. Atatürk
Mustafa Paşa, Merzifonlu Kara, 186
Muradiye, 94, 96, 99, 110
Murat Suyu köprüsü, 28
Muş, 113
Musiki Muallim Mektebi, 16
Mustafa Fazıl Paşa bk. Fazıl Mustafa
Mustafa Paşa, 61, 147, 158, 183, 186
Mutahhar Bey, 59
Mübarizeddin, Emîr, 68
Müftizâde Edip Hoca, 38
Müftizadeler, 37
Müftü Çeşmeleri, 100
Muhiddin-i Arabî, 82
Muinüddin Pervane, 68, 72
Mükrimin Halil, 170
Müslüman, 40, 66, 68, 73, 74, 76, 83, 110, 117, 118, 125, 150, 151, 153, 168, 181, 192, 200; – adam, 117; – dünyası, 118; – halk, 168; – kadın, 181; – memleketler, 73; – merhameti, 151; – Ortaçağ, 74; – Şark, 83; – ve Türk, 76; yeni – olan, 153; -lar, 123, 168; -laşmak, 125; -lık, 73, 75, 125; – 'asklepion'u, 150
Mütareke, 40, 169; – yılları, 40

N

Na't-ı Mevlânâ (Itrî), 199
Nâbizâde Nâzım, 162
Naci Bey, Cinisli, 59
Naci, Muallim, 169
Nâilî, 5, 25, 143, 159, 179, 187
Naîmâ, 179; *Naîmâ Tarihi*, 181
Nâmık Efendizade, Asım Bey, 51
Namık Kemal, 162, 168
Namık Paşa, 201
Napoléon, 196

Napoli, 182, 204
Naşit, 174
"Naturiste" bir ibadet, 107
Nedim, 5, 25, 26, 50, 145, 153, 159, 171, 189, 190, 205
Nefî, 159
Nemçe, 35, 142, 187; – küffarı, 142; – Muharebesi, 35
Neron, 163
Nerval, Gérard de, 174
Neşât-âbâd, 190, 194
Neşatî, 25, 106, 143, 187, 205
Neşet Halil, 129
Neşrî, tarihçi, 98
Nevsal-i Millî, 128
Nigâr, cariye, 129
Niğde, 20, 78
Nil, 97
Nilüfer Hatun, 94, 97
Nilüfer imareti, 135
"Ninni" (Tanbûri Cemil), 128
Niş, 102
Nişantaşı, 119, 175
Nühüft makamı, 190
Nuruosmaniye, 169, 193

O-Ö

Ocak, Ocaklı bk. Yeniçeri
Odise, 32
Oğlan Şeyh, İsmail Mâşukî, 153
Oğuz Destanı, 66
Oğuz Türkçesi, 85
Ohsson, d', 193
Okçular, 122
Olimposlular, 59
Onan, Necmeddin Halil, 170
Osman Fazlî Efendi, Atpazarı şeyhi, 102
Osman Gazi, Bey, 99
Osman, Sultan, Genç, 94, 97
Ophelia, 131
Orhan Gazi, 20, 99, 180
Orhaniye, 110
Orta Anadolu, 14, 55, 65, 89
Orta Anadolu türküleri, 89
Ortaköy, 149, 188, 190, 193, 202; – Camii, 202
Osmanlı, 11, 14, 22, 43, 51, 87, 93, 97, 99, 100, 143, 180, 184, 185, 186, 204; – devri, 22, 51; – devri mimarîsi, 51; – inkırazı, 204; – macerası, 97; – nişanı, 100; – tarihi, 43, 180; – Türkleri, 14; -lar, 37, 160, 163; – İmparatorluğu, 184, 185, 186
Ömer ağa, 43
Özön, Mustafa Nihat, 170

P

Palandöken sırtları, 40
Palladio, 139
Panthéon, 106, 150
Paris, 119, 121, 166, 175, 176; – taklidi, 119; – ve Avrupa ithalâtı, 175; eski –, 121; -'li, 121
Parmakkapı, 166
Paşabahçe, 177
Paşalimanı, 194
Peçevî, 156
Pervaneler, aile, 127
Pervizoğlu Camii, 38
Peşte, 24, 121
Pınar (Ingres), 163
Piyale Camii, 137
Piyale Paşa, 139
Proust, 205

R

Rast, 86, 88, 199; – na'tı (Itrî), 86
Raşid Tarihi, 36
Raşid, Müverrih, 35
Rauf Bey, Rize mebusu, 46
Recaizâde Ekrem Bey, 162, 169
Reis Efendi, 190
Reşid Efendi, çaycı, 169
Reşid Paşa, 160, 202
Rıza Tevfik [Bölükbaşı], 171, 172
Riviera, 15
Roma, 14, 17, 18, 24, 25, 70, 110, 133, 193; – başlıkları, 17; – hemşehrisi, 17; – kartalı, 14; – konsülü, 17; – mâbedi, 17; – sütunu, 24; -'nın zafer mâbedi, 18; Şarkî –, 70, 110, 193
Rossini, 201
Rum, 56, 73, 74, 142, 192; – ahali, 192; – haracı, 142; – memleketi, 73; İklim-i –, 140; Nağme-i –, 56
Rumeli, 11, 37, 70, 95, 102, 122, 152, 177, 187; – coğrafyası, 11; – hal-

kı, 187; – kıyısı, 177; – vilâyetleri, 152
Rumelihisarı, 153, 181
Rumen müziği, 168
Rus, 173; – lokantaları, 173; – muhacirleri, 173
Rükneddin Süleyman, 67
Rüstem Paşa Camii, 137

S

Sabiha Sultan yalısı, 163
Sâdâbâd, 189
Sadeddin Köpek, 21, 68
Sadefkâr Mehmed Usta, 140, 159
Sadreddin-i Konevî, 82
Sadullah Ağa, 52
Sadullah Paşa, 129
Sahilnameler, 160
Sahip Ata, 68, 79
Sahip Molla, 160
Sahip Şemseddin Isfahanî, âlim, münşî, 68
Saint Chapelle, 86
Sakarya, 14, 26, 84, 171; – muharebeleri, 171
Sakaryalı derviş bk. Yunus
Salâhaddin Çelebi, 81, 83
Salankamin, 103
Saltuk, 20, 50, 51; – künbetleri, 51; -lar, 20
Samanpazarı, 15
Sami Paşa, 160
Samsoncu Ömer, 158
Samsun, 52, 69
San Dimitri bk. Kurtuluş
Sansa, 52
Saraçhane, 122
Sarayiçi, 99
Sargon kabartmaları, 124
"Sarı Gelin", 55
Sarıyer, 119
Saru Alan, 113
Sâsânî, eski – sarayları, 16
Sedefçiler, 122
Segâh âyini (Itrî), 86
Selçuk, 10, 11, 14, 20, 21, 22, 50, 62, 65, 66, 68, 69, 71, 75, 76, 77, 78, 79, 80, 81, 88, 91, 97, 135; – adları, 66; – beyliği, 69; – camileri, 22; – çinisi, 79; – destanı, 91; –

devri, 11; – dramı, 91; – epopesi, 71, 88; – eserleri, 10; – idaresi, 78; – kûfisi, 79; – mimarîsi, 78; – örfü, 71; – rönesansı, 81; – sedefi, 135; – sultanları, 65, 75; – sultanlarının türbesi, 80; – tarihi, 21, 68, 69; – veraset sistemi, 71; – zamanı, 14; – devleti, 71
Selçuk Kulesi, Tepsi Minare, 62
Selim II., 139, 178
Selim III., 86, 106, 160, 162, 167, 192, 193, 194, 195, 197, 198, 204
Selimiye Camii, 144
Selimiye Camii, Edirne, 194
Selimiye Kışlası, 194
Semâi Kahveleri (Kaygılı), 167
Semâi Kahveleri, 164
Semiramis, 59
Sencer, Sultan, 69
Serfice tütünü, 42, 43
Servet-i Fünun, 170
Serviler caddesi, 147
"Ses" (Beyatlı), 171
Sevilla, 167
Seyahatname (Evliya Çelebi), 35
Seylân, 32
Seyfeddin Ayba, Emîr, 68, 76
Seyranî, 166
Seyyid Nuh, 52, 143, 159, 187, 190
Sırçalı Medrese (Karatay Medresesi), 79, 80
Sırçalı Mescit, 80
Sırmakeş, 116
Sibirya, 32
Silivrikapı, 147
Silivri yoğurdu, 127
Silsilenâme (İsmail Hakkı), 103
Sinan, Mimar, 22
Sinop, 29, 69, 72, 77, 78
Sint bezirgânları, 35
Sirkeci, 158, 173
Sivas, 20, 21, 49, 50, 52, 53, 68, 76, 78, 79; – Darüşşifası, 79
Siyavuş Paşa, 102, 158; – vak'ası, 102
Siyavuş Paşa, Kanunî'nin veziri, 149
Sofu Mehmed Paşa, 183
"Sokaklarda Geceler" (A. Rasim), 128
Sokullu, 137, 139, 205; – cami, 137
Solakzadeler, 37

Sovyet Sefareti, 16
"Su" (İbrahim Hakkı), 56
Sultan Ahmed Han camii bk. Sultanahmet
Sultan Aziz bk. Abdülaziz
Sultan Bayezıt bk. Bayezıt
Sultan Hanı, 25, 78, 79, 80; – Kervansarayı, 79
Sultan Mecid bk. Abdülmecid
Sultan Veled, 81, 87
Sultanahmet, 140, 141, 142, 143, 144, 146, 151, 157, 158, 169, 170, 171, 174, 202; – çeşmesi, 144; – kahveleri, 169, 174; – Camii, 142, 157
Sultanî Yegâh, 199
Sultanselim, 135, 146, 158
Sultanselim, cami, 146, 158
Sultantepe, Sultantepesi, 117, 147
Sûre-i Feth, 79
Suriye, 69, 73, 75, 97
Suşehri, 53
Suzidilâra (III. Selim), 86, 197
Süleyman II., 102, 187
Süleyman Dede, 106
"Süleyman'la Saba Kraliçesi" bk. "Belkıs ve Süleyman hikâyesi"
Süleymaniye, 10, 51, 106, 119, 133, 136, 137, 138, 143, 146, 154, 158, 165, 205, 206; – müzesi, 154
Sümbül Sinan, 149, 150, 152
Sümmânî, 57
Sünnî, – akîde, 74; – ulema, 75; – Müslümanlık, 73
Süphan Dağı, 28
Sütlüce, 138, 161

Ş

Şakayık-ı Osmaniye [*Şakayık-ı Numaniye*] (Taşköprülü), 108
Şakir Ağa, 198
Şakım Efendi Pınarı, 113
Şam, 41, 81, 160; – -ı Şerif, 41
Şamanizm, 73
Şânizâde, 198
Şark, 82, 83, 86, 103, 124, 140, 154, 168, 170, 172, 173, 186, 190, 198; – mahfeli, 173; – milletleri, 103; – şiiri, 172; – ve Asya havası, 124

Şark kahvesi, yeni, 170
Şark Seyahati (Nerval), 168
Şark'ta Seyahat (Lamartine), 154
Şâzeli tekkesi, 161
Şehit Ali Paşa, 153
Şehname (Firdevsi), 36
Şehnaz, 21
Şehrazad (Korsakof), 174
Şehzadebaşı, 158, 160, 162, 167, 168, 169, 174
Şehzade Camii, 136, 140
Şems, Şems-i Tebrîzî, 81, 82, 83, 87
Şerare (Naci), 162
Şerefâbâd, 206
Şeyh Edebali, 97
Şeyh Galib bk. Galib
Şeyhî, 103
Şeyh Şehabeddin-i Sühreverdî, 76
Şeyh Yokuşu, 147
Şeyyad Hamza, 85
Şifa suyu, 116
Şiî ve Bâtınî inançlar, 75
Şirvânizâde Rüştü Paşa konağı, 160
Şişli, 168
Şule, 173

T

Tab'î Mustafa Efendi, 25, 145, 190
Taceddin Pervane, 21
Tahsin Efendi, 47, 48
Tahtacızade, 51
Tâib, 145
Taksim, 168, 173; – Bahçesi, 173
Takvim-i Vekayi, 198
Takye Dağları, 89
Tanbûri Cemil, 128
Tanin matbaası, 170
Tanpınar, Ahmet Hamdi, 5, 11
Tanrılar Kitabı (Heziod), 121
Tanzimat, 37, 39, 99, 109, 118, 122, 151, 160, 162, 163, 166, 167, 168, 173, 192, 199, 200, 201, 202, 203; – devri, 99; – padişahı, 201; – yılları, 160; – Köşkü, 109
Taptuk Emre, 85
Tarabya, 120, 174, 192
Tarhan, Abdülhak Hâmid, 160
Taşdelen, 116
Taşköprülü, 108
Tatyan, Tatyan bestesi, 55

Teberdar Mehmed Paşa, 188
Tebriz, 30, 34, 36, 38
Tebriz Kapısı, 38
Tellâlzade, 52
Temel, Tarık, 46
Tepebaşı, 155, 166, 167
Tepsi Minare, 62
Tercan, 34
Tevrat, 97
Tezâkir-i Cevdet, 169, 203
Timurlenk, 14, 24
Tokat Bahçesi, 178
Topçuoğlu Ahmed Efendi, 51
Tophane, 144, 166, 178; – kahvesi, 166
Topkapı, 109, 133, 147, 194, 196, 198, 202; – Mevlevihanesi, 198; – Sarayı, 194, 196, 202
Toros etekleri, 67
Tortum şelâlesi, 34
Tott, Baron de, 192
Trabzon, 28, 34, 35; – -Tebriz kervan yolu, 34; -lu kadın (Tanpınar'ın ninesi), 28
Tuna, 36, 37, 97
Tunç, Mustafa Şekip, 170
Turhan Valide, 183
Turquerie modası, 192
Türbe, 17, 20, 78, 93, 99, 104, 145, 146, 153
Türk, 10, 14, 16, 17, 18, 22, 23, 54, 62, 70, 71, 74, 76, 92, 93, 95, 104, 106, 107, 109, 110, 133, 136, 139, 140, 148, 154, 155, 165, 168, 175, 190, 193, 200, 207; – cemiyeti, 10; – çocukları, 110; yeni – Devleti, 95; – evliyası, 23; – İstanbul, 133, 139, 148; – kadını, 168; – kültürü, 16; – mimarîsi, 16; – musikisi, 10; – nüfusu, 71; – rokokosu, 193; – romanları, 168; – ruhu, 92; – şehri, 22, 92, 93; – tahta işçiliği, 17; – vatanı, 54; – velileri, 17; eski – bahçesi, 154; eski – kahvesi, 165; eski – şehirleri, 104; -ler, 14
Türk Ocağı binası, 16
Türkçe, 47, 50, 75, 94, 162, 189; -nin incileri, 107

Türkistanlılar, 123
Türkiye, 20, 22, 23, 61, 102, 108, 140, 143, 201; – Tarihi, 201
Turner, 182

U

Ulu Cami (Erzurum), 49, 50
Uludağ, 10
Umumî hapishane, 171
Umumî Harp bk. Birinci Dünya Savaşı
Unkapanı, 158, 201, 202
Uyvar, 35, 36, 37, 165; – fethi, 36; – muharebesi, 35; – şehnamecisi, 37; -eri Abbas, 36

Ü

Üç Şerefeli, 135
Üftade, 102, 151
Ürgüp, 78
Üsküdar, 41, 95, 117, 118, 119, 125, 133, 137, 138, 139, 144, 147, 151, 160, 183, 187, 193, 194, 199; – peyzajı, 194; – semtleri, 119, 160; – tepeleri, 133, 199; -lı, 142
Üsküp, 187

V

Valide Sultan, büyük [Kösem Sultan], 170, 183, 194
Valide-i Cedid, cami, 144, 145
Vaniköy, 120, 181; – iskelesi, 120
Vanî Mehmed Efendi, 181
Van Moor, 192
Vâsıf, 197, 198, 200
Vecdi, 190, 191
Velasquez, 163
Venedik, 182, 189, 204; – dojları, 204
Verlaine, 171
Versailles taklidi, 194
Viyana, 39, 102, 114, 143, 166, 167, 184, 186; – bozgunu, 102, 186; – hezimeti, 114; – Muhasarası, 184; – seferi, 186

W

Weimar tanrısı, 46

Y

Yahudi, -ler, 164; – taklitleri, 171
Yahya Efendi, Kanunî'nin süt kardeşi, 149; – dergâhı, 149
Yahya Efendi, Şeyhülislâm, 178, 179, 180, 181
Yakup, 97
Yakutiye, 49
Yasin Suresi, 79
Yavuz, 49, 178
Yayla Türküsü, 53
Yedikule, 133, 158; – kahveleri, 133
Yeğen Osman Paşa, 102
Yemen, 28, 52, 53, 54; – Türküsü, 52, 53, 54; -liler, 123
Yeni Cami, 51, 143, 146, 187
Yeni Osmanlılar (Ebüzziya), 163
Yeni Postahane (İstanbul), 16
Yeniçeri, 36, 158, 163, 165, 179, 200; – ocağı, 200; -lerin ilgası, 201
Yeniköy, 177
Yesarî yazısı, 150
Yesârizâde ta'liki, 194; – yazması, 125
Yeşil, Yeşil Cami, 95, 105, 106; -'in çinileri, 100
Yeşilköy, 133
Yıldırım Bayezıt I., 14, 24, 98, 108
Yıldırım, semt, cami, 110, 135
Yıldız Dağı, 28, 29
Yıldız kahvesi, 173
"Yıldız Türküsü", 55
Yunan, – heykeli, 139; Kadîm –, 193
Yunus [Emre], 26, 27, 28, 84, 85, 86, 107, 170, 173
Yunus Kâzım [Köni], 170
Yücel, Hasan Âli, 170, 171
Yüksek Muallim Mektebi, 170
Yusuf Fehmi, 51

Z

Zâkir Bey, Erzurum Belediye Reisi, 40
Zehra (Nâbizade), 162
Zekaî, 170
Zeki Faik, ressam, 171
Zeyneddin-i Hâfi, Şeyh, 19
Zeyrek, 158
Zigana, -lar, 30
Zihnî, 57
Ziraat Bankası, 58
Zurnazen Mustafa Paşa, 61
Zülfikâr, 87